近代名家首版著作導讀叢書

中國婦女文學史 導讀

謝无量 編

上海科學技術文獻出版社

中國婦女文學史

梓潼 謝无量 編

中華書局印行

图书在版编目(CIP)数据

《中国妇女文学史》导读／谢无量编.—上海：上海科学技术文献出版社,2020.3
(近代名家首版著作导读丛书)
ISBN 978-7-5439-8057-0

Ⅰ.①中… Ⅱ.①谢… Ⅲ.①妇女文学—文学史—中国 Ⅳ.①I209

中国版本图书馆 CIP 数据核字(2020)第 016515 号

组稿编辑：张　树
责任编辑：苏密娅

《中国妇女文学史》导读

谢无量　编

*

上海科学技术文献出版社出版发行
(上海市长乐路746号　邮政编码 200040)
全国新华书店经销
四川省南方印务有限公司印刷

*

开本 880×1230　1/32　印张 11.25　字数 225 000
2020 年 5 月第 1 版　　2020 年 5 月第 1 次印刷
ISBN 978-7-5439-8057-0
定价：158.00 元
http://www.sstlp.com

版权所有，翻印必究。若有质量印装问题，请联系工厂调换。

导　读

谢无量(1884—1964)，四川乐至人，近代著名学者、诗人、书法家。曾任四川存古学堂监督；《京报》《民权报》《独立周报》《神州日报》主笔；中华书局、商务印书馆编辑；东南大学教授、历史系主任；四川大学教授、中文系主任。著有《中国大文学史》《中国妇女文学史》《中国哲学史》等著作。

《中国妇女文学史》于1916年由中华书局出版。本书整理了自上古至明代妇女文学的变迁，全书分为上古、中古、近世三编，概述了各个时代妇女文学的盛衰情况，辑录了具有代表性的作品，并附以精辟的点评，生动再现了几千年来中国妇女文学的发展历程，肯定了其在中国文学史上的重要地位。主要篇章有：妇女文学之渊源；周之妇女文学；《诗经》与妇女文学；春秋时妇女杂文学；战国妇女文学；汉之宫廷文学；汉之宫廷杂文学；妇女与五言诗之渊源；魏之妇女文学；晋之妇女杂文学；北朝妇女文学；唐之宫廷文学；薛涛与娼妓文学；唐之妇女杂文学；宋之宫廷文学；宋妇女之词；元之妇女文学；明之宫廷文学；明代闺阁文学杂述等。

中國婦女文學史

梓潼 謝无量 編

中華書局印行

中國婦女文學史目錄

緒言

第一編　上古婦女文學

第一章　婦女文學之淵源 …………… 三

第二章　周之婦女文學 …………… 六

第一節　總論 …………… 六

第二節　詩經與婦女文學 …………… 一一

第三節　春秋時婦女雜文學 …………… 一三

第四節　戰國婦女文學 …………… 三一

第二編上　中古婦女文學（兩漢）

第一章　漢之宮廷文學 …………… 一

第一節　唐山夫人 …………… 一

第二節　班倢伃 …………… 三

第三節　後漢馬皇后 …………… 六

目錄　一

第四節　後漢鄧皇后…………………………九

第五節　漢之宮廷雜文學……………………一二

第二章　婦女與五言詩之淵源………………一六

第三章　班昭…………………………………一八

第四章　徐淑…………………………………二八

第五章　蔡琰…………………………………三〇

第六章　漢代婦女雜文學……………………三六

第二編　中古婦女文學（魏晉南北朝）

第一章　魏之婦女文學………………………一一

第二章　晉世婦女之風尚……………………一四

第三章　左九嬪………………………………一〇

第四章　子夜與樂府諸體……………………二〇

第五章　蘇蕙迴文詩…………………………二五

第六章　晉之婦女雜文學……………………六八

第七章　宋齊婦女文學………………………七八

目錄

第八章　梁陳婦女文學……………………………………八一
第九章　北朝婦女文學……………………………………九〇

第二編下　中古婦女文學（唐五代）中國婦女文學史四

第一章　唐之宮庭文學……………………………………一一
第二章　武則天……………………………………………一一〇
第三章　五宋與鮑君徽附牛應貞…………………………一二三
第四章　唐之女冠文學……………………………………一二七
第五章　薛濤與娼妓文學…………………………………一三三
第六章　唐之婦女雜文學…………………………………一三九
第七章　五代婦女文學與花蕊夫人………………………一六〇

第三編上　近世婦女文學（宋遼）文學史五

第一章　宋之宮廷文學……………………………………一四一
第二章　李易安……………………………………………一四四
　第一節　李易安事略……………………………………一四九
　第二節　李易安與詞學…………………………………一九

第三節　李易安之詩……………………………一四

第四節　李易安雜文與四六………………………一八

第三章　朱淑眞………………………………………二二

第四章　宋婦女之詞…………………………………二五

第五章　宋之婦女雜文學……………………………三〇

第六章　遼之婦女文學………………………………三七

第三編下　近世婦女文學（元明）文學

第一章　元之婦女文學………………………………一

第二章　明之宮廷文學………………………………九

第三章　朱妙端附陳德懿……………………………一四

第四章　陸卿子與徐小淑……………………………一八

第五章　文氏之擬騷…………………………………二二

第六章　沈宛君與葉氏諸女…………………………三〇

第七章　方維儀………………………………………三五

第八章　明代閨閣文學雜述…………………………三七

目錄

第九章　明之娼妓文學……五七

第十章　許景樊……六二

中國婦女文學史

中國婦女文學史

緒言

天地之間一陰一陽生人之道一男一女。上世男女同等中世貴男賤女近世又倡男女平權上世之男女同等者自然之法也中世貴男賤女者勢力之所致也近世復倡男女平權者公理之日明也古所謂夫妻本有匹敵之義故記曰妻者齊也營營為齊司寇太公問以治國之要對曰任仁義而已仁義奈何曰愛人尊老而已愛人者有子不食其力尊老者妻長而夫拜之太公以為亂齊而誅營營猶沿上世仁義自然之法。尊老一也夫可以拜妻太公已開中世法術勢力之治是以不然營營之言自是以來男日益尊女日益卑夫男女之天性其始豈有異哉近世生物學家以婦人之能力所以終弱於男子者蓋由數千年以來之境遇習慣遺傳有以致之純出於後天之人事而非其先天之本質即有異也上世游獵時代男子恆掠妻於外羣又日馳逐山林清曠之地以奮鬬為業。其身體益強而婦人每居家內主飲食衣服之事身體漸加之多妻之習尤使女子不得與男子同等久而久之男尊女卑幾成定義要決非生物本原便有此區別也生物原始大法男女無二人類與禽獸同為生物禽獸之中一雄一雌相匹者雌雄之力常相若鳩鴿之

— 1 —

類是也。一雄而匹多雌者雌之力遜於雄象類是也。女性不勝大半自有多妻之法以後。男子可以多妻斯女子恆制於男子而其他不平之境遇緣之以生矣於是生男則多得男性生女多得女性又傳以多方之束縛女性終始坐此也然亦體力之不齊耳至於心智之在內者固不能有所損歐美諸邦凡男女皆教之學則女子之才能已往往與男子爭衡。任職受事敏達不減男子近且爭參與政治之權美利堅女子尤爲自由近來學者多持男女同性之公理故男女終有趨於平等之一日斷可知也

夫男女先天之地位既無有不同心智之本體亦無有不同則凡百事之才能女子何遽不若男子卽以文學而論女子固亦可與男子爭勝然自來文章之盛女子終不逮於男子者。莫不由境遇之差有以致之考諸吾國之歷史惟周代略有女學之才要之超奇不羣者亦僅矣此後女學衰廢惟薦紳有力者或偶敎其子女使有文學之才則女子文學較優於餘代

今世女學稍稍爲敎育界所注意使益進其勸屬之方加以歲月自不難與歐美相媲男女終可漸幾於同等非特文學一事而已

婦女文學自古已盛及塗山氏作南音則周公取風焉。周南召南。周之時婦學規模大具婦人之辨通有文者所在而有仲尼删詩多取婦人之作然皆傳其篇章未有專集漢志始有李夫人歌詩及孺子姜冰未央材人歌詩隋志始有班婕妤集是爲婦人專集之最

第一編

第一章　婦女文學之淵源

古者至於選錄婦人文章雖肇自孔門六朝以來始專以婦人名集蓋有數家而其書不傳近世惟明鍾伯敬之名媛詩歸清王西樵之然脂集取材較富然鍾書體裁頗陋王書未播藝林自餘作者或錄詩詞而不及文或錄文而不及詩詞眞偽錯陳淫猥不棄罕能綜其源流會其體格故觀覽者不足以觀婦女文學之盛衰也

茲編起自上古暨於近世考歷代婦女文學之升降以時繫人附其製作合者加以甄錄僞者亦附予辨析固將會其淵源流別爲自來婦女文學之總要惟古時婦人專集多就亡佚清世可考者較多故茲編至明而止清以下當別采集以爲續篇也舊選咸不錄詩經此是婦女文學之祖故考四家義確知其何人所作者並以入錄後世謂詩經以下婦人矢口成章然是說晚出非古義又不知誰何作者殆未可從矣自詩經以下其他篇章亦擇其精者並先述作者小傳其事無可稽而文采不可沒者亦偶著之此本編體例之大略也分爲上古中古近世三編

第一章　上古婦女文學

婦女文學之淵源

洛書摘亡辟曰人皇兄弟九人別長九州離艮地精之女出爲之后夫婦之道始此杜佑通典以遂皇氏始有夫婦之道舊說以人皇時始有人亦有以遂皇爲人皇者遂皇在伏羲前

此婦人之厥初也至於伏羲又制嫁娶之禮或云當時已有琴瑟女媧嗣伏羲又作笙簧樂器所與詩歌繼作故詩疏謂神農時已有詩則婦人文學亦宜起自皇時也蓋太古之民知有母而不知有父固無男女尊卑之辨樂歌播習應是男女所同神農時既有詩婦人豈無為詩者惟皇代篇章湮滅舉不可考僅其理猶可推知耳黃帝時玄女素女蓋天神而降人間啟兵法術數之道要為荒遠難信顓頊始立男女之別其法曰婦人不避男子於道者拂之四達之衢後來禮教益以加厲拾遺記載少昊母皇娥歌此此是依託之辭而畫游戲歷坐窮桑撫桐峯梓瑟皇娥倚瑟而清歌曰天清地曠浩浩茫茫萬太琁金

之作未詳漾悅央有神童容貌絕俗稱為白帝子卽太白之精

[列女傳]敘於母儀之首姜嫄清靜專一好種稼穡實誕后稷后稷承母之教以與農桑簡狄生契為堯司徒簡狄性好人事之治上知天文樂於施惠敎契以理順之序有娀氏有二佚女為之九成之臺飲食必以鼓帝令燕往視之鳴若謐隘二女愛而爭搏之覆以玉筐少選發而視之燕遺二卵北飛遂不反二女作歌一終曰燕燕往飛實始作為北音舊說有娀佚女卽簡狄高誘注曰帝天也天令燕降卵於有娀氏女吞之生商又曰有娀方將立子

生商此之謂也古有東西南北四音北音與南音最先皆婦人所作餘則夏孔甲作破斧之

歌實始爲東音殷整甲徙宅西河猶思故處實始作爲西音。秦音所本是謂四音也。

北音雖先於南音而南音所被尤廣周南召南之所取風也呂覽曰禹行功見塗山之女禹未之遇而巡省南土塗山氏之女乃令其妾候禹於塗山之陽女乃作歌曰候人兮猗實始作爲南音周公及召公取風焉以爲周南召南之音歌曰南方國風之音歌取塗山女南音以爲樂歌也吳越春秋曰禹年三十未娶行塗山恐失之暮失其度制乃辭云吾娶也必有應矣乃有白狐九尾造於禹禹曰白者吾之服也九尾者王之證也於是塗山之人歌之曰綏綏白狐九尾龐龐我家嘉夷來賓爲王成子室家我都攸昌天人之際於茲則行明矣哉啟辛壬癸甲啟呱呱泣禹去而治水惟荒度土功三過其家不入其門塗山獨明敎訓而致呂覽亦有此歌僅四句

禹因娶塗山謂之女嬌列女傳曰啟母者塗山氏長女也夏禹以爲妃旣生啟杜預曰江州巴國也有塗山禹之廟存焉案周召所以取南音之遺也晉書樂志曰高祖爲漢王時自蜀定三秦率寶人以從勇而善鬥其俗喜舞而南音風者南音出於巴國武王伐紂庸蜀巴渝之人實從所謂前歌後舞者卽巴渝之歌舞也慶杜預曰江州巴國也

高祖樂其猛銳數視其舞曰此武王伐紂歌也使工習之名曰巴渝舞舞曲四篇魏雖有改作而其淵源並自南音蓋南音歷千餘年其節奏尚在始爲周召德化之音繼爲漢魏勇武之

樂。蓋詩樂是一北音南音其辭雖僅存一句。而南音於文學創造之力尤偉也。

第二章 周之婦女文學

第一節 總論

周時婦學始備故上古婦女文學亦周代爲盛周禮九嬪掌婦學之法。以教九御婦德、婦言、婦容、婦功鄭注婦德謂貞順婦言謂辭令婦容謂婉娩婦功謂絲枲又有女祝掌王后之內祭祀凡內禱祠之事女史掌王后之禮職掌內治之貳以詔后治內政逆六宮書內令凡后之事以禮從毛詩邶風靜女傳云古者后夫人必有女史彤管之法史不記過其罪殺之事無大小記以成法章學誠婦學曰周官有女祝女史漢制有內起居注婦人之於文字於古蓋有所用之矣婦學之名見於天官內職德容功所該者廣非如後世妃夫人之於文藝爲學也。又曰男子弧矢女子鞶帨至於典禮文辭男婦皆所服習。蓋后妃夫人內子命婦於賓享喪祭皆有禮文非學不可又曰婦學不止德言容功爲辭令自有嫻於禮經婦習於文章不足爲學乃知誦詩習禮古之婦學略爲丈夫又曰婦學掌於九嬪敎法行乎宮壼內而臣采外及侯封六典未詳可例測葛覃師氏著於風詩婉娩姆敎垂於內則鄧大卿夫士歷覽春秋內外諸傳諸侯夫人大夫內子並能稱文道故斐然有章若乃盈滿之祥卿曼詳推於天道利貞之義穆姜精解於乾元魯穆伯之令妻典言垂訓齊司徒之內主有禮加封士師考終屬下妻有誄文國殤魂返沙場鼙辭郊弔以至泉水㵎流委宛赴懷歸之什燕飛上下淒涼送歸媵之詩凡斯經禮典法文采風流與名卿大夫有何殊別然皆因事牽聯偶見載籍非特著也若出後代史必專篇類徵列女則如曹昭蔡琰故事其為喬皇彪炳當十倍於劉范之書矣是知婦學亦後世失傳三代之隆並與男子儀文率由故事初不爲矜異也章氏論周時婦學頗得其要領然謂婦學僅行於卿士大夫非齊民婦女皆知學此亦未必然案井田之制男女同巷相從夜績男女有所怨恨相從而歌饑者歌其食勞者歌其事男年六十女年五十無子者官衣食之使之民間求詩鄉移於邑邑移於國以聞於天子故王者不出牖戶盡知天下所苦不下堂知四方是則民間女子並能自歌其勞怨年老又能采詩春秋時雖下邑耕桑之女類有辨通之才見於載記則民間亦自有婦學可知惟宮壼以及士夫之家其婦女有賢德文采者尤易爲人傳播耳周初太姜太任太姒並稱周室三母太任文王之母能以胎敎太姒武王之母生十男太姒敎誨十子自少及長未嘗見邪僻之事卒成武王周公之德周時婦學最隆當時本早有六藝之敎禮樂尤爲婦人所通習故春秋婦人多能知禮伯姬遇火以保母不至夜不下堂竟逮於火而死尤守禮之著者其餘婦人雖行或不飭而言有典則者甚多禮樂之外六藝亦當並在婦學今列婦人所論易書詩義略可考者如下。

易教

穆姜淫婦人也其論易教孔子取之左氏書之列女傳曰繆姜者齊侯之女魯宣公之夫人成公母也聰慧而行亂故諡曰繆初成公幼繆姜通於叔孫宣伯名喬如與繆姜謀去季孟而擅魯國晉楚戰於鄢陵公出佐晉使執季孫行父而止之許殺季孫蔑以魯士君也公辭以晉難請反聽命又貨晉大夫使告公必遂行姜告公必逐季孟是背晉為內臣魯人不順喬如明而遂之喬如奔齊魯遂擯繆姜於東宮始往繆姜使筮之遇艮之六史曰是謂艮之隨隨其出也君必速出姜曰亡是於周易曰隨元亨利貞无咎元善之長也亨嘉之會也利義之和也貞事之幹也終故不可誣也是以雖隨无咎今我婦人而與於亂固在下位而有不仁不可謂元不靖國家不可謂亨作而害身不可謂利棄位而放不可謂貞有四德者隨而無咎我皆無之豈隨也哉我則取惡能無咎乎必死於此不得出矣卒薨於東宮君子曰惜哉繆姜有聰慧之質終不得掩其淫亂之罪

書教

列女傳記孫叔敖母及楚野辨女並能稱書義孫叔敖兒時出游見兩頭蛇殺而埋之歸見其母而泣母問其故對曰吾聞見兩頭蛇者死今者出游見之其母曰蛇今安在對曰吾恐他人復見之殺而埋之矣夫有陰德者陽報之德勝不祥仁除百禍天之處高而聽卑書不云乎皇天無親惟德是輔爾嘿矣必興於楚及

叔敖長為令尹。君子謂叔敖之母知道德之次。楚野辨女者。鄭簡公使大夫聘於荊。至於狹路。有一婦人乘車與大夫遇。轂擊而折大夫軸。大夫怒將執而鞭之。婦人曰。妾聞君子不遷怒不貳過。今於狹路之中妾已極矣。而子大夫之僕不肯少引。是以敗子大夫之車。而反執妾。豈不貳過哉。怒既不釋。僕執妾。豈不貳過哉周書曰。毋侮鰥寡。而畏高明。今子列大夫而不為之表。而遷怒僕執妾。輕其微弱。豈可謂不侮鰥寡乎。吾惜子大夫之喪善也。大夫慚而無以應。遂釋而問之。對曰。妾楚野之鄙人也。大夫曰盡從我於鄭乎。對曰既有狂夫昭氏在內矣。遂去觀楚野之女。能引書義知當時六藝之教雖民間女子亦習之也。

詩教　周時婦人能誦詩者極多。而魏曲沃婦言關雎義尤可翫也。列女傳曰曲沃負者。魏大夫如耳母也。秦立魏公子政為魏太子。魏哀王使使者為太子納妃。而美王將自納為。曲沃負謂其子如耳曰。王亂於無別。女胡不匡之方今戰國強者為雄義者顯焉。今魏不能強王又無義何以持國乎。王中人也。不知其為禍矣。有禍必及吾家。汝言以盡忠忠不可失也。如耳未遇閒會使於齊因款王門而上書曰曲沃之老婦也心有所懷願以聞於王王召入負曰妾聞男女之別國之大節也。婦人脆於志窳於心不可以邪開也是故必十五而笄二十而嫁早成其號諡所以就之也聘則為妻奔則為妾所以開善遏淫也節成然後許嫁親迎然後隨從貞女之義也今大王為太子求妃而自納之於後宮此毀貞女之行而亂男女之別也自古聖王必正妃匹正則興不正則亂夏之興也以塗山亡也以末喜殷之興也以有娀亡也以妲已周之興也以太姒亡也以褒姒周之康王夫人晏出朝關雎起興思得淑女以配君子夫雎鳩之鳥猶未嘗見乘居而匹處也夫男女之盛合之以禮則治父子生焉君臣成焉故為萬物始君臣父子夫婦三者天下之大綱紀也三者治則治亂亂今大王亂人道之始棄綱紀之務敵國五六南有從楚西有橫秦而魏國居其間可謂僅存矣王不憂此而從亂無別父子同女妾恐大王之國政危矣王曰然寡人不知也遂與太子妃而賜貢粟三十鍾曲沃貧兼明詩禮又知國情以諫也

周時婦女文學既盛於國中而又傳外國婦女之詩歌周穆王至西王母國西王母或以為女仙人殆當時外國之女王與穆天子傳西王母為天子謠曰白雲在天山陵自出道里悠遠山川間之將子無死尚能復來又為天子吟曰徂彼西土爰居其所虎豹為羣鳥鵲與處嘉命不遷我惟帝女彼何世民又將去予吹笙鼓簧中心翱翔世民之子惟天之望丹鉛總錄曰余嘗疑穆天子傳西王母歌詞出於後人粉飾且山海經載西王母虎首鳥爪形既殊異音亦不同何其歌詞悉似國風乎按此當經史臣潤色是譯外國婦人詩歌之始詞雖不

同。必本原意也。周時婦學發達自宮壺逮於齊民無不有婦學其精者研及六藝著者見於詩歌而海外婦人歌詞亦以此時流入中國可謂盛矣。

第二節 詩經與婦女文學

周時民間采詩兼用老年之男女任之其詩亦必男女均采故詩經中宜多婦人之詞。然四家之說多異今惟毛詩略具及與列女傳他書所稱者而已。宋人訓詩或不取古義以爲國風男女之詞多淫奔自述之詩。後人極論其非章學誠婦學曰。不學之人以溱洧諸詩爲淫者自述因謂古之婦孺矢口成章勝於後世之文人。不知萬無此理又曰國風男女之辭皆出詩人所擬以漢魏六朝篇什證之更無可疑譬之男優飾女以登場終不似閨房之雅素也昧者不知妄謂古人雖兒女子亦能矢口成章因謂婦女宜於風雅是猶見優伶登場演體蓋有意中之言決非出於口者亦有旁觀之見斷不出本人者曲文皆所不避。故君子有時涉於自贊誓小有時或至自嘲俾觀者如讀史傳而兼得詠歎之意體應如是。不爲嫌也如使眞正出君子小人之口毋論淫者亦萬無如此自藝也。按章氏如是觀如謂眞出男女之口故論之尤力總之國風之中雖其抒情寫怨不妨偶有婦人自述之詞不喜宋人訓詩之說故論之尤力。

要古義無徵難於臆測今惟據古說確以為婦人之作者次論於下

周南中如葛覃毛義以為后妃之本卷耳為后妃之志召南中草蟲為大夫妻能以禮自防

采蘋為大夫妻能循法度殷其靁為召南大夫室家能勸以義之屬此並不知其為自作之

辭與為詩人之辭與說者無明文但舉其確有考者

一 蔡人妻詩

周南芣苢三章列女傳貞順傳以為蔡人妻作蔡人之妻者宋人之女也既嫁於蔡而夫有

惡疾其母將改嫁之女曰夫不幸乃妾之不幸也奈何去之適人之道一與之醮終身不改

不幸遇惡疾不改其意且夫采采芣苢之草雖其臭惡猶始於捋采之終於懷擷之浸以益

親況於夫婦之道乎彼无大故又不遺妾何以得去終不聽其母乃作芣苢之詩君子曰宋

女之意甚貞而一也其詩曰采采芣苢薄言采之采采芣苢薄言有之采采芣苢薄言掇之

采采芣苢薄言捋之采采芣苢薄言袺之采采芣苢薄言襭之劉向本學魯詩此亦與韓詩

義同文選劉峻辯命論注引韓詩芣苢傷夫有惡疾也薛君云詩人傷其君有惡疾人道不

通求已不得發憤而作以事與芣苢雖臭惡乎我猶采采而不已者以與君子雖有惡疾我

猶守而不離去也

二 周南大夫妻詩

劉向又以汝墳爲周南之妻作列女傳曰周南大夫之妻也大夫受命平治水土過時不來妻恐其懈於王事蓋與其鄰人陳素所與大夫言國家多難惟勉强之無有譴怒遺父母憂昔舜耕於歷山漁於雷澤陶於河濱非舜之事而舜爲之者爲養父母也家貧親老不擇官而仕不擇妻而娶故父母在當與時小同無虧大義不罹患害而已夫鳳凰不離於蔚羅麒麟不入於陷穽蛟龍不及於枯澤鳥獸之智猶知避害而況於人乎生於亂世不得道理而迫於暴虐不得行義然而仕者爲父母在故也乃作詩曰魴魚赬尾王室如毀雖則如毀父母孔邇蓋不得已也君子以是知周南之妻能匡夫也汝墳三章其辭曰

遵彼汝墳伐其條枚未見君子惄如調飢遵彼汝墳伐其條肄旣見君子不我遐棄魴魚赬尾王室如毀雖則如毀父母孔邇

三　申人女詩

劉向以召南行露爲申人女作列女傳貞順傳曰召南申女者申人之女也旣許嫁於酆夫家禮不備而欲迎之女與其人言以爲夫婦者人倫之始也不可不正傳曰正其本則萬事理失之毫釐差之千里是以本立而道生源治而流清故嫁娶者所以傳重承業繼續先祖爲宗廟主也夫家輕禮違制不可以行遂不肯往夫家訟之於理致之於獄女終以一物不

具。一禮不備守節持義必死不往而作詩曰雖速我獄室家不足言夫婦之禮不備足也君子以爲得婦道之儀故舉而揚之傳而法之以絕無禮之求防淫慾之行焉又曰雖速我訟亦不女從此之謂也行露三章其辭曰

厭浥行露豈不夙夜謂行多露誰謂雀無角何以穿我屋誰謂女無家何以速我獄室家不足誰謂鼠無牙何以穿我墉誰爲女無家何以速我訟雖速我訟亦不女從

四 衞寡夫人詩

邶風柏舟劉向以爲衞寡夫人作列女傳曰夫人者齊侯之女也嫁於衞至城門而衞君死保母曰可以還矣女不聽遂入持三年之喪畢弟立請曰衞小國也不容二庖願請同庖夫人曰唯夫婦同庖終不聽衞君使人愬於齊兄弟齊兄弟欲與後君使人告女女終不聽乃作詩曰我心匪石不可轉也我心匪席不可卷也厄窮而不閔勞辱而不苟然後能自致也君子美其貞壹故舉而列之於詩也柏舟五章其辭曰

汎彼柏舟亦汎其流耿耿不寐如有隱憂微我無酒以敖以游我心匪鑒不可以茹亦有兄弟不可以據薄言往愬逢彼之怒我心匪石不可轉也我心匪席不可卷也威儀棣棣不可選也憂心悄悄慍於羣小覯閔旣多受侮不少靜言思之寤辟有摽日居月諸胡迭

而微心之憂矣如匪澣衣靜言思之不能奮飛。

五 衞莊姜詩

毛詩以綠衣燕燕日月終風四篇並爲衞莊姜作詩經取婦人詩莊姜獨多也小序曰綠衣衞莊姜傷己也妾上僭夫人失位而作是詩也其辭曰

綠兮衣兮綠衣黃裏心之憂矣曷維其已綠兮衣兮綠衣黃裳心之憂矣曷維其亡綠兮絲兮女所治兮我思古人俾無訧兮絺兮綌兮淒其以風我思古人實獲我心

小序曰燕燕衞莊姜送歸妾也列女傳以爲定姜子死其婦無子而歸定姜送婦而作禮記坊記引此篇先君之思以畜寡人鄭注亦以爲定姜詩云畜孝也獻公無禮於文公定姜作詩言獻公當思先君定公以孝於寡人此與列女傳不合陳在衞南仲爲戴媯字悉本左傳爲說故以後無詩不應釋公有定姜之詩且毛傳釋南仲爲陳仲仲氏任只其心塞淵終温且惠淑慎其身先君之思以勗寡人

鄭晚箋詩卽以毛義爲長今仍從毛說以爲莊姜詩也其詩曰

燕燕于飛差池其羽之子于歸遠送于野瞻望弗及泣涕如雨燕燕于飛頡之頏之之子于歸遠送于將之瞻望弗及佇立以泣燕燕于飛下上其音之子于歸遠送于南瞻望弗及實勞我心仲氏任只其心塞淵終温且惠淑慎其身先君之思以勗寡人

小序曰日月衞莊姜傷己也遭州吁之亂傷己不見答於先君以至困窮之詩也其詩曰

日居月諸照臨下土乃如之人兮逝不古處胡能有定乃
如之人兮逝不相好胡能有定寧不我報日居月諸出自東方乃
能有定俾也可忘日居月諸東方自出父兮母兮畜我不卒胡能有定報我不述
小序曰終風衞莊姜傷已也遭州吁之暴見侮慢而不能正也詩曰
終風且暴顧我則笑謔浪笑敖中心是悼終風且霾惠然肯來莫往莫來悠悠我思終風
且曀不日有曀寤言不寐願言則嚏曀曀其陰虺虺其靁寤言不寐願言則懷

六 黎莊夫人詩

衞風式微劉向以爲黎莊夫人及其傅母作列女傳貞順傳曰黎莊夫人者衞侯之女黎莊
公之夫人也既往而不同欲所務者異未嘗得見甚不得意其傅母閔夫人賢公反不納憐
其失意又恐其已見遣而不以時去謂夫人曰夫婦之道有義則合無義則去今不得意胡
不去乎乃作詩曰式微式微胡不歸夫人曰婦人之道壹而已矣彼雖不吾以吾何可以
於婦道乎乃作詩曰式微式微胡不歸夫人之故胡爲乎中路終執貞壹不違婦道以俟君命君子故序之以
編詩據此則式微詩是二人同作一篇蓋聯句之所始也詩曰
式微式微胡不歸微君之故胡爲乎中路 毛詩作中露與二邑名
式微式微胡不歸微君之躬胡
爲乎泥中

七 邶風衞女詩

毛詩小序曰。泉水衞女思歸也嫁於諸侯父母終思歸寧而不得故作是詩以自見也其詩曰。

毖彼泉水亦流於淇有懷於衞靡日不思變彼諸姬聊與之謀出宿于泲飲餞于禰女子有行遠父母兄弟問我諸姑遂及伯姊出宿于干飲餞于言載脂載舝還車言邁遄臻於衞不瑕有害我思肥泉茲之永歎思須與漕我心悠悠駕言出游以寫我憂

八 衞伋傅母詩

新序以邶風二子乘舟篇爲伋傅母作節士篇云伋方乘舟時伋傅恐其死也閔而作詩先是衞宣公夫人夷姜生伋子以爲太子爲伋取於齊而美公奪之生壽及朔朔與其母愬伋於公公令伋之齊使賊先待於隘而殺之壽知之以告伋曰君命不可逃壽竊其節先往賊殺之伋至曰君命殺我壽有何罪賊又殺之毛義以乘舟是詩人比喻之詞新序以爲實乘舟二子卽伋壽詩曰

二子乘舟汎汎其景願言思子中心養養。二子乘舟汎汎其逝願言思子不瑕有害。

九 衞共姜詩

毛詩鄘風柏舟序曰柏舟共姜自誓也衞世子共伯蚤死其妻守義父母欲奪而嫁之誓而

弗許。故作是詩以絕之詩曰。

汎彼柏舟在彼中河髧彼兩髦實維我儀之死矢靡他母也天只不諒人只汎彼柏舟在彼河側髧彼兩髦實維我特之死矢靡慝母也天只不諒人只

十　鄘風妻諫夫詩

相鼠有皮人而無儀人而無儀不死何為相鼠有齒人而無止人而無止不死何俟相鼠有體人而無禮人而無禮胡不遄死

白虎通諫諍篇以相鼠為妻諫夫詩作者未詳詩曰

十一　許穆夫人詩

左傳閔二年曰許穆夫人賦載馳毛詩小序曰載馳許穆夫人作也閔其宗國顛覆自傷不能救也衛懿公為狄人所滅國人分散露於漕邑許穆夫人閔衛之亡傷許之小力不能救思歸唁其兄又義不得故賦是詩也又楚丘詩序曰衛國有狄人之敗出處於漕齊桓公救而封之是處漕即文公也詩稱控于大邦本欲希齊之救而桓公果出兵以置文公意者此詩有以感發乎詩曰

載馳載驅歸唁衛侯驅馬悠悠言至于漕大夫跋涉我心則憂既不我嘉不能旋反視爾不臧我思不遠既不我嘉不能旋濟視爾不臧我思不閟陟彼阿丘言采其蝱女子善懷

亦各有行許人尤之衆穉且狂我行其野芃芃其麥控於大邦誰因誰極大夫君子無我有尤百爾所思不如我所之

十二 莊姜傅母詩

劉向以衞風碩人爲莊姜傅母作列女傳傅母者齊女之傅母也女爲衞莊公夫人號曰莊姜姜姣好始往操行衰惰有治容之行淫佚之心傅母見其婦道不正諭之云子之家世世尊榮當爲民法則子之質聰達於事當爲人表式儀貌壯麗不可不自脩整衣錦絅裳飾在輿馬是不貴德也乃作詩曰碩人其頎衣錦絅衣齊侯之子衞侯之妻東宮之妹邢侯之姨譚公維私砥厲女之心以高節以爲人君之子弟爲國君之夫人尤不可有邪僻之行焉女遂感而自脩君子稱傅母之防未然也莊公弗禁後州吁果殺桓公維私手如柔荑膚如凝脂領如蝤蠐齒如瓠犀螓首蛾眉巧笑倩兮美目盼兮碩人敖敖說于農郊四牡有驕朱幩鑣鑣翟茀以朝大夫夙退無使君勞 女謂女君夫人也 河水洋洋北流活活施罛濊濊鱣鮪發發葭菼揭揭庶姜孼孼庶士有朅

十三 衞風衞女詩

毛詩小序曰竹竿衞女思歸也適異國而不見答思而能以禮者也陳碩甫傳疏曰此詩與泉水文略同而事實異泉水之衞女思念父母而思歸歸寧也竹竿之衞女以不見答而思歸歸宗也歸宗義也歸寧非禮也故序於泉水思歸不云禮而於竹竿之思歸為能以禮者

竹竿全篇曰

籊籊竹竿以釣於淇豈不爾思遠莫致之泉源在左淇水在右女子有行遠兄弟父母淇水在右泉源在左巧笑之瑳佩玉之儺淇水滺滺檜楫松舟駕言出游以寫我憂。

十四 宋襄公母詩

毛詩小序曰河廣宋襄公母歸於衞思而不止故作是詩也陳碩甫傳疏曰序云宋襄公母者宋桓公夫人也何以不言宋桓夫人以夫人終襄公世不返宋故不繫諸宋宋桓而繫諸宋襄也序云歸於衞者歸宗也女既歸宗義當廟絕故詩錄河廣以存禮又曰當時衞有狄人之難宋襄公母歸在衞見其宗國顛覆君滅國破憂思不已故篇內皆敍其望宋渡河救衞辭甚急也未幾而宋桓公逆諸河立戴公以處曹則此詩之作自在逆河之前河廣作而宋立戴公矣載馳賦而齊立文公矣載馳許詩而繫列於鄘衞之風以二夫人於其宗國皆有存亡繼絕之思故錄之若僅謂思子而作孔子奚取焉其詩曰

誰謂河廣一葦杭之誰謂宋遠跂予望之誰謂河廣曾不容刀誰謂宋遠曾不崇朝。

十五 息夫人詩

列女傳貞順傳以王風大車為息夫人作。夫人者息君之夫人也。楚伐息破之。虜其君使守門。將妻其夫人而納之於宮。楚王出游。夫人遂出見息君。謂之曰人生要一死而已。何至自苦。妾無須臾而忘君也。終不以身更二醮。生離於地上。豈如死歸於地下哉。乃作詩曰。穀則異室。死則同穴。謂予不信。有如皦日。息君止之。夫人不聽。遂自殺。息君亦自殺。同日俱死。楚王賢其夫人守節有義。乃以夫人之禮合而葬之。君子謂夫人說於行善故序之於詩。夫義動君子利動小人。息君夫人不為利動矣。其詩全篇曰

大車檻檻毳衣如菼。豈不爾思。畏子不敢。大車嘽嘽毳衣如璊。豈不爾思。畏子不奔。穀則異室死則同穴。謂予不信。有如皦日

十六 陳辯女詩

續列女傳以陳風墓門為陳辯女作。辯女者陳國採桑之女也。晉大夫解居甫使於宋道過陳。遇採桑之女止而戲之曰。女為我歌。我將舍女。女乃為之歌。即墓門首章也。大夫又曰為我歌其二。即墓門二章也。大夫曰。其梅則有其鴞安在。女曰陳小國也。攝乎大國之間。因之以饑饉。加之以師旅。其人且亡。而況鴞乎。大夫乃服而釋之。君子謂辯女貞正而有辭。柔順而有守墓門全篇云

墓門有棘斧以斯之夫也不良國人知之知而不已誰昔然矣墓門有梅有鴞萃止夫也不良歌以訊之訊予不顧顛倒思予

右詩經所敍婦人詩十六家內數家無名氏蓋就古書確有考證者錄之非詩經中婦人詩止於是也其託於婦人之詞而疑莫能明者並不著焉兼存四家異說以諸家去古近說或各有所當如蔡人妻申人女陳辯女等大抵出齊民之家皆能守禮且有愛國之志周時婦學之盛如此故孔子錄詩多取婦人詩與

第三節　春秋時婦女雜文學

春秋之時婦學未墜故閨壼之彥往往詞成經綸言爲法則若是者衆矣至於詩歌文章尤多有傳者茲略擇而述之

春秋時婦人多能論事理而魯季敬姜明達於禮其敎子每推言政治之道列女傳曰魯季敬姜者莒女也號戴己魯大夫公父穆伯之妻文伯之母季康子之從祖叔母也博達知禮穆伯先死敬姜守寡文伯出學而還歸敬姜側目而盼之見其友上堂從後階降而卻行奉劍而正履若事父兄文伯自以爲成人矣敬姜召而數之曰昔者武王罷朝而結絲絑<small>絑疑韍</small>同作<small>韍</small>左右顧無可使結之者俯而自申之故能成王道桓公坐友三人諫臣五人曰舉過者三十人故能成伯業周公一食而三吐哺一沐而三握髮所執摯而見於窮閭隘巷者七十

餘人。故能存周室。彼二聖一賢者。皆霸王之君也。而下人如此。其所與游者皆過己者也。是以日益而不自知也。今以子年之少而位之卑。所與游者皆爲服役子之不益亦已明矣。文伯乃謝罪於是乃擇嚴師賢友而事之。所與游處者皆黃耇倪齒也。文伯引袵攘捲而親饋之。敬姜曰子成人矣。君子謂敬姜備於致化。文伯相魯。敬姜謂之曰。吾語汝治國之要。盡在經矣。御覽引注曰經總絲縷以成文采。有經國治民之象。

敬姜曰子成人矣。乃擇君子謂敬姜備於致化。文伯相魯。敬姜謂之曰。吾語汝治國之要。盡在經矣。

失出入而不絕者梱也。故盡可以爲正物者。所以治蕪與莫也。不可不彊。故幅可以爲將畫者所以均不服。不服也。梱可以爲大行人也。推而引往者。綜也。綜可以爲關內之師。

多少之數者均也。均可以爲內史。服重任行遠道。正直而固者。軸也。軸可以爲都大夫。持交而不

者摘也。摘可以爲三公。文伯再拜受教。文伯退朝。朝敬姜方績文伯曰。以歇可以爲相。舒而無窮

猶續懼干季孫之怒。其以歇爲不能事主乎。敬姜歎曰。魯其亡乎。使童子備官而未之聞耶。

居吾語汝昔聖王之處民也。擇瘠土而處之。勞其民而用之。故長王天下。夫民勞則思。思則

善心生。逸則淫。淫則忘善。忘善則惡心生。沃土之民不材淫也。瘠土之民嚮義勞也。是故天

子大采朝日與三公九卿祖識地德。日入監九御。使潔奉禘郊之粢盛。而後即安卿大夫朝考其職晝講其

之業命畫考其國職夕省其典刑夜儆百工。使無慆淫而後即安。卿大夫朝考其職晝講其

庶政夕序其業夜庀其家事而後卽安士朝而受業晝而講貫夕而習復夜而計過無憾而後卽安自庶人以下明而動晦而休無日以息王后親織元紞公侯之大夫加之以紘綖卿之內子爲大帶命婦成祭服列士之妻加之以朝服自庶士以下皆衣其夫社而賦事烝而獻功男女效績愆則有辟古之制也君子勞心小人勞力先王之訓也自上以下誰致淫心舍力今我寡也爾又在下位朝夕處事猶恐忘先人之業況有怠惰其何以避辟吾冀而朝夕脩我曰必無廢先人爾今日胡不自安以是承君之官余懼穆伯之絕祀也仲尼聞之曰弟子志之季氏之婦不淫矣詩曰婦無公事休其蠶織言婦人以織績爲公事者也休之非禮也敬姜能推治國之達道以立人生義務之本其言甚有法度亦文章之工者也故特著之於此焉

婦人辯通者如管姜婧阿谷處女之類今彙記之列女傳曰姜婧者齊相管仲之妾也寧戚欲見桓公道無從乃爲人僕將車宿齊東門之外桓公因出寧戚擊牛角而商歌甚悲桓公異之使管仲迎之管仲不知所謂不朝五日而有憂色其妾婧進曰公不朝五日而有憂色敢問國家之事耶君之謀也管仲曰非汝所知也婧曰妾聞之也母老老毋賤賤毋少少母弱弱管仲曰何謂也昔者太公望年七十屠牛於朝歌市八十爲天子師九十而封於齊由是觀之老可老耶夫伊尹有蔃氏之媵臣也湯立以爲三公天

下之治太平由是觀之賤可賤耶皋子生五歲而贊禹皋子皋陶之子伯益也詩正義引曹大家注云由是觀之少可少耶缺騩生七日而超其母由是觀之弱可弱耶於是管仲乃下席而謝曰吾請語子其故昔日公使我迎戚寧戚寧戚曰浩浩乎白水吾不知其所謂是故憂之其妾笑曰人已語君矣君不知識耶古有白水之詩詩不云乎浩浩白水儵儵之魚君來召我我將安居國家未定從我焉如此寧戚之欲得仕國家也管仲大悅以報桓公桓公乃脩官府齋戒五日見寧子因以爲佐齊國以治君子謂子貢曰阿谷處女者阿谷之隧也孔子南遊過阿谷之隧見處子佩璜而浣孔子謂子貢曰彼浣者其可與言乎抽觴以授子貢曰我辭以觀其志子貢曰我北鄙之人也自北徂南將欲之楚逢天之暑我思譚譚願乞一飲以伏我心處子曰阿谷之隧隱曲之地其水一清一濁流入於海欲飲則飲何問乎婢子授子貢觴迎流而挹之投而棄之從流而挹之滿而溢之跪置沙上曰禮不親授子貢還報其辭孔子曰丘已知之矣抽琴去其軫以授子貢曰爲之辭子貢往曰鄉者聞子之言穆如清風不拂不寤私復我心有斡願借子調其音處子曰我鄙野之人也陋固無心五音不知安能調琴孔子曰丘已知之矣遇賢則賓抽絺紵五兩以當子之身子不早命竊有狂不拂不癢私復我心有斡願借子調其音處子曰我鄙野之人也陋固無心五音不知安能調琴孔子曰丘已知之矣遇賢則賓抽絺紵五兩以授子貢曰我鄙野之人也非敢以當子之身子不早命竊有狂子貢往曰吾北鄙之人也自北徂南將欲之楚有絺紵五兩願注之水旁處子曰行客之人嗟然永久分其資財棄於鄙野妾年甚少何敢受子子不早命竊有狂

夫名之者矣巳 昏禮有問名言子貢以告孔子。孔子曰。丘巳知之矣。斯婦人達於人情而知禮。
受人之聘
詩云南有喬木不可休思漢有游女不可求思此之謂也孔子欲以觀風故使子貢設辭以
賤妾浣女而辭博達情如此足見婦學之盛也其餘當時婦人議論辭令之善者具見載籍
不悉述焉

春秋時婦人多愛國者如許穆夫人之賦載馳宋襄母之賦河廣吟詠所感宗國賴以不墜。
前已述之矣亦有編戶處女憂心民事懷不能白殉之以死有仁者之志焉魯漆室女是也
漆室女常倚柱悲吟而嘯鄰人謂曰欲嫁耶何吟之悲耶女曰嗟乎吾傷民心悲而嘯豈欲
嫁哉自傷懷潔而爲鄰人所疑於是褰裳而去之入山林之中見女貞之木喟然太息援琴
而歌自縊而死所謂志潔而行芳何以異於屈原之徒者耶其歌或謂之女貞木歌或謂之
貞女引或謂之處女吟其辭曰

菁菁茂木隱獨榮兮變化垂枝含蘤英兮脩身養志建令名兮厭道不同善惡并兮屈躬
就濁世疑清兮懷忠見疑何貪生兮

春秋時婦人不僅爲詩歌其雜文亦有傳者後世嘗獲晉姜鼎蓋齊女而爲晉侯夫人者也
王氏書苑云春秋時齊歸晉女者獻公則齊姜文公則少姜其在春秋前則穆
侯夫人書傳雖間有缺遺不得盡見然其著者如此齊少姜早死齊姜不得主祀穆侯世惟

文公夫人當襄公之世猶不棄祀事疑此大姜鼎也其銘辭曰。

維王十月乙亥晉姜曰余惟嗣先始君晉邦余不敢荒寧。

柳下惠妻自爲柳下惠諡詞是諡之最早者列女傳曰柳下惠處魯三黜而不去憂民救亂
妻曰無乃瀆乎君子有二恥國無道而貴恥也國有道而賤恥也今當亂世三黜而不去亦
近恥也柳下惠曰油油之民將陷於害吾能已乎且彼爲彼我爲我彼雖裸裎安能汚我油
油然與之處仕於下位柳下惠既死門人將誄之妻曰我將誄夫子之德耶則二三子不如姜
之知也乃自爲之誄門人從之莫能竄一字君子謂柳下惠妻能光其夫其誄曰
夫子之不伐兮夫子之不竭兮夫子之信誠而與人無害兮屈柔從俗不強察兮蒙恥救
民德彌大兮雖遇三黜終不蔽兮愷悌君子永能厲兮嗟乎惜哉乃下世兮庶幾遐年今
遂逝兮嗚呼哀哉魂神泄兮夫子之諡宜爲惠兮

此外春秋時婦人歌詩見傳記者采錄如下

風俗通曰百里奚爲秦相堂上樂作所賃澣婦自言知音因援琴撫絃而歌問之乃其故妻
還爲夫婦也亦謂屢屢歌其辭曰

百里奚五羊皮憶別時烹伏雌炊扊扅今日富貴忘我爲。

百里奚五羊皮父梁肉子啼飢夫文繡妻澣衣嗟乎富貴忘我爲。

百里奚初娶我時五羊皮臨當相別時烹乳雞今適富貴忘我爲。

百里奚百里奚母已死葬南谿墳以瓦覆以柴春黃藜搤伏雞今日富貴捐我為。

琴苑要錄曰伯姬引者伯姬保母之所作也伯姬魯女為宋共公夫人公薨伯姬執節守貞。

魯襄公三十年宋宮災伯姬在焉有司請曰火將至矣伯姬曰吾聞婦人夜出不見傅母不下堂遂平火而死其母自傷行遲悼伯姬之遇災援琴而歌曰

嘉名潔兮行彌彰托節鼓兮令躬喪歔欷何辜遇斯殃嗟嗟奈何罹斯殃

列女傳曰杞梁妻者齊杞梁殖之妻也莊公襲莒殖戰而死莊公歸遇其妻使使者弔之於路杞梁妻曰今殖有罪君何辱命焉若令殖免於罪則賤妾有先人之弊廬在下妾不得與郊弔於是莊公乃還車詣其室成禮然後去杞梁之妻無子內外皆無五屬之親乃枕其夫之尸於城下而哭之內誠動人道路觀者莫不為之揮涕十日而城為之崩遂赴淄水而死琴操云殖死其妻援琴作歌曰

樂莫樂兮新相知悲莫悲兮生別離

揚琴清英曰衞女傅母作雉朝飛操 今注異 古辭曰

雉朝飛兮鳴相和雌雄群游於山阿我獨何命兮未有家。時將莫兮可奈何嗟嗟莫兮可奈何。

列女傳貞順傳曰陶嬰者魯陶門之女也少寡養幼孤無強昆弟紡績爲產魯人或聞其義將求焉嬰聞之恐不得免作歌明己之不更二也魯人聞之曰斯女不可得已遂不敢復求其歌曰

悲黃鵠之早寡兮七年不雙宛頸獨宿兮不與衆同夜半悲鳴兮想其故雄天命早寡兮獨宿何傷寡婦念此兮泣下數行嗚呼悲兮死者不可忘飛鳥尚然兮況于貞良雖有賢雄兮終不重行。

列女傳辨通傳曰女娟者趙河津之女也簡子南擊楚津吏醉臥不能渡簡子怒欲殺之娟懼持楫走前曰願以微軀易父之死簡子遂釋不誅將渡用楫者少一人娟攘拳操楫而請簡子遂與渡中流爲簡子發河激之歌其辭曰

升彼阿兮面觀清水揚波兮杳冥冥禱求福兮醉不醒誅將加兮妾心驚罰既釋兮瀆乃清妾持楫兮操其維蛟龍助兮主將歸呼來櫂兮行勿疑。

搜神記曰吳王夫差小女名玉悅童子韓重欲嫁之不得乃結氣而死重游學歸知之往弔於墓側玉形見顧重延頸而歌此事甚怪然是後世依託鬼詩之始其傳又古故以後不錄鬼詩惟著此條其歌曰

南山有鳥北山張羅意欲從君讒言孔多悲結成疹殁命黃壚命之不造冤如之何羽族

之長名曰鳳凰一日失雄三年感傷雖有衆鳥不爲四雙故見鄙姿逢君輝光身遠心近。

吳越春秋時越王將入吳與諸大夫別於浙江之上羣臣垂泣越王夫人顧鳥鵲啄江渚之蝦飛去復來因作歌風雅逸篇以爲蓋依託也其辭曰

仰飛鳥兮烏鳶凌玄虛兮號翩集洲渚兮啄蝦恣矯翩兮雲間任厭性兮往還妾無罪兮
貧地有何辜兮譴天飄獨憂兮西往孰知返兮何年心懀懀兮若割淚泫泫兮雙懸
彼飛鳥兮鳶鳥已迴翔兮翕蘇心在專兮素蝦何居食兮江湖徊復翔兮游颺去復返兮
於乎始事君兮終我命兮何辜離我國兮去吳妻衣褐兮爲婢夫去
冕兮爲奴歲遙遙兮難窮悲痛兮心惻腸千結兮服膺於乎哀兮忘食願我身兮如鳥
身翱翔兮矯翼去我國兮心遙情惋惋兮誰識

吳越春秋曰越王自吳還國勞身苦心懸膽於戶出入嘗之知吳王好服之被體使國中男女入山采葛作黃絲之布以獻之吳王乃增越之封賜羽毛之飾几杖諸侯之服越國大悅
女之婦傷越王用心之苦乃作若之何詩云

采葛之婦傷越王用心之苦乃作若之何詩云
葛不連蔓棻台台我君心苦命更之嘗膽不苦甘如飴。令我采葛以作絲。女工織兮不敢
遲弱於羅兮輕霏霏號絺素兮將獻之越王悅兮忘罪除吳王歡兮飛尺書增封益地賜

羽奇几杖茵蓐諸侯儀羣臣拜舞天顏舒我王何憂能不移。
鳥鳶歌及采葛婦歌始越人相傳已久以爲句踐時歌詞故中時有越語漢人乃次之以入吳越春秋與。

第四節　戰國婦女文學

戰國時婦學已漸微而猶多賢母如孟母之善教子尤其著者也初孟氏之舍近墓孟子之少也嬉游爲墓間之事踴躍築埋孟母曰此非吾所以居處子也乃去舍市旁其嬉戲爲買人衒賣之事孟母又曰此非吾所以居處子也復徙舍學宮之旁其嬉游乃設俎豆揖讓進退孟母曰眞可以居吾子矣遂居之及孟子長學六藝卒成大儒孟子少時旣學而歸孟母方績問曰學何所至矣孟子曰自若也孟母以刀斷其織孟子懼而問其故孟母曰子之廢學若吾斷斯織也夫君子學以立名問則廣知是以居則安寧動則遠害今而廢之是不免於廝役而無以離於禍患也何以異於織績而食中道廢而不爲寧能衣其夫子而長不乏糧食哉女則廢其所食男則墮於脩德不爲竊盜則爲虜役矣孟子懼旦夕勤學不息師事子思遂成天下之名儒或曰受業子思之門人　孟子旣娶將入私室其婦袒而在內孟子不悅遂去不入婦辭孟母而求去曰妾聞夫婦之道私室不與焉今者妾竊情在室而夫子見妾勃然不悅是客妾也婦人之義蓋不客宿請歸父母於是孟母召孟子而謂之曰夫禮將入門問孰

存所以致敬也將上堂聲必揚所以戒人也將入戶視必下恐見人過也今子不察於禮而責禮於人不亦遠乎孟子謝遂留其婦君子謂孟母知禮而明於姑母之道孟子處齊而有憂色孟母見之曰子若有憂色何也孟子曰不也異日閒居擁楹而歎孟母見之曰鄉見子有憂色不也今擁楹而歎何也孟子對曰軻聞之君子稱身而就位不為苟得而受賞不貪榮祿諸侯不聽則不達其上聽而不用則不踐其朝今道不用於齊願行而母老是以憂也孟母曰夫婦人之禮精五飯羃酒漿養姑縫衣裳而已矣故有閨門之脩而無境外之志易曰在中饋無攸遂詩曰無非無儀惟酒食是議以言婦人無擅制之義而有三從之道也故年少則從乎父母出嫁則從乎夫夫死則從乎子禮也今子成人也而我老矣子行乎子義吾行乎禮君子謂孟母知婦道孟母達禮而言稱詩易亦深通六藝者也

戰國時縱橫長短之說方盛而婦人亦操之以為談辯如列女傳辯通所記齊威虞姬齊鍾離春齊宿瘤女齊孤逐女楚處莊姪之類皆縱橫家者流與春秋之世婦人愛國者雖或形於詩歌而多無術以自達如魯漆室女則憂歎自殺而已戰國之女子遂能以其說干世主而傾動之蓋當時戰爭相屬人民常見亡國破家之事因得閒以察天下之大勢孰思安危巧變之計故有縱橫長短之術其風氣乃漸於婦人戰國婦人所以多辯通之才者非盡習俗移人實由大勢所迫使不得不自奮而談國政亦戰國婦人文學之特質也今述鍾離

齊孤逐女楚處莊姪之事於此鍾離春者齊無鹽邑之女宣王之正后也其爲人極醜無雙臼頭深目長壯大節卬鼻結喉肥項少髮折腰出胸皮膚若漆行年四十無所容入銜嫁不讎流棄莫執於是乃拂拭短褐自詣宣王謂謁者曰妾齊之不讎女也聞君王之聖德願備後宮之埽除頓首司馬門外唯王幸許之謁者以聞宣王方置酒於漸臺左右聞之莫不掩口大笑曰此天下強顏女子也豈不異哉於是宣王乃召見之謂曰昔者先王爲寡人娶妃四皆已備今有列位矣今夫人不容於鄉里布衣而欲干萬乘之主亦有何奇能哉鍾離春對曰無有特竊慕大王之美義耳王曰雖然何善良久曰竊嘗善隱宣王曰隱固寡人之所願也試一行之言正卒忽然不見宣王大驚立發隱書而讀之退而推之又未能得明日又更召而問之不以隱對但揚目銜齒舉手拊膝曰殆哉殆哉如此者四宣王曰願遂聞命鍾離春對曰今大王之君國也西有衡秦之患南有強楚之讎外有二國之難內聚姦臣衆人不附春秋四十壯男不立不務衆子而務衆婦尊所好忽所恃一旦山陵崩弛社稷不定此一殆也漸臺五重黃金白玉琅玕籠翡翠珠璣幕絡連飾萬民罷極此二殆也賢者匿於山林諂諛強於左右邪僞立於本朝諫者不得通入此三殆也飲酒沈湎以夜繼晝女樂俳優縱橫大笑外不脩諸侯之禮內不秉國家之治此四殆也故曰殆哉殆哉於是宣王喟然而歎曰痛乎無鹽君之言乃今一聞於是折漸臺罷女樂退諂諛去雕琢選兵馬實府庫四

辟公門招進直言延及側陋。卜擇吉日立太子。進慈母拜無鹽君爲后而齊國大安者醜女之力也齊孤逐女者齊卽墨之女齊相之妻也初逐女孤無父母狀甚醜三逐於鄉五逐於里過時無所容齊相婦死逐女造襄王之門而見謁者曰妾三逐於鄉五逐於里孤無父母擯棄於野無所容止願當君王之盛顏盡其愚辭左右復於王王輟食吐哺而起曰三逐於鄉者不忠也五逐於里者不忠少禮之人何足爲貴王曰子不識也夫牛鳴而馬不應非不聞牛聲也異類故也此人必有與人異者矣逐見與之語三日曰大王知國之柱乎王曰不知也逐女曰柱相國是也夫柱不正則棟不安棟不安則榱橡墮則屋幾覆矣王則棟矣庶民榱橡也夫屋堅與不堅在乎柱國家安與不安在乎相今大王既有明知而國相不可不審也王曰諾其二日王曰吾國相奚若對曰王之國相其左右若有過之者乎相不可易乎王曰吾相其可用也推一而用之故楚用虞邱子而得孫叔敖燕用郭隗而得樂毅大王誠能厲之則此可用矣王曰吾用之奈何逐女對曰昔者齊桓公尊九九之人而有道之士歸之越王敬螳蜋之怒而勇士死之葉公好龍而龍爲暴下物之所徵固不須頃王曰善逐尊相敬而事之以逐女妻之居三日四方之士多歸於齊而國以治楚處莊姪者。姪潽宮舊妘楚頃襄王之夫人縣邑之女也。初頃襄王好臺榭出入不時行年四十。不立太子諫者蔽塞屈原放逐國既殆矣秦欲襲其國乃使張儀間之使其左右謂王曰南游於唐五百里有樂焉。王將往是時莊姪年十二謂其母曰王好淫樂出入不時春秋既盛不立太子今秦又使人重賂左右以惑我王使遊五百里之外以觀其勢王已出姦臣必倚敵國而發謀王必不得反國姪願往諫之。其母曰汝嬰兒也安知諫不遣姪乃逃以緹竿爲幟姪持幟伏南郊道旁王車至姪擧其幟王見之而止使人往問之使者報曰有一女童之於幟下。願有謁於王曰女何爲者也姪對曰妾縣邑之女也欲言隱事於王。恐壅蔽而不得見聞大王出遊五百里以戒寡人姪對曰大魚失水有龍無尾牆欲內崩而王不視王曰何也姪對曰大魚失水者王離國五百里也樂之於前不思禍之起於後也有龍無尾者王既年四十無太子也國無强輔必且殆也牆欲內崩而王不視者禍亂且成而王不改也王曰何謂也姪曰王好臺榭不恤衆庶出入不時耳目不聰明春秋四十不立太子國無强輔外內崩壞强秦使人內閒王左右使王不改日以滋甚。今禍且構王遊於五百里之外王必遂往國非王之國也王曰何也姪曰王之致此三難也以五患姪曰宮室相望城郭闊達一患也宮垣衣繡民人無褐二患也奢侈無度國且虛竭三患也百姓饑餓馬有餘秣四患也邪臣在側賢者不達五患也五患故及三難王曰善命後車載之立還反國門已閉反者已定王乃發鄢郢之師以擊之僅能勝之乃立姪爲夫人位在鄭子袖之右爲王陳節儉愛民之事楚國復強君子謂莊姪雖違於禮而終守以正按春秋時婦人多秉禮敎至戰國則又有談說游士之習其所陳說雖非政治根本之計而亦足就權宜之用蓋戰國女子固往往明白時務也

戰國時婦人詩歌殊不多見今亦略錄其一二琴苑要錄曰思歸引者衞女之所作也昔衞侯有女邵王聞其賢請聘之未至而王薨太子欲留之不聽拘於深宮欲歸不得援琴而歌曲終縊而死戰國無邵王始燕王也當戰國時衞嘗貶稱侯其歌曰

涓涓泉水流及於淇兮有懷於衞靡日不思執節不移兮行不隳玷軻何辜兮離厥菑乎何辜兮離厥菑

韓憑戰國時爲宋康王舍人妻何氏美王欲之捕舍人築青陵臺何氏作烏鵲以見志曰

南山有鳥北山張羅烏自高飛羅當奈何烏鵲雙飛不樂鳳凰妾是庶人不樂宋王

何氏又答憑書曰其雨淫淫河大水深日出當心康王得書以問蘇賀賀曰雨淫淫愁且思也河水深不得往來也日當心有死志也俄而憑自殺妻亦縊死

史記及列女傳並載趙武靈王夢見處女鼓瑟而歌曰美人熒熒兮顏若苕之榮命兮命兮

史記作乎分逢天時而生。此句史記無曾莫我嬴嬴。有命淑生遇其時人莫知己貴盛。史記莫作無不重嬴字集解謂言此夢中詩。荒誕不可據。燕丹子曰荊軻刺秦王右手執匕首左手把其袖秦王曰乞聽琴聲而死琴女奏曲云。

羅縠單衣可掣而絕三尺屏風可超而越鹿盧之劍可負而拔。

秦王從其計荊軻不解琴故及於難秦享國淺其時婦人文學無有傳者僅此曲耳。

第二編上 中古婦女文學（兩漢）

第一章 漢之宮廷文學

第一節 唐山夫人

周官九嬪之婦學至秦而亡漢之宮廷制度略於秦而不知法周雖羣妾各有官爵後亦有內起居注要其法簡陋內政既弛於后妃女學遂衰於天下然猶非後世所能及也漢書外戚傳謂漢興因秦之稱號帝母稱皇太后祖母稱太皇太后適稱皇后妾皆稱夫人又有美人良人八子七子長使少使之號焉至武帝制倢伃經娥俗華充依各有爵位而元帝加昭儀之號凡十四等此前漢宮制度之大略也光武中興斲彫爲朴六宮稱號唯皇后貴人又置美人宮人采女三等並無爵秩歲時賞賜充給而已高祖初起其宮人尚多諳習文雅者而唐山夫人所作故不知詩書唐山房中樂雖楚聲然猶近雅漢書禮樂志曰漢房中祠樂高祖唐山夫人所作也周有房中樂至秦名曰壽人凡樂樂其所生禮不忘本高祖樂楚聲故房中樂楚聲也孝惠二年使樂府令夏侯寬備其簫管更名曰安世樂韋昭曰唐山姓也今著其詞

安世房中歌

大孝備矣休德昭清高張四懸樂充宮廷芬樹羽林雲景杳冥金支秀華庶旄翠旌。

七始華始肅倡和聲神來宴媵庶幾是聽諔諔音送細齊人情忽乘青玄熙事備成清思

瞉瞉經緯冥冥

我定歷數人告其心敕身齊戒施教申申乃立祖廟敬明尊親大矣孝熙四極爰臻

王侯秉德其鄰翼翼顯明昭式清明鄪矣皇帝孝德竟全大功撫安四極

海內有姦紛亂東北詔撫成師武臣承德行樂交逆簫勺羣慝肅爲濟哉蓋定燕國

大海蕩蕩水所歸高賢愉愉民所懷大山崔百卉殖民何貴貴有德

安其所樂終產樂終產世繼緒飛龍秋游上天高賢愉樂民人

豐草葽女蘿施善何如誰能回大莫大成教德長莫長被無極

雷震震電耀耀明德郷治本約治本約澤弘大加被寵咸相保德施大世曼壽

都荔遂芳賓窊桂華孝奏天儀若日月光乘玄四龍回馳北行羽旄殷盛芬哉芒芒孝道

隨世我署文章

馮馮翼翼承天之則吾易久遠燭明四極慈惠所愛美若休德杳杳冥冥克綽永福

禮禮卽卽師象山則鳴呼孝哉案撫戎國蠻夷竭歡象來致福兼臨是愛終無兵革

嘉薦芳矣告靈饗矣告靈旣饗德音孔臧惟德之臧建侯之常承保天休令問不忘

皇皇鴻明蕩侯休德嘉承天和伊樂厥福在樂不荒惟民之則

浚則師德下民咸殖令聞在舊孔容翼翼。

孔容之常承帝之明下民之樂子孫保光承順溫良受帝之光嘉薦令芳壽考不忘。

承帝明德象山則雲施稱民永受厥福承容之常承帝之明下民安樂受福無疆。

劉元城語錄曰西漢樂章可齊三代舊見漢禮樂志房中樂十七章格韻高嚴規模簡古駿

駿乎商周之頌噫異哉此高祖一時佐命功臣下至叔孫通輩皆不能爲此歌尋推其原乃

唐山夫人所作漢初乃有此人縱使竹竿載馳方之陋矣陳繹曾詩譜曰安世歌質古文雅。

第二節　班倢伃

唐山夫人詩雖典雅古質而其他文不傳故漢宮人中惟班倢伃有集傳於當時也漢書曰

孝成班倢伃帝初卽位選入後宮始爲少使俄而大幸爲倢伃居增成舍再就館有男數月

失之成帝游於後庭嘗欲與倢伃同輦載倢伃辭曰觀古圖畫賢聖之君皆有名臣在側三

代末主乃有嬖女今欲同輦得無近似之乎上善其言而止太后聞之喜曰古有樊姬今有

班倢伃倢伃誦詩及窈窕德象女師之篇（師古曰窈窕德象女師爲古箴戒之書）每進見上疏依則古禮自

鴻嘉後上稍隆於內寵其後趙飛燕姊弟亦從自微賤興踰越禮制寖盛於前班倢伃及許

皇后皆失寵稀復進見鴻嘉三年趙飛燕譖告許皇后班倢伃挾媚道祝詛後宮詈及主上

許皇后坐廢考問班倢伃對曰妾聞死生有命富貴在天修正尙未蒙福爲邪欲以何

望使鬼神有知不受不臣之愬如其無知愬之何益故不爲也上善其對憐憫之賜黃金百斤趙氏姊弟驕妬倢伃恐久見危求共養太后長信宮上許焉倢伃退處東宮作賦自傷悼其辭曰

承祖考之遺德兮何性命之淑靈登薄軀於宮闕兮充下陳於後庭蒙聖皇之渥惠兮當日月之盛明揚光烈之翕赫兮奉隆寵於增成既過幸於非位兮竊庶幾乎嘉時每寤寐而纍息兮申佩離以自思陳女圖以鏡監兮顧女史而問詩悲晨婦之作戒兮哀褒閻爲蔡美皇英之女虞任姒之母周雖愚陋其靡及兮敢舍心而忘茲歷年歲而悼懼兮閔蕃華之不滋痛陽祿與柘館兮仍繼褓而離災豈妾人之殃咎兮將天命之不可求白日忽已移光兮遂晻莫而昧幽猶被覆載之厚德兮不廢捐於罪郵奉共養於東宮兮託長信之末流共灑掃於帷幄兮永終死以爲期願歸骨於山足兮依松柏之餘休曰

潛玄宮兮幽以清應門閉兮禁闥扃華殿塵兮玉階苔中庭萋兮綠草生廣室陰兮帷幄暗房櫳虛兮風泠泠感帷裳兮發紅羅紛綷縩兮紈素聲神眇眇兮密靚處君不御兮誰爲榮俯視兮丹墀思君兮履綦仰視兮雲屋雙涕兮橫流顧左右兮和顏酌羽觴兮銷憂惟人生兮一世忽一過兮若浮已獨享兮高明處生民兮極休勉虞精兮極樂與福祿兮無期祿衣兮白華自古兮有之

茅坤曰賦之藻思當勝相如健仔集今不傳所傳又有擣素賦其辭曰

測平分以知歲酌玉衡之初臨見禽華以麃色忽霜鶴之傳音佇風軒而結睇對愁雲之浮沉雖松梧之貞脆豈榮彫其異心若乃廣儲懸月暉水流淸桂露朝滿涼襟夕輕燕姜含蘭而未吐趙女抽簧而絕聲改容飾而相命卷霜帛而下庭曳羅裙之綺靡振珠佩之精明若乃盼睞生姿動容多致弱態含羞妖風靡麗皎若升崖之昭晰調鉛無以玉其貌凝朱不能異其脣勝雲霞之邇日似桃李之向春紅黛煥相媚綺組擇鸞笑笑姸妍步生芳兩靨如張纈肌柔液音性閑良於是投香杵扣玫砧擇鸞聲爭鳳音梧因調遠柱由貞而響沈散繁輕而浮捷節疏而淸深含笙摐筑比玉兼金不墳匪籨匪瑟匪琴或旋環而紆鬱或相參而不雜或將往而中還或已離而復合翔鴻爲之徘徊落英爲之颯沓調非常律聲無定本緗俾反聽落手之參差從風飆之遠近或連躍而更投或暫舒而長卷淸寰鸞之歸晚當是時也鍾期改聽伯牙弛琴間絕響漢上傳〔一作停〕一作音蕭史編管而擬吹周王調笙以象吟若乃窈窕姝妙之年幽閒貞靜〔一作靜〕專之性符皎日之心甘首疾之病歌采綠之章發東山之詠望明月以撫心對秋風而掩鏡閱絞練之初成擇玄黃之妙匹〔一作逸〕準華裁於昔時疑形異於今日想驕奢之或至許椒蘭之多術勳陋製之無韻慮蛾眉之爲愧懷百憂之盈抱空千里兮飮淚

佟長袖於妍袂綴半月於微縫表纖手於微縫廱見迹而知心計修路之退復怨芬菲之易泄書既封而重題笥已緘而更結慙行客而無言還空房而掩咽健伃又有報諸姪書曰託言屬見元帝所賜健伃書相比元帝被病無驚但鍛鍊後宮貴人書也類多華辭至如成帝則推誠寫實若家人夫婦相與書矣何可比也故略陳其短長令汝曹自評之成帝嘗有書賜健伃故云然也成帝崩健伃充奉園陵薨因葬園中班健伃又善五言文選載其怨歌行曰

新裂齊紈素皎潔如霜雪裁成合歡扇團團似明月出入君懷袖動搖微風發常恐秋節至涼飈奪炎熱棄捐篋笥中恩情中道絕

鍾嶸詩品曰健伃詩其源出於李陵團扇短章辭旨清捷怨深文綺得匹婦之致樂府獨以怨歌行爲顏延年作未足據也

第三節　後漢馬皇后

范蔚宗曰東京皇統屢絕權歸女主外立者四帝臨朝者六后莫不定策帷奩委事父兄貪孩童以久其政抑明賢以專其威蓋東漢外戚之權頗重而后妃之通經術有文學者推馬皇后及鄧皇后其餘莫逮也

馬皇后爲伏波將軍援之女顯宗之后也能誦易好讀春秋楚辭尤善周官董仲舒書常衣

大練裙不加緣朔望諸姬主朝請望見后袍衣疏麤反以為綺縠就視乃笑后辭曰此繒特宜染色故用之耳六宮莫不歎息諸將奏事及公卿較議難平者帝數以試后后輒分解趣理各得其情每言政事多所毗補而未嘗以家私干故寵敬始終不衰肅宗即位尊曰皇太后自撰顯宗起居注削去見防參醫藥事帝請曰黃門舅旦夕供養且一年旣無襃異又不錄勤勞無乃過乎太后曰吾不欲令後世聞先帝數親后宮之家故不著也建初元年欲封爵諸舅明年夏大旱言事者以為不封外戚之故因此上奏宜依舊典太后詔曰凡言事者皆欲媚朕以要福耳昔王氏五侯同日俱封其時黃霧四塞不聞澍雨之應。又田蚡竇嬰寵貴橫恣傾覆之禍為世所傳故先帝防愼舅氏不令在樞機之位諸子之封。裁令半楚淮陽諸國常謂我子不當與先帝子等今有司奈何欲以馬氏比陰氏乎吾為天下母而身服大練食不求甘左右但著帛無香薰之飾者欲身率下也以為外親見之當傷心自勑但笑言太后素好儉前過濯龍門上見外家問起居者車如流水馬如**游龍蒼頭衣綠構領袖正白顧視御者不及遠矣故不加譴怒但絕歲用而已冀以默愧其心而猶懈怠無憂國忘家之慮知臣莫若君況親屬乎吾豈可上負先帝之旨下虧先人之德重襲西京敗亡之禍哉。
帝省詔悲歎復重請曰漢興舅氏之封侯猶皇子之為王也太后誠存謙虛奈何令臣獨不

加恩三舅乎。且衞尉年尊兩校尉有大病。如令不諱使臣長抱刻骨之恨。太后報曰。吾反覆念之思令兩善豈徒欲獲謙謙之名而使帝受不外施之嫌哉。昔竇太后欲封王皇后之兄。丞相條侯言受高祖約無軍功非劉氏不侯。今馬氏無功於國豈得與陰郭中興之后等邪。常觀富貴之家祿位重疊猶再實之木其根必傷。且人所以願封侯者欲上奉祭祀下求溫飽耳。今祭祀則受四方之珍衣食則蒙御府餘資。斯豈不足而必當得一縣乎。吾計之熟矣。勿有疑也。夫至孝之行安親爲上。今數遭變異穀價數倍憂惶晝夜不安坐臥。而欲先營外封違慈母之拳拳乎。吾素剛急有胸中氣不可不順也。若陰陽調和邊境清靜然後行子之志。吾但當含飴弄孫不能復關政矣。后又置織室蠶於濯龍中數往觀視以爲娛樂。常與帝旦夕言道政事及敎授諸小王論語經書。述敍平生雍和終日。後帝以天下豐稔方垂無事終封三舅。廖防光爲列侯並辭讓願就關內侯。太后聞之曰聖人設敎各有其方。知人情性莫能齊也。吾少壯時但慕竹帛志不顧命。今雖已老而復戒之在得。故日夜惕厲思自降損居不求安食不念飽冀乘此道不負先帝。所以化導兄弟共同斯志欲令瞑目之日無所復恨。何意老志復不從哉。萬年之日長恨矣。廖等不得已受封爵而退位歸第焉。太后寢疾不信巫祝小醫。數勑絕禱祀。蓋馬后之言頗近儒家也。

第四節　後漢鄧皇后

和帝鄧皇后者鄧禹之孫也六歲能史書十二通詩論語諸兄每讀經傳輒下意難問志在典籍不問居家之事母常非之曰汝不習女工以供衣服乃更務學寧當舉博士耶后重違母言晝脩婦業暮誦經典家人號曰諸生父訓異之事無大小輒與詳議初爲貴人陰后廢立爲皇后和帝崩長子平原王有疾殤帝生始百日后乃迎立之尊后爲皇太后太后臨朝和帝葬後宮人並歸園太后賜周馮貴人策曰

膠與貴人託配後庭共歡等列十有餘年不獲福祐先帝早棄天下孤心煢煢靡所瞻仰夙夜永懷惔怛發中今當以舊典分歸外園慘結增歎燕燕之詩豈能喻焉其賜貴人王青蓋車采飾輅驂馬各一駟黃金三十斤雜帛三千四百越四千端

殤帝崩太后定策立安帝以連遭大憂百姓苦役殤帝康陵諸工作事事減約十分居一詔告司隸校尉河南尹南陽太守曰

每覽前代外戚賓客假借威權輕薄謥詞至有濁亂奉公爲人患苦咎在執法怠懈不輒行其罰故也今車騎將軍騭等雖懷敬順之志而宗門廣大姻戚不少賓客姦猾多干禁憲其明加檢勅勿相容護

太后自入宮挍從曹大家受經書兼天文算數晝省王政夜則誦讀而患其謬誤懼乖典章

乃博選諸儒劉珍等及博士議郎四府掾史五十餘人詣東觀讎校傳記事畢奏御賜葛布各有差又詔中官近臣於東觀受讀經傳以教授宮人左右習誦朝夕濟濟永初七年入太廟齋因與皇帝交獻親薦成禮而還因下詔曰

凡供薦新味多非其節或鬱養强熟或穿掘萌芽味無所至而夭折生長豈所以順時育物乎傳曰非其時不食自今奉祠陵廟及給御者皆須時乃上

元初六年太后詔徵和帝弟濟北河間王子男女年五歲以上四十餘人又鄧氏近親子孫三十餘人並爲開邸第教學經書躬自監試尚幼者使置師保朝夕入宮撫循詔導恩愛甚渥乃詔從兄河南尹豹越騎校尉康等曰

吾所以引納羣子置之學官者實以方今承百王之敝時俗淺薄巧僞滋生五經衰缺不有化導將遂陵遲故欲襃崇聖道以匡失俗傳不云乎飽食終日無所用心難矣哉今末世貴戚食祿之家溫衣美飯乘堅驅良而面牆術學不識臧否斯故禍敗所從來也永平中四姓小侯皆令入學所以矯俗厲薄反之忠孝先公既以武功書之竹帛兼以文德敎化子孫故能束修不觸羅網誠令兒曹上述祖考休烈下念詔書本意則足矣其勉之哉

鄧后臨朝凡二十年永寧二年崩其遺詔曰

朕以無德託母天下而薄祐不天早離大憂延平之際海內無主元元忍運危於累卵勤

勤苦心不敢以萬乘爲樂。上欲不欺天愧先帝。下不違人負宿心。誠在濟度百姓以安劉氏。自謂感徹天地當蒙福祚。而喪禍內外傷痛不絕。頃以廢病沈滯久不侍祠。自力上原陵。加欷逆唾血。遂至不解。存亡大分無可奈何。公卿百官其勉盡忠恪以輔朝廷。

第五節　漢之宮廷雜文學

漢世后妃公主其遺文自上所述外猶有可見者掇錄於下。

一、戚夫人　高祖幸定陶愛幸戚姬生趙隱王如意數欲易太子惠帝立呂后乃令永巷囚戚夫人髡鉗衣赭令舂夫人舂且歌太后聞之大怒曰乃欲倚女子耶召趙王殺之戚夫人遂有人彘之禍其歌曰

　　子爲王母爲虜終日舂薄暮常與死爲伍相離三千里當誰使告汝。

二、華容夫人　華容夫人者燕王旦夫人也旦爲武帝弟四子以謀廢立事發覺憂懣置酒會賓客王自歌夫人起舞續歌坐者皆泣王遂自殺夫人歌曰

　　髮紛紛兮寘渠骨籍籍兮亡居母求死子兮妻求死夫徘徊兩渠間兮君子獨安居。

三、烏孫公主　武帝元封中遣江都王建女細君爲烏孫公主以妻烏孫昆莫昆莫年老言語不通公主悲乃作歌曰

　　吾家嫁我兮天一方遠託異國兮烏孫王穹廬爲室兮旃爲牆。以肉爲食兮酪爲漿常思

漢王兮心內傷願爲黃鵠兮歸故鄉。

四、王皇后　元帝王皇后王莽姑成帝母也平帝即位年九歲時莽秉政尊爲太皇太后。有襄中山孝王衞后詔曰

中山孝王后深分明爲人後之義條陳故定陶傅太后丁姬詩天逆理上僭位號徙定陶王於信都爲共王立廟於京師如天子制不畏天命侮聖人言壞亂法度居非其制稱非其號是以皇天震怒火燒其殿六年之間大命不遂禍殃仍重竟令孝哀帝受其餘災大失天心夭命暴崩又令共王祭祀絕廢精魂無所依歸殃惟孝王后深說經義明鏡聖法懼古人之禍敗近事之咎硋畏天命奉聖言是洒久保一國長獲天祿而令孝王永享無疆之祀福祥之大者也朕甚嘉之夫襄義賞善聖王之制其以中山故安戶七千益中山后湯沐邑

五、王嬙　嬙字昭君齊國王穰女元帝宮人時匈奴求美人爲閼氏昭君請行或曰元帝後宮既多不得常見乃使畫工圖其形按圖召幸宮人皆賂畫工昭君自恃其貌獨不與乃惡圖之其後匈奴入朝選美人配之昭君之圖當行及入辭光彩射人悚動左右元帝悔恨窮案其事畫工毛延壽棄市昭君竟行在胡嘗上元帝書曰臣妾幸得備身禁臠謂身依日月死有餘芳而失意丹青遠竄異域誠得捐軀報主何敢自憐獨惜國家黜陟移於賤工南望

漢闕徒增愴結耳有父有弟惟陛下少憐之。或曰此又作怨詩曰。
秋木萋萋其葉萎黃有鳥處山集於苞桑養育毛羽形容生光既得升雲上游曲房離宮
絕曠身體攉殘志念抑沉不得頡頏雖得委食心有回徨我獨伊何來往變常翩翩之鶯。
遠集西羌高山峨峨河水泱泱父兮母兮道里悠長嗚呼哀哉憂心惻傷

六許皇后　成帝許皇后聰慧善史書後以祝詛事坐廢成帝時數有災異用劉向谷永等
言減省椒房掖廷用度嘗上疏曰

妾誇布 孟康曰誇大也布之衣也 服糲食加以幼稚愚惑不明義理幸得免離茅屋之下備後宮掃
除蒙過誤之寵居非命所當託洿穢不修曠職尸官數逆至法踰越制度當伏放流之誅
不足以塞責迺壬寅日大長秋受詔椒房儀法御服輿駕所發諸官署及所造作遺賜外
家羣臣妾皆如竟寧以前故事妾伏自念入椒房以來遺賜外家未嘗踰故事每輒決上
可覆問也今誠時世異制長短相補不出漢制而已纖微之閒未必可同若竟寧前與黃
龍前豈相放哉且使妾搖手不得今言無得發取諸官殆謂未
央宮不屬妾不宜獨取也言妾家亦不當得妾竊惑焉幸得賜湯沐邑以自奉養亦小
發取其中何害於誼而不可哉又詔書言服御所造皆如竟寧不能撰其意即且
令妾被服所為不得不如前設妾欲作某屏風張於某所曰故事無有或不能得則必繩

— 59 —

妾以詔書矣此二事誠不可行。唯陛下省察官吏忮很必欲自勝。幸妾尚貴時猶以不急事操人況今日日益侵又獲此詔其操約人豈有所訴陛下見妾在椒房終不肯給妾繒微內邪。所師古曰內邪言內中邪者也邪語辭

及發乘輿服繪言爲待詔補已而貿易其中若不私府小取將安所仰乎舊故中宮乃私奪左右之賤繒大父母戴侯敬侯皆得蒙恩以太牢祠今當率如故事唯陛下哀之今更甫受詔讀記直豫言使后知之非可復若私府有所取也其萌芽所以約制妾者恐失人理今但損車駕前於今世而比之豈可耶故時酒肉有所賜外家輒上表乃決又故杜陵梁美人歲時遺酒一石肉百斤耳妾甚少之遺田八子誠不可若是事率衆多不可勝以文陳侯自見索言之唯陛下深察焉

七 趙皇后　成帝趙皇后飛燕長安民家女。初拜健仔尋冊爲后有上成帝箋曰。

臣妾久備掖庭先承幸御遣賜大號積有歲時近因始生之日復加善視之私特屈乘輿。俯臨東掖久侍宴私再承幸御臣妾數月來內宮盈實月脈不流飲食甘美不異常日知聖躬之在體辨天日之入懷虹初貫日聽是眞符龍據妾胸茲爲佳瑞更期蕃育神嗣抱日趨庭瞻望聖明踴躍臨賀謹此以聞。

西京雜記又載飛燕歸風送遠操曰

涼風起兮天隕霜懷君子兮渺難望感予心兮多慨慷。

八　趙昭儀　趙昭儀者飛燕之妹令傳其與飛燕二牋如下。

天地交暢貴人姊及此令吉光登正位爲先人休不堪喜豫謹奏二十六物以賀金屑組
文茵一鋪沉水香蓮心椀一面五色同心大結一盤鴛鴦萬金錦一疋琉璃屛風一張枕
前不夜珠一枚含香綠毛狸藉一鋪通香虎皮檀象一座龍香握魚二首獨搖寶蓮一鋪
七出菱花鏡一籢精金璵弦一作環四指若亡絳綃單衣一襲香文羅手藉三卷七回光雄
舫髮澤一盎紫金被褥香爐一枚文犀辟毒箸一雙碧玉膏籤一合
今日嘉辰貴姊懋膺洪册謹上襪三十五條以陳踴躍之心金華紫羅面衣。
織成上襦織成下裳五色文綬鴛鴦襦鴛鴦被鴛鴦褥金鵠繡襠七寶蘢履五色文玉環。
同心七寶釵黃金步搖合歡圓璫琥珀枕龜文枕珊瑚玦瑪瑙彄雲母扇孔雀扇翠羽扇
九華扇五明扇雲母屛風琉璃屛風五層金博山香爐迴風扇椰葉席同心梅含枝李靑
木香沉水香螺卮九眞雄麝香七枝鐙。

九　梁皇后　順帝梁后諱妠冲帝質帝時俱以皇太后臨朝秉政桓帝立歸政臨終有遺詔
曰。

脺素有心下結氣閒以來加以浮腫逆害飲食寢以沈困比使內外勞心請禱私自忖度日夜虛劣不能復與羣公卿士共相終竟援立聖嗣恨不久育養見其終始今以皇帝將軍兄弟委付股肱其各自勉焉

十唐姬　廢帝宏農王妃帝被弒姬歸潁川父欲嫁之誓不許嘗抗袖而歌以悲廢帝曰皇天崩兮后土頹身爲帝兮命夭擢死生異路兮從此乖奈何縈獨兮心中哀

漢人文字流傳已尠故於宮廷篇翰並集而次之如此

第二章　婦女與五言詩之淵源

世傳五言詩起於蘇李詩經中雖偶有五言未有全篇五言者故以蘇李爲首也古詩中已有枚乘作要至武帝時五言乃大盛耳然楚漢春秋載虞姬答項王楚歌全篇五言在楚漢之際是五言詩淵源於婦女也困學紀聞曰太史公述楚漢春秋其不載於書者之際蘇李之前是五言詩淵源於婦女也困學紀聞曰太史公述楚漢春秋其不載於書者正義云項羽美人和之云是時已爲五言矣按虞姬項羽美人羽被圍垓下起舞帳中乃慷慨悲歌美人和之遂自刎其歌曰

漢兵已略地四面楚歌聲大王意氣盡賤妾何聊生

漢女與蘇李同時而爲五言者有卓文君之白頭吟西京雜記曰司馬相如將聘茂陵人女爲妾文君作白頭吟以自絕相如乃止

白頭吟

皚如山上雪皎若雲間月聞君有兩意故來相決絕今日斗酒會明旦溝水頭躞蹀御溝上溝水東西流淒淒復淒淒嫁娶不須啼願得一心人白頭不相離竹竿何嫋嫋魚尾何徙徙男兒重意氣何用錢刀為 右卓文君本辭

皚如山上雪皎若雲間月聞君有兩意故來相決絕 解一平生共城中何嘗斗酒會今日斗酒會明旦溝水頭躞蹀御溝上溝水東西流 解二郭東亦有樵西亦有樵兩樵相推與無親為誰驕 解三淒淒復淒淒嫁娶不須啼願得一心人白頭不相離 解四竹竿何嫋嫋魚尾何徙徙男兒欲相知何用錢刀為 箆如馬噉萁川上高士嬉今日相對樂延年萬歲期 樂右所奏文略有異同

文君白頭吟措詞溫厚頗得怨而不怒之旨又蘇武妻亦有五言詩武帝太初四年中郎將蘇武出使單于作詩留別其妻答之曰

與君結新婚宿昔當別離涼風動秋草蟋蟀鳴相隨列列寒蟬吟寒蟬抱枯枝枯枝時飛揚身體忽遷移不悲身體移當惜歲月馳歲月無窮極會合安可知願為雙黃鵠悲鳴戲清池

漢樂府中有陌上桑是漢時女子羅敷所作崔豹古今注曰敷姓秦氏邯鄲人同邑千乘王

仁妻王仁後為趙王家令羅敷出採桑於陌上趙王登臺見而悅之置酒欲奪之羅敷善彈箏作陌上桑以自明趙王乃止今陌上桑歌辭中使君即喻趙王也其辭流傳絕古當出於西漢蘇李之際乎

陌上桑

日出東南隅照我秦氏樓秦氏有好女自名為羅敷羅敷善蠶桑採桑城南隅青絲為籠係桂枝為籠鈎頭上倭墮髻耳中明月珠湘綺為下裙紫綺為上襦行者見羅敷下擔捋髭鬚少年見羅敷脫帽著帩頭耕者忘其犁鋤者忘其鋤來歸相怨怒但坐觀羅敷使君從南來五馬立踟躕使君遣吏往問是誰家姝秦氏有好女自名為羅敷羅敷年幾何二十尚不足十五頗有餘使君謝羅敷寧可共載不羅敷前致辭使君一何愚使君自有婦羅敷自有夫東方千餘騎夫壻居上頭何用識夫壻白馬從驪駒青絲繫馬尾黃金絡馬頭腰中鹿盧劍可值千萬餘十五府小史二十朝大夫三十侍中郎四十專城居為人潔白皙鬑鬑頗有髭盈盈公府步冉冉府中趨坐中數千人皆言夫壻殊

第三章 班昭

一 略傳

蘇李前則有虞姬蘇李並世有蘇武妻卓文君羅敷等是五言詩亦淵源於婦女也。

班昭者扶風班彪之女曹世叔之妻也字惠班一名姬博學高才世叔早卒有節行法度兄固著漢書其八表及天文志未及竟而卒和帝詔昭就東觀藏書閣踵而成之帝數召入宮令皇后諸貴人事焉號曰大家每有貢獻異物輒詔大家作賦頌及鄧太后臨朝與聞政事以出入之勤特封子成關內侯官至齊相時漢書始出多未能通者同郡馬融伏於閣下從昭受讀後又詔融兄續繼昭成之昭作女誡七篇馬融善之令妻女習焉昭女妹曹豐生亦有才惠爲書以難之辭有可觀昭年七十餘卒皇太后素服舉哀事所著賦頌銘誄問注哀辭書論上疏遺令凡十六篇子婦丁氏爲撰集之又作大家讚焉隋志有曹大家集三卷

二 詞賦

班昭集今不傳惟傳其賦四篇錄之如下。

東征賦

惟永初之有七兮余隨子乎東征時孟春之吉日兮撰良辰而將行乃舉趾而升輿兮夕予宿乎偃師遂去故而就新兮志愴恨而懷悲明發曙而不寐兮心遲遲而有違酌樽酒以弛念兮喟抑情而自非諒不登樔而椓蠡兮得不陳力而相追且從衆而就列兮聽天命之所歸遵通衢之大道兮求捷徑欲從誰乃遂往而徂逝兮聊遊目而遨魂歷七邑而

觀覽兮遭莘縣之多艱望河洛之交流兮看成皋之旋門既免脫於峻嶮兮歷滎陽而過卷食原武之息足宿陽武之桑間涉封邱而踐路兮慕京師而竊歎小人性之懷土兮自書傳而有焉遂進道而少前兮得平邱之北邊入匡郭而追遠兮念夫子之厄勤彼衰亂之無道兮乃困畏乎聖人悵容與而久駐兮忘日月而將昏到長垣之境界察農野之居民睹蒲城之邱墟兮生荊棘之榛榛惕覺寤而顧問兮想子路之威神衛人嘉其勇義兮迄於今而稱云蘧氏在城之東南兮民亦尚其邱墳唯德爲不朽兮身既歿而名存惟經典之所美兮貴道德與仁賢吳札稱多君子兮其言信而有徵後衰微而遭患兮遂陵遲而不與知性命之在天由力行而近仁勉仰高而蹈景兮盡忠恕而與人好正直而不回兮精誠通於明神庶靈祇之鑒照兮祐貞良而輔信亂曰君子之思必成文兮盡言言志慕古人兮先君行止則有作兮雖其不敏敢不法兮貴賤貧富不可求兮正身履道以俟時兮修短之運愚智同兮靖恭委命唯吉凶兮敬慎無怠思謙約兮清靜少欲師公綽兮。

大雀賦 有序

大家同產兄西域都護定遠侯班超獻大雀詔令大家作賦曰。

嘉大雀之所集生崑崙之靈邱同小名而大異乃鳳凰之匹儔懷有德而歸義故翔萬里

而來遊集帝庭而止息樂和氣而優遊。上下協而相親聽雅頌之雍雍自東西與南北咸思服而來同。

鍼縷賦

鎔秋金之剛精形微妙而直端性通達而漸進博庶物而一貫惟鍼縷之列迹信廣博而無原退透迤以補過似素絲之羔羊何斗筲之足算咸勒石而升堂

蟬賦

伊玄蟲之微陋亦攝生於天壤當三秋之盛暑陵高木之流響融風被而來遊商飆厲而化往

右四篇惟東征賦確為完篇文選錄之注引大家集曰子穀為陳留長大家隨至官作東征賦流別論曰發洛至陳留述所經歷也餘篇雖見諸書所引似非全文後漢書稱班昭所作尚有銘頌誄問諸文今不可見矣

三 女誡

女誡 并序

班昭所作女誡後漢書稱其有助內訓馬融亦令妻女習之惟昭壻之妹曹豐生獨為書以難之而其書不傳女誡以卑順為主自是當時禮敎之遺訓是以後世傳之也今備錄其文

鄙人愚暗受性不敏蒙先君之餘寵賴母師之典訓年十有四執箕箒於曹氏于今四十餘載矣戰戰兢兢常懼黜辱以增父母之羞以益中外之累夙夜劬心勤不告勞而今而後乃知免耳吾性疏頑教導無素恆恐子穀負辱清朝聖恩橫加猥賜金紫實非鄙人庶幾所望也男能自謀矣吾不復以為憂也但傷諸女方當適人而不漸訓誨不聞婦禮懼失容他們取恥宗族吾今疾在沈滯性命無常念汝曹如此每用惆悵因作女誡七章願諸女各寫一通庶有補益裨助汝身去矣其勖勉之

卑弱第一

古者生女三日臥之牀下弄之瓦甎而齋告焉臥之牀下明其卑弱主下人也弄之瓦塼明其習勞主執勤也齋告先君明當主繼祭祀也三者蓋女人之常道禮法之典教矣謙讓恭敬先人後己有善莫名有惡莫辭忍辱含垢常若畏懼是謂卑弱下人也晚寢早作勿憚夙夜執務私事不辭劇易所作必成手跡整理是謂執勤也正色端操以事夫主清淨自守無好戲笑潔齊酒食以供祖宗是謂繼祭祀也三者苟備而患名稱之不聞黜辱之在身未之見也三者苟失之何名稱之可聞黜辱之可遠哉

夫婦第二

夫婦之道參配陰陽通達神明信天地之宏義人倫之大節也是以禮貴男女之際詩著

關雎之義由斯言之不可不重也夫不賢則無以御婦婦不賢則無以事夫夫不御婦則威儀廢缺婦不事夫則義理墮闕方斯二者其用一也察今之君子徒知妻婦之不可不御威儀之不可不整故訓其男檢以書傳殊不知夫主之不可不事義禮之不可不存也但教男而不教女不亦蔽於彼此之數乎禮八歲始教之書十五而至於學矣獨不可依此以為則哉

敬慎第三

陰陽殊性男女異行。陽以剛為德陰以柔為用。男以強為貴女以弱為美故鄙諺有云。生男如狼猶恐其尪生女如鼠猶恐其虎然則修身莫若敬避強莫若順故曰敬順之道婦之大禮也夫敬非他持久之謂也夫順非他寬裕之謂也持久者知止足也寬裕者尚恭下也夫婦之好終身不離房室周旋遂生媟黷媟黷既生語言過矣語言既過縱恣必作。縱恣既作則侮夫之心生矣此由於不知止足者也夫事有曲直言有是非直者不能不爭曲者不能不訟訟爭既施則有忿怒之事矣此由於不尚恭下者也侮夫不節譴呵從之忿怒不止楚撻從之夫為夫婦者義以和親恩以好合楚撻既行何義之存譴呵既宣何恩之有恩義既廢夫婦離矣。

婦行第四

女有四行一曰婦德二曰婦言三曰婦容四曰婦功夫云婦德不必才明絕異也婦言不必辯口利辭也婦容不必顏色美麗也婦功不必工巧過人也清閒貞靜守節整齊行已有恥動靜有法是謂婦德擇詞而說不道惡語時然後言不厭於人是謂婦言盥洗塵穢服飾鮮潔沐浴以時身不垢辱是謂婦容專心紡績不好戲笑潔齊酒食以奉賓客是謂婦功此四者女人之大德而不可乏之者也然爲之甚易惟在存心耳古人有言仁遠乎哉我欲仁斯至矣此之謂也

專心第五

禮夫有再娶之義婦無二適之文故曰夫者天也天固不可逃夫固不可離也行違神祇天則罰之禮義有愆夫則薄之故女憲曰得意一人是謂永畢失意一人是謂永訖由斯言之夫不可不求其心然所求者亦非謂佞媚苟親也固莫若專心正色禮義居絜耳無淫聽目無邪視出無冶容入無廢飾無聚會羣輩無看視門戶此則謂專心正色矣若夫動靜輕脫視聽陝輸入則亂髮壞形出則窈窕作態說所不當道觀所不當視此謂不能

專心正色矣

曲從第六

夫得意一人是謂永畢失意一人是謂永訖欲人定志專心之言也舅姑之心豈當可失

哉。物有以恩自離者。亦有以義自破者也。夫雖云愛舅姑云非。此所謂以義自破者也然則舅姑之心奈何。固莫尙於曲從矣。姑云不爾而是固宜從矣。令姑云爾而非猶宜順命勿得違戾是非爭分曲直此則所謂曲從矣。故女憲曰婦如影響焉不可賞哉

和叔妹第七

婦人之得意於夫主由舅姑之愛已也。舅姑之愛已。由叔妹之譽已也。由此言之。我臧否毀譽一由叔妹。叔妹之心復不可失也。皆莫知叔妹之不可失。而不能和之以求親其蔽也哉。自非聖人。鮮能無過故顏子貴於能改仲尼嘉其不貳而況婦人者也雖以賢女之行聰哲之性其能備乎是故室人和則謗掩內外離則惡揚此必然之勢也易曰二人同心其利斷金同心之言其臭如蘭此之謂也夫叔妹者體敵而尊恩疎而義親若淑媛謙順之人則能依義以篤好崇恩以結援使嶽美顯彰而瑕過隱塞舅姑矜善而夫主嘉美聲譽曜於邑隣休光延於父母若夫愚之人於嫂則託名以自高於妹則因寵以驕盈既施何和之有恩義既乖何譽之臻是以美隱而過宣姑忿而夫慍毀譽布於中外恥辱集於厥身進增父母之羞退益君子之累斯乃榮辱之本而顯否之基也可不愼哉然則求叔妹之心固莫尙於謙順矣。謙則德之柄順則婦之行知斯二者足以和矣詩曰在彼無惡在此無射其斯之謂也

四、雜著

班固雜文後漢書所載惟上鄧皇后疏及爲兄上書二首永初中太后兄大將軍鄧騭以母憂上書乞身太后不欲許以問昭昭因上疏曰

伏惟皇太后陛下躬盛德之美隆唐虞之政闢四門而開四聰采狂夫之瞽言納芻蕘之謀慮妾昭得以愚朽身當盛明敢不披露肝膽以效萬一妾聞謙讓之風德莫大焉故典墳述美神祇降福昔夷齊去國天下服其廉高泰伯違邠孔子稱爲三讓所以光昭令德揚名於後者也論語曰能以禮讓爲國於從政乎何有由是言之推讓之誠其致遠矣今四舅深執忠孝引身自退而以方隅未靜拒而不許如後有豪毛加於今日誠恐推讓之名不可再得緣見逮及故敢昧死竭其愚情自知言不足采以示蟲蟻之赤心

昭兄超爲西域都護西域五十餘國悉皆納質內屬以功封定遠侯然超久在絕域垂三十年年老思土永元十二年上書乞得一歸時昭亦上書言之帝感其言乃徵超還昭上書之辭曰

妾同產兄西域都護定遠侯超幸得以微功備列通侯超之始出志捐軀命賴蒙陛下神靈且得延命沙漠至今積三十年骨肉生離不復相識相隨士卒皆已物故超年最長今且七十衰老被病雖欲竭盡其力以報塞天恩迫於歲暮犬馬齒索蠻夷之性悖逆侮老

而超日暮入地久不見代恐開姦宄之源生逆亂之心如有卒暴超之氣力不能從心上損國家累世之功下棄忠臣竭力之用誠可痛也超有書與妾訣恐不復相見妾誠傷超以壯年竭忠孝於沙漠疲老則捐死於曠野誠可哀憐如不蒙救護超後有一旦之變冀幸超家得蒙趙母衞姬先請之貸

後漢書稱昭兄固著漢書惟八表及天文志未及竟而卒和帝詔就東觀閣藏書閣踵成之八表者異姓諸侯王表第一諸侯王表第二王子侯表第三高惠高后孝文功臣表第四景武昭宣元成哀功臣表第五外戚恩澤侯表第六百官公卿表第七古今人表第八是也

今按八表諸序不類固文疑卽昭之辭也其異姓諸侯王表序曰

昔詩書述序虞夏之際舜禹受禮積德累功洽於百姓攝位行政考之於天經數十年然後在位殷周之王乃繇卨稷修仁行義歷十餘世至於湯武然後放殺秦起襄公文繆獻孝昭嚴稍蠶食六國百有餘載至始皇迺幷天下以德若彼用力如此其艱難也秦旣稱帝患周之敗以爲起於處士橫議諸侯力爭四夷交侵以弱見奪於是削去五等墮城銷刃箝語燒書內鋤雄俊外攘胡粤用壹威權爲萬世安然十餘年間猛敵橫發乎不虞適成疆於五伯閭閻逼於戎狄嚮應譍於謗議奮臂威於甲兵鄉秦之禁適所以資豪傑而速自斃也是以漢亡尺土之階繇一劍之任五載而成帝業書傳所記未嘗有焉何則古

世相革皆承聖王之烈今漢獨收孤秦之弊鎔金石者難爲功，擢枯朽者易爲力，其執然也。故據漢受命譜十八王月而列之，天下一統迤以年數迄於孝文異姓盡矣。說者又爲漢書王莽傳敍事直遂而少檢制，或是大家之筆然史無明證。昭又有列女傳注會鞏以今列女傳中陳嬰母及東漢以來十六事爲昭所益傳注不傳，時見御覽諸書所引。昭亦爲兄固通賦作注，尙存文選中，蓋昭既承父兄史學，兼通經術小學，宜多著書，故是古今列女文學之宗也。

第四章　徐淑

徐淑者隴西人，上郡掾秦嘉妻，嘉適郡淑病不能從，嘉以詩贈之，後復作書遺之，兼以明鏡寶釵芳香素琴贈焉。今傳嘉贈詩有數首，錄其中二章。其一曰：人生譬朝露，居世多屯蹇，憂艱常早至，歡會常苦晚，念當奉時役，去爾日遙遠，遣車迎子還，空往復空返，省書情悽愴，臨食不能飯，獨坐空房中，誰與相勸勉，憂來如循環，匪席不可卷。又曰：肅肅僕夫征，鏘鏘揚和鈴，清晨當引邁，束帶待雞鳴，顧看空室中，髣髴想姿形，一別懷萬恨，起坐爲不寧，何用敍我心，遺思致款誠，寶釵好耀首，明鏡可鑒形，芳香去垢穢，素琴有清聲，詩人感木瓜，乃欲答瑤瓊，愧彼贈我厚，慙此往物輕，雖知未足報，貴用敍我情。淑亦作詩并書答之，嘉死淑毀形不嫁，旋以哀慟卒。詩品云：漢爲五言者數家，而婦人居其二，淑之作無減於紈扇矣。今具列於下。

答夫秦嘉詩

妾身兮不令嬰疾兮來歸沈滯兮家門歷時兮不差曠廢兮侍觀敬兮有違君今兮奉命迢遞兮京師悠悠兮離別無因兮敘懷瞻望兮躑躅佇立兮俳徊思君兮感結夢想兮容暉君發兮引邁去我兮日乖恨無兮羽翼高飛兮相追長吟兮永嘆淚下兮沾衣。

答夫秦嘉書二首

知屈珪璋應奉藏使策名王府觀國之光雖失高素皓然之業亦是仲尼執鞭之操也自初承問心願東還迫疾惟宜抱歎而已日月已盡行有例想嚴莊已辦發邁在近誰謂宋遠企予望之室邇人遐我勞如何深谷逶迤而君是涉高山巖巖而君是越斯亦難矣長路悠悠而君是踐冰霜慘烈而君是履身非形影何得動而輒俱體非比目何得同而不離於是詠萱草之喻以消兩家之思割今者之恨以待將來之歡今適樂土優游京邑觀王都之壯麗察天下之珍妙得無目玩意移往而不能出耶既惠音令兼賜諸物厚顧慇懃出於非望鏡有文彩之麗釵有殊異之觀芳香既珍素琴益好惠異物於鄙陋割所珍以相賜非豐恩之厚孰肯若斯覽鏡執釵情想髣髴操琴詠詩思心成結勅以芳香馥身喻以明鏡鑑形此言過矣未獲我心也昔詩人有飛蓬之感

班倢伃有誰榮之歎素琴之作當須君歸明鏡之鑒當待君還未奉光儀則寶釵不設也未侍帷帳則芳香不發也

第五章 蔡琰

蔡琰字文姬陳留人蔡邕女同郡董祀之妻也博學有才辨又妙於音律邕嘗夜鼓琴弦絕琰曰第二絃邕曰偶得之耳故斷一絃問之琰曰第四絃並不差謬初適河東衞仲道夫亡無子與平中天下喪亂文姬爲胡騎所獲沒於南匈奴左賢王在胡中十二年生二子曹操素與邕善痛其無嗣乃遣使者以金璧贖之而重嫁董祀爲屯田都尉犯法當死文姬詣曹操請之時公卿名士及遠方使驛坐者滿堂操謂賓客曰蔡伯喈女在外今爲諸君見之及文姬進蓬首徒行叩頭請罪音辭清辨旨甚酸哀衆皆爲改容操曰誠實相矜然文狀已去奈何姬曰明公廐馬萬匹虎士成林何惜疾足一騎而不濟垂死之命乎操感其言乃追原罪時且寒賜以頭巾履襪操因問曰聞夫人家先多墳籍猶能憶識之不文姬曰昔亡父賜書四千餘卷流離塗炭罔有存者今所誦憶裁四百餘篇耳操曰今當使十吏就夫人寫之文姬曰妾聞男女之別禮不親授乞給紙筆眞草惟命於是繕書送之文無遺誤後感傷亂離追懷悲憤作詩二章其辭曰

漢季失權柄董卓亂天常志欲圖篡弑先害諸賢良逼迫遷舊邦擁主以自彊海內興義

師欲共討不祥卓衆來東下。金甲耀日光。平土人脆弱來具皆胡羌。獵野圍城邑。所向悉破亡。斬截無孑遺。尸骸相拒撐。馬邊懸人頭。馬後載婦女。長驅西入關。迥路險且阻。還顧邈冥冥。肝脾爲爛腐。所略有萬計。不得令屯聚。或有骨肉俱。欲言不敢語。失意幾微間。輒言斃降虜。要當以停刃。我曹不活汝。豈復惜性命。不堪其詈罵。或便加捶楚。毒痛參幷下。

旦則號泣行。夜則悲吟坐。欲死不能得。欲生無一可。彼蒼者何辜。乃遭此戹禍。邊荒與華異。人俗少義理。所處多霜雪。胡風春夏起。翩翩吹我衣。肅肅入我耳。感時念父母。哀歎無窮已。有客從外來。聞之常歡喜。迎問其消息。輒復非鄉里。邂逅徼時願。骨肉來迎己。自解免當復棄兒子。天屬綴人心。念別無會期。存亡永乖隔。不忍與之辭。兒前抱我頸。問母欲何之。人言母當去。豈復有還時。阿母常仁惻。今何更不慈。我尚未成人。奈何不顧思。

見此崩五內。恍惚生狂癡。號泣手撫摩。當發復回疑。兼有同時輩。相送告離別。慕我獨得歸。哀叫聲摧裂。馬爲立踟躕。車爲不轉轍。觀者皆歔欷。行路亦嗚咽。去去割情戀。遄征日遐邁。悠悠三千里。何時復交會。念我出腹子。胸臆爲摧敗。既至家人盡。又復無中外。城郭爲山林。庭宇生荊艾。白骨不知誰從橫莫覆蓋。出門無人聲。豺狼號且吠。煢煢對孤景。怛咤糜肝肺。登高遠眺望。魂神忽飛逝。奄若壽命盡。旁人相寬大。爲復彊視息。雖生何聊賴。

託命於新人。竭心自勗厲。流離成鄙賤。常恐復捐廢。人生幾何時。懷憂終年歲。

嗟薄祐兮遭世患宗族殄兮門戶單身執略兮入西關歷險阻兮之羌蠻山谷渺渺兮路漫漫眷東顧兮但悲歎暝當宿兮不能安饑當食兮不能餐常流涕兮皆不乾薄志節兮念死難雖苟活兮無形顏惟彼方兮遠陽精氣凝兮雪夏零沙漠壅兮塵冥冥有草木兮春不榮人似禽兮食臭腥言兜離兮狀窈停歲聿暮兮時邁征夜悠長兮禁門扃不能寐兮起屏營登胡殿兮臨廣庭玄雲合兮翳月星北風厲兮蕭泠泠胡笳動兮邊馬鳴孤雁歸兮聲嚶嚶樂人興兮彈琴箏音相和兮悲且清心吐思兮胸憤盈欲舒氣兮恐彼驚含哀咽兮涕沾頸家既迎兮當歸寧臨長路兮捐所生兒呼母兮啼失聲我掩耳兮不忍聽追持我兮走煢煢頓復起兮毀顏形還顧之兮破人情心怛絕兮死復生

東坡以此詩非文姬作以為文姬流離在父沒之後董卓既誅乃遇禍今此詩乃云為董卓所驅虜入胡尤知非真也蓋擬作者疏略而范曄荒淺遂載之本傳寬夫詩話辨之曰後漢蔡琰傳載其二詩或疑董卓死邕被誅而詩敘以卓亂流入胡為非琰辭此蓋未嘗詳考於史也且卓既擅廢立袁紹輩起兵山東以誅卓挾獻帝遷長安是時士大夫豈能皆以家自隨乎則琰之入胡不必在邕誅之後其詩首言逼迫遷舊邦擁主以自強海內興義師欲共誅不祥則指紹輩固可見繼言平土人脆弱來兵皆胡羌縱獵圍城邑所向悉破亡馬邊懸人頭馬後載婦女長驅西入關迥路險且阻則是為山東兵所掠也其

末乃云感時念父母哀嘆無窮已。則邕尚無恙尤無疑也蔡說亦甚有理故錄以備考文姬又有胡笳十八拍激昂悲壯其辭曰

我生之初尚無為我生之後漢祚衰天不仁兮降亂離地不仁兮使我逢此時干戈日尋兮道路危民卒流亡共哀悲煙塵蔽野兮胡虜盛志意乖兮節義虧對殊俗兮非我宜。遭惡辱兮當告誰笳一會兮琴一拍心憒怨兮無人知

戎羯逼我兮為室家將我行兮向天涯雲山萬重疊歸路遐疾風千里兮揚塵沙人多暴猛兮如虺蛇控弦被甲兮為驕奢兩拍張絃兮絃欲絕志摧心折兮自悲嗟

越漢國兮入胡城亡家失身兮不如無生氈裘為裳兮骨肉震羶羯羶為味兮枉遏我情鞞鼓喧兮從夜達明胡風浩浩兮暗塞營傷今感昔兮三拍成銜悲畜恨兮何時平

無日無夜兮不思我鄉土稟氣含生兮莫過我苦天災國亂人無主唯我薄命兮沒戎虜殊俗心異兮身難處嗜欲不同誰可與語尋思涉歷兮多艱阻四拍成兮益憀楚

雁南征兮欲寄邊聲雁北歸兮欲得漢音雁高飛兮邈難尋空斷腸兮思愔愔攢眉向月兮撫雅琴五拍泠泠兮意彌深

冰霜凜凜兮身苦寒饑對肉酪兮不能餐夜聞隴水兮聲嗚咽朝見長城兮路杳漫追思往日兮行李艱六拍悲來兮欲罷彈

日暮風悲兮邊聲四起不知愁心兮說向誰是原埜蕭條兮烽戍萬里俗賤老弱兮少壯爲美逐有水草兮安家葺壘牛羊滿埜兮聚如蜂蟻草盡水竭兮羊馬皆徒七拍流恨兮惡居於此

爲天有眼兮何不見我獨漂流爲神有靈兮何獨處我天南北海頭我不負天兮天何使我殊配儔我不負神兮神何殛我越荒州製斯八拍兮擬俳優何知曲成兮心轉愁

天無涯兮地無邊我心愁兮亦復然人生倏忽兮如白駒之過隙然愁不得歡樂兮當我之盛年怨兮欲問天天蒼蒼兮上無緣舉頭仰望兮空雲煙九拍懷情兮誰與傳

城頭烽烟不曾滅疆場征戰何時歇殺氣朝朝衝塞門胡風夜夜吹邊月故鄉隔兮音塵絕哭無聲兮氣將咽一生辛苦兮緣離別十拍悲深兮淚成血

我非貪生而惡死不能捐身兮心有以生仍翼得兮歸桑梓死當埋骨長已矣日居月諸兮在戎壘胡人寵我兮有二子鞠之育之兮不羞恥愍之念之兮生長邊鄙十有一拍兮

因茲哀起響纒絲兮徹心髓

東風應律兮暖氣多知是漢家天子兮布陽和羌虜舞蹈兮共謳歌兩國交懽兮罷兵戈

忽遇漢使兮稱近臣詔遺千金贖妾身喜得生還兮逢聖君嗟別稚子兮會無因十有二拍兮哀樂均去住兩情兮難具陳

不謂殘生兮却得旋歸撫抱胡兒兮泣下沾衣漢使迎我兮四牡騑騑胡兒號兮誰得知

與我生死兮逢此時愁爲子兮日無光輝焉得羽翼兮將汝歸一步一遠兮足難移魂銷影絕兮恩愛遺。十有三拍兮絃急調悲肝腸攪刺兮人莫我知。

身歸國兮兒莫之隨心懸懸兮常如饑四時萬物兮有盛衰唯有愁苦兮不暫移。

十有四拍兮涕淚交垂河水東流兮心是思

閣兮見汝無期更深夜闌兮夢汝來斯夢中執手兮一喜一悲覺後痛吾心兮無休歇時。

十五拍兮節調促氣塡胸兮誰識曲處穹廬兮偶殊俗願得歸來兮天從欲再還漢國兮歡心足心有懷兮愁轉深日月無私兮曾不照臨子母分離兮意難任同天隔越兮如商參生死不相知兮何處尋

十六拍兮思茫茫我與兒兮各一方。日東月西兮徒相望不得相隨兮空斷腸對萱草兮憂不忘彈鳴琴兮情何傷今別子兮歸故鄉舊怨平兮新怨長泣血仰歎兮訴蒼蒼胡爲生兮獨罹此殃。

十七拍兮心鼻酸關山阻修兮行路難去時懷土兮心無緒來時別兒兮思漫漫塞上黃蒿兮枝枯葉乾沙場白骨兮刀痕箭瘢風霜凜凜兮春夏寒人馬饑荒兮筋力單豈知重得兮入長安歎息欲絕兮淚闌干。

胡笳本是出胡中。絲琴翻出音律同。十八拍兮曲雖終。響有餘兮思無窮。是知絲竹微妙兮均造化之功。哀樂各隨人心兮有變則通。胡與漢兮異域殊風。天與地隔兮子西母東。若我怨氣兮浩於長空。六合雖廣兮受之應不容。

第六章　漢代婦女雜文學

漢時婦女略有文辭可見者猶有數人漢文帝十三年齊太倉令淳于公有罪當刑詔獄逮繫長安淳于公無男有五女會逮將行罵其女曰生子不生男緩急非有益也其少女緹縈自傷悲泣乃隨其父至長安上書帝悲憐其意遂除肉刑其書曰

妾父為吏齊中皆稱其廉平今坐法當刑妾傷夫死者不可復生刑者不可復屬雖後欲改過自新其道無繇也妾願沒入為婢以贖父刑罪使得自新

又蘇伯玉妻失其姓氏伯玉出使在蜀久不歸其妻居長安思念之因作詩寫之盤中屈曲成文故曰盤中詩其詞意廻環之妙實為絕作且筆致靈警而詞氣疏宕古今文人罕見此妙其辭曰

山樹高鳥鳴悲泉水深鯉魚肥空倉雀常苦饑吏人婦會夫稀出門望見白衣謂當是而更非還入門中心悲北上堂西入階急機絞杼聲催長歎息當語誰君有行妾念之出有日還無期結巾帶長相思君忘妾未知之妾忘君罪當治妾有行宜知之黃者金白者玉

高者山下者谷姓者蘇字伯玉人才多知謀足家居長安身在蜀何惜馬蹄歸不數羊肉千觔酒百斛令君馬肥麥與粟今時人知四足與其書不能讀當從中央周四角梁夫人嫄者梁竦之女樊調之妻章帝梁貴人之姊也初梁貴人有寵於章帝生和帝為太子竇后養焉和帝之生梁氏喜相慶賀聞竇后驕恣專恣害外家乃誣陷梁氏為時竦在本郡安定詔書收殺之後和帝立竇后崩諸竇以罪惡誅放嫄從民間上書自訟曰妾同產女弟貴人前充後宮蒙先帝厚恩得見寵幸皇天授命誕生聖明而為竇憲兄弟所見譖訴使妾父竦寃死牢獄骸骨不掩老母孤弟遠徙萬里獨妾遺脫逸伏草野常恐沒命無由自達今遭值陛下神聖之運親統萬機羣物得所憲兄弟姦惡既伏辜誅海內曠然各獲其宜妾得蘇息拭目更視洒心自陳聞太宗即位薄氏蒙榮宣帝繼統史家復興姜門雖有薄史之親獨無外戚餘恩誠自悼傷姜父旣不可復生母氏年殊七十及弟棠等遠在絕域不知死生願乞收竦朽骨使母弟得歸本郡則施過天地存歿幸賴

書上和帝感悟梁氏之罪始白徵還母及弟等皆封侯續列女傳以嫄入於辨通傳焉。

竇玄字叔高平陵人狀貌絕異天子使出其妻以公主妻之舊妻悲怨作書別夫曰棄妻斥女敬白竇生卑賤鄙陋不如貴人妾日以遠彼日以親何所告訴仰呼蒼天悲哉

竇生衣不厭新人不厭故悲不可忍怨不自去彼獨何人而居我處。以天子奪人之夫其事絕悖此書可謂極怨忿之致矣又傳有寄夫怨歌亦名艷歌取書中二語其辭曰

熒熒白兔東走西顧。衣不如新人不如故。

第二編中　中古婦女文學（魏晉南北朝）

第一章　魏之婦女文學

魏承建安之體詩歌五言大盛於時魏武卞后及文帝甄后並有文采如丁廙妻之寡婦賦。有東京之遺則孟珠之陽春歌開子夜之格調今略述之

曹操卞夫人琅琊開陽人操納之於譙後丁夫人廢遂爲繼室生子丕彰植丕受漢禪尊爲太后楊修母本袁術姊妹操忌修且以袁術之甥慮爲後患殺之而卞夫人致書修母曰

下頓首貴門不遺賢郎輔位。每感篤念情在凝至。賢郎盛德熙妙。有蓋世文才闔門欽敬。寶用無已方今騷擾戎馬屢動主簿股肱近臣征伐之計事須敬咨官立金鼓之節而聞命違制明公性急忿然在外輒行軍法下姓當時亦所不知聞之心肝塗地驚愕斷悼痛酷楚情自不勝夫人多容卽見垂恕故送衣服一籠文絹百疋房子官錦百斤私所乘香車一乘牛一頭誠知微細以達往意望爲承納

楊夫人答書曰

彪袁氏頓首。路歧雖近不展淹久歎想之勞情抱山積。曹公匡濟天下遐邇以寧。四海歸仰。莫不感戴小兒疏細謬蒙采拾未有上報果自招罪戾念之痛楚五內傷裂尊意

不遺伏辱惠告見明公與太尉書具知委曲度子之行不過父母小兒違越分應至此憐其始立之年畢命埃土遺育孤幼言之崩潰明公所賜已多又加重賫禮頗非宜荷受輒付往信

此二書並在漢世因連類著之於此文帝甄后中山無極人明帝母初為袁紹次子熙婦及魏武破紹文帝私納為夫人後為郭后所譖賜死先是甄后九歲喜書作字數用諸兄筆硯兄曰汝欲為女博士耶后曰古之賢女未有不知書者及文帝建長秋宮璽書迎之為表辭謝曰

妾聞先代之興所以享國久長垂祚後嗣無不由后妃焉故必審選其人以興內教今踐祚之初誠宜登進賢淑統理六宮妾自省愚陋不任粢盛之事加以寢疾敢守微志

甄后又有塘上行曰

蒲生我池中綠葉何離離。豈無蒹葭艾與君生別離。念君去我時獨愁常苦悲想見君顏色感結傷心脾念君常苦悲夜夜不能寐莫以豪賢故棄捐素所愛莫以魚肉賤棄捐蔥與薤莫以麻枲賤棄捐菅與蒯倍恩者苦枯蹶船常苦沒教君安息定慎莫致倉卒與君一別離何時復相對出亦復苦愁入亦復苦愁邊地多悲風樹木何槮槮從軍致獨樂延年壽千秋。

丁廙字敬禮沛郡人有文才建安中爲黃門侍郎客陳思王門下魏文卽位殺之其妻作寡婦賦以自悼其辭曰

惟女子之有行固歷代之彝倫辭父母而言歸奉君子之淸塵如懸蘿之附松似浮萍之託津何性命之不造遭世路之險迍榮華曄其始茂所恃奄其徂泯靜閉門以卻埽魂孤煢以窮居刷朱扉以白堊易玄帳以素幃含慘悴以何訴抱弱子以自慰煢煢以束陰日薑薑以西墜雞斂翼以登樓雀分散以赴肆還空牀以下幃拂衾裯以安寐想逝者之有憑因宵夜之髣髴痛存歿之異路終窈漠而不至時荏苒而不留將遷靈以大行駕龍輈於門側設祖祭於前廊彼生離其猶難矧永絕而不傷自衒恤而在疚履冰冬之四節風蕭蕭而增勁寒凜凜而彌切霜悽悽而夜降水濂濂而晨結瞻靈宇之空虛悲屛幌之徒設仰皇天而歎息腸一日而九結惟人生於世上若馳驥之過櫩計先後其何幾亦同歸於幽冥

王宋者平虜將軍劉勳妻也宋嫁勳二十餘年後勳悅山陽司馬女以宋無子出之還於道中賦詩自傷曰

翩翩牀前帳張以蔽光輝昔將爾同去今將爾共歸緘藏篋笥裏當復何時披誰言去婦薄去婦情更重千里不唾井況乃昔所奉望遠未爲傷跙蹰不得共

孟珠者魏時丹陽女子能爲陽春歌今傳三章其辭曰

陽春二三月草與水同色道逢游冶郎恨不早相識

陽春二三月草與水同色攀條摘香花言是歡氣息

望觀四五年實情將懊惱願得無人處回身與郎抱

第二章 晉世婦女之風尚

晉世婦人嗜尚頗與其時風氣相協自漢季標榜節概士秉禮教以人倫風鑒臧否人物晉世婦人亦有化之者又好書畫美藝習持名理清談皆當時男子所以相誇者也

（一）禮教之遺與人倫風鑒

晉初婦人雖罕治經術而猶賞動止有儀識度超邁且每精於風鑑能別人才性賈充婦李氏有淑性令才嘗作女訓行世世說新語曰賈充前婦是李豐女豐被誅離婚徙邊後遇赦得還充已先取郭配女武帝特聽置左右夫人李氏別住外不肯還充郭氏語充欲就省李充曰彼剛介有才氣卿往不如不去郭氏於是盛威儀多將侍婢李氏起迎郭不覺腳自屈因跪再拜既反語充曰語卿道何物蓋李氏素習容止足以懾人於不覺也李氏初婚與充聯句曰

室中是阿誰嘆息聲正悲　充
嘆息亦何爲但恐大義虧　李
大義如膠漆匪石心不移　充人

誰不慮終日月有合離。李 我心子所達子心我所知。充 若能不食言與君同所宜。李
充之不情李氏早見及之蓋亦有知人之鑑世說又曰王汝南少無婚自求郝普女司空以
其癡會無婚處任其意便許之既婚果有令姿淑德生東海遂爲王氏母儀或問汝南何以
知之曰嘗見并上舉水舉動容止不失常未嘗忤觀以此知之則魏晉之際尤重婦容故汝
南以此取婦亦禮敎之遺也

婦人之長於人倫風鑒者如山濤與嵇阮契若金蘭山妻韓氏覺公與二人異於常交問公
公曰我當年可以爲友者唯此二生耳妻曰負羈之妻亦親觀狐趙意欲窺之可乎他日二
人來妻勸公止之宿具酒肉夜穿墉以視之達旦反公入曰二人何如妻曰君才致殊不
如正當以識度相友耳公曰伊輩亦常以我度爲勝王渾妻鍾氏生女令淑武子爲妹求簡
美對而未得有兵家子有儁才欲以妹妻之乃白母母曰誠是才者其地可遺然要令我見
武子乃令兵兒與羣小雜處使母帷中察之既而母謂武子曰如此衣形者是汝所擬者非
耶武子曰是也母曰此才足以拔萃然地寒不有長年不得申其用觀其形骨必不壽不
可與婚武子從之兵兒數年果亡鍾氏名琰穎川人太傅繇曾孫黃門侍郎徽女數歲能屬
文及長聰慧宏雅博覽記籍美容止善嘯詠禮儀法度爲中表所則著有詩賦誄頌今傳其
賦二首疑非全篇也

遐思賦

唯仲秋之慘悽百草萎悴而變衰燕翔逝而歸海蟋蟀鳴而相追。坐虛堂而無聊嗟我心之多懷悵遐思而內結嗟爾姜任逸不我留謀民生之未幾吾何爲其多愁涼風蕭條露沾我衣憂來多方慨然我懷感飛鳥之還鄉詠衞女之思歸於是周游容與逍遙彷徨悲民生之局促願輕舉之遐翔。

鶯賦

嘉京都之鶯鳥冠羣類之殊形擢末軀於紫闥超顯御乎天庭惟節運之不停懼龍角之西頽慕同時之逸豫怨商風之我催。

（二）書畫美藝

晉世婦人多善書畫而衞夫人之書尤著衞夫人名鑠字茂漪汝陰太守李矩妻善鍾繇法王逸少常師事之著筆陣圖行於世法帖中又有衞夫人與師書具錄於下。

筆陣圖記

夫三端之妙莫先乎用筆六藝之奧莫匪乎銀鈎昔秦丞相斯見周穆王書七日興歎患其無骨蔡尚書入鴻覩觀碣十旬不返嗟其出羣故知達其源者少闇於其理者多近代以來殊不師古而緣情棄道纔記姓名或學不該贍聞見又寡致使成功不就虛費精神。

自非通靈感物不可與談斯道今删李斯筆妙更加潤色總七條幷作其形容列事如左
貼諸子孫永爲模範庶將來君子時復覽焉筆要取崇山絕仞中兔毛八九月收之其筆
頭長一寸管長五寸鋒齊腰強者其硯取煎涸新石潤澀相兼浮津耀墨者其墨取廬山
之松煙代郡之鹿膠十年已上強如石者爲之紙取東陽魚卵虛柔滑淨者凡學書字先
學執筆若眞書去筆頭二寸一分若行草書去筆頭三寸一分執之下筆點墨畫芟波屈
曲皆須盡一身之力而送之若初學先大書不得從小善鑒者不寫善寫者不鑒善筆力
者多骨不善筆力者多肉多骨微肉者謂之筋書多肉微骨者謂之墨猪多力豐筋者聖
無力無筋者病一二從其消息而用之

一、如千里陣雲隱隱然其實有形

丶、如高峯墜石磕磕然實如崩也

丿、陸斷犀象

丨、百鈞弩發

丨、萬歲枯藤

乁、崩浪雷奔

㇉、勁弩筋節

第二編　第二章　晉世婦女之風尙

七

右七條筆陣出入斬斫圖執筆有七種有心急而執筆緩者有心緩而執筆急者若執筆近而不緊者心手不齊意後筆前者敗若執筆遠而急意前筆後者勝又有六種用筆結構圓備如篆法飄颺灑落如章草凶險可畏如八分窈窕出入如飛白耿介特立如鶴頭鬱拔縱橫如古隸然心委曲每為一字各象其形斯造妙矣書道畢矣永和四年上虞製記

與師書

衞稽首和南近奉勅寫急就章遂不得與師書耳但衞隨世所學規模鍾繇遂歷多載年廿著詩論草隸通解不敢上呈衞有一弟子王逸少甚能學衞眞書咄咄逼人筆勢洞精字體遒媚師可詣晉尚書館書耳仰憑至鑑大不可言弟子衞和南

(三)清談名理

晉世好名理清言婦人亦漸玄風動容出話往往會心甚遠此類甚多如謝道韞尤其著者晉書曰王凝之妻謝氏字道韞安西將軍奕之女也聰識有才辨叔父安嘗問毛詩何句最佳道韞稱吉甫作頌穆如清風仲山甫永懷以慰其心安謂有雅人深致又嘗內集俄而雪驟下安曰何所似也安兒子朗曰散鹽空中差可擬道韞曰未若柳絮因風起安大悅初適凝之還甚不樂安曰王郞逸少子甚不惡汝何恨也答曰一門叔父則有阿大中

郎羣從兄弟復有封胡羯末不意天壤之中乃有王郎封謂謝歆胡謂謝朗羯謂玄末謂
謝川皆其小字也又嘗譏玄學植不進曰爲塵務經心爲天分有限耶凝之弟獻之嘗與賓
客談議詞理將屈道韞遣婢白獻之曰欲爲小郎解圍乃施靑綾步障自蔽申獻之前議客
不能屈及遭孫恩之難舉厝自若旣聞夫及諸子已爲賊所害方命婢肩輿抽刃出門亂兵
稍至手殺數人乃被虜其外孫劉濤時年數歲賊又欲害之道韞曰事在王門何關他族必
其如此寧先見殺恩雖毒虐爲之改容乃不害濤自爾縶居會稽家中莫不嚴肅太守劉柳
聞其名請與談議道韞素知柳名亦不自阻乃簪髻素褥坐於帳中柳束脩整帶造於別榻
道韞風韻高邁敍致淸雅先及家事慷慨流漣徐酬問旨詞理無滯柳退而嘆曰實頃所未
見瞻察言氣使人心形俱服道韞有濟尼者游於二家或問之濟尼答曰王
夫人神情散朗故有林下風顧家婦淸心玉映自是閨房之秀道韞所著有詩賦誄頌令僅
傳數篇

登山

峨峨東嶽高秀極冲青天嚴中間虛宇寂寞幽以玄非工復非匠雲構發自然氣象爾何
物遂令我屢遷逝將宅斯宇可以盡天年

擬嵇中散詠松

遙望山上松，隆冬不能彫。願想游下憩。瞻彼萬仞條。騰躍未能升頓足俟王喬。時哉不我與。大運所飄颻。

論語贊

衞靈公問陳於孔子，孔子對曰俎豆之事則嘗聞之，軍旅之事未之學也。庶則大矣比德中庸，斯言之善莫不歸宗蠢者乖本妙極令終嗟我懷矣。與言攸同，孔子曰民之於仁也，甚於水火，水火吾見蹈而死者，未見蹈仁而死者矣。

第三章　左九嬪

晉世宮廷文學當推左九嬪，蓋左思之妹化其家學而然也。九嬪名芬，少好學善綴文名亞於思武帝聞而納之，泰始八年拜修儀，受詔作愁思之文，因爲離思賦，後爲貴嬪，姿陋無寵，以才德見禮體羸多患，常居薄室，帝每游華林輒回輦過之，言及文義辭對清華，左右侍聽，無不稱美，及元楊皇后崩，芬獻誄咸寧二年納悼后，於座受詔作頌及帝女萬年公主薨。帝痛悼不已，詔芬爲誄其文甚麗。帝重芬辭藻每有方物異寶必詔爲賦頌，以是屢獲恩賜爲晉書稱其有答兄思詩書及雜賦頌數十篇今錄其見傳者，左芬詞賦諸體無不擅長爲晉代婦人之冠晉書獨載其離思賦當爲完篇自餘尚有松栢賦洎漚賦其孔雀賦鸚鵡賦則斷句也然晉去今久遠雖片詞亦爲可珍故並存於下。

離思賦

生蓬戶之側陋兮。不閑習於文符。不見圖畫之妙像兮。不聞先哲之典謨旣愚陋而寡識兮。謬忝廁於紫廬非草茅之所處兮。恆怵惕以憂懼懷思慕之忉怛兮。兼始終之萬慮嗟隱憂之沈積兮獨鬱結而靡訴意慘憒而無聊兮思纏綿以增慕夜耿耿而不寐兮。魂憧憧而至曙風騷騷而四起兮。霜曖曖而依庭日晻曖而無光兮。氣懰慄以洌清懷愁戚之多感兮。患涕淚之自零昔伯瑜之婉孌兮。每綵衣以娛親悼今日之乖隔兮。奄與家爲參辰豈相去之云遠兮。曾不盈乎數尋何宮禁之清切兮。欲瞻覲而莫因仰行雲以獻欷兮。涕流射而沾巾惟屈原之哀感兮。嗟悲傷於離別彼城闕之作詩兮。亦以日而喻月況骨肉之相於兮。永緬邈而兩絕長含哀而抱戚兮。仰蒼天而泣血亂曰骨肉至親化爲他人永長辭兮。慘愴愁悲夢想魂歸見所思兮。驚寤號眺心不自聊泣漣洏兮。援筆抒情涕淚增零訴斯詩兮。

松柏賦

何奇樹之英蔚記峻岳之嵯峨被玄澗之逶迤臨淥水之素波擢修本之丸丸萃綠葉之芬葩敷纖莖之蘢從布秀葉之蔥青列疏實之離離馥幽藹而永馨紛翕習以披離氣肅

肅以清泠應長風以鳴條似絲竹之遺聲天然之貞勁經嚴冬而不零雖凝霜而挺幹。近青春而秀榮若君子之順時又似乎眞人之抗貞赤松遊其下而得道文賓飡其實而長生詩人歌其榮蔚齊南山以永寧。

涪漚賦

覽庶類之肇化何涪漚之獨靈稟陰精以運景因落雨而結形不係根於獨立故假物以資生體珠光之皎皎若凝霜之初成色鮮熠以煢煢似融露之將湛亡不長消存不久寄其成不欲難其敗亦以易也

孔雀賦

戴綠碧之秀毛擢翠尾之修莖飲芳桂之凝露食秋菊之落英耀丹紫之條爍應晨風以悲鳴

鸚鵡賦

色則丹喙翠尾綠翼紫頸秋敷其色春耀其榮

太康之際惟潘岳最善哀誄之文爲後世所稱而左芬所作亦詞旨清麗晉書載其元后誄又稱其萬年公主誄元后誄尤爲大篇其誄詞曰

惟泰始十年秋七月景寅晉元皇后楊氏崩嗚呼哀哉昔有莘適殷姜姒歸周宣德中闈

徽音永流樊衞二姬匡齊翼楚馬鄧兩妃亦毗漢主峨峨元后光孅晉字伉儷聖皇比蹤往古遭命不永背陽即陰六宮號咷四海慟心嗟予鄙姜唧恩特深追慕三良甘心自沉何用存思不忘德音何用紀述託辭翰林乃作誄曰赫赫元后出自有楊奕世朱輪燿彼華陽惟嶽降神顯茲禎祥篤生英媛休有烈光含靈握文異于虞姜和暢春日操厲秋霜彼疾彼攸遂敦匪此義方率由四教匪怠匪荒行周六親徽音顯揚顯揚伊何京室是藏乃聘乃納聿嬪聖皇正位閨闥惟德是將鳴珮有節發言有章仰觀列圖俯覽篇籍顧問女史咨詢竹帛思媚皇姑虔恭朝夕允釐中饋執事有恪於禮斯勞於敬斯勤雖日齊聖邁德日新日新伊何克廣宏仁終溫且惠帝妹是親經緯六宮岡不彌綸羣妾惟彎彼北辰亦旣青陽鳴鳩告時躬執桑曲率導朕姬修成蠶簇分繭理絲女工是察祭服是治祗承宗廟永言孝思于彼六行靡不蹈之皇英佐舜塗山翼禹惟衞二霸是輔明明我后異世同軌亦能有亂謀及天府內數陰教外毗陽化綢繆庶政密勿夙夜恩從風翔澤隨雨播中外祉福遐邇詠歌天祚貞吉克昌克繁則百斯慶育賢敎訓邁姜嫄堂堂太子惟國之元濟濟南陽爲屏爲藩本支菴藹四海蔭焉徽斯皇姒熱茲克臻曰乾蓋聰日聖允誠積善之堂五福所幷宜享高年匪隕如彭之齒云胡不造丁茲禍殃寢疾彌留寢瘵不康巫咸騁術和鵲奏方祚禱無應嘗藥無良形神旣離載昏

載荒奄忽崩殂湮滅光哀哀太子南陽繁昌攀援傷摧傷嗚呼哀哉闔宮號咷。
字內震驚奔者填衢赴者塞庭哀慟雷駭流涕雨零歔欷不已若喪所生惟帝與后契闊。
在昔比翼白屋雙飛紫閣悼后傷后早卽奄歾言旣及涕泗隕落追惟我后實聰實哲。
通於性命達於儉節送終之禮比素上世襐無珍寶含無明月潛輝梓宮永背昭晰臣妾。
哀號同此斷絶庭宇邈密室增陰空設幃帳虛置衣衾人亦有言神道難尋悠悠精爽。
豈浮豈沈鼉奠日陳冀魂之靈孰云元后不聞其音乃議景行景行以溢乃考龜筮龜筮。
襲吉爰定爰兆克成元室魂之往矣于以令日仲秋之晨啟明始出星陳鳳駕靈輿結駟。
其輿伊何金根玉箱其馴維何二駱雙黃習習容車朱服丹章隱隱輴軒抃經總裳華轂。
曜野素蓋被原方相仡仡旌旐翻翻輓童引歌白驥鳴轅觀者夾塗士女涕漣千乘萬騎。
迄彼峻山峻山峨峨層阜重阿宏高顯敞據洛背河左瞻皇姑右睇帝家推存撥亡明神。
所嘉諸姑姊妹娣姒媵御追送塵軌號咷衢路王侯卿士雲會星布羣官庶僚繚蓋無數。
咨嗟通夜東方云曙百祇奉迎我后安厝中外俱臨同哀共慕涕如連雲淚如沱露扃閫。
旣闔窈窈冥冥有夜無晝曷用其明不封不樹山坂同形昔后之崩大火西流寒暑往過。
今亦孟秋自我唧唧儵忽一周夜服變痛心若抽逼彼體制惟以增憂去此素衣結戀。
靈邱有始有終天地之經自非三光誰能不零存播令德沒圖丹青先哲之志以此爲榮。

溫溫元后實宣慈焉撫育羣生恩惠滋焉遺愛不已永見思焉懸名日月垂萬春焉嗚呼庶妾感四時焉言思慕涕漣洏焉

萬年公主誄

昔滿衣早智周晉凤成咸以岐嶷名存典經猗歟公主在幼剋誓方德比齒有逸先烈何德之盛而年或闕何華之繁而實不結雨墜風逝形影長滅赫赫京室河洛所經陰精發曜降茲淑靈篤生公主誕膺休禎秀出紫微日暉月明紅顏鬒髮金質玉形旣睇艷姿徽音孔昭盼舊其媚婉曼其嬌寵玩軒陛如瓊如瑤雖則弱齒雙德兼包五福所集聞之先民積善鍾慶祐德輔仁宜終淑美光暉日新云何辜痕茲不福生而何晚沒而何速酷矣皇辜于天狎遇降霜熒熒稚魂飄飄遐翔於戲何降戾景命不振曄曄榮英萋始芳何靈謬哉司祿嗚呼哀哉日月載馳白露凝結自主薨徂奄離時節吉凶乖違存亡異制將遷幽都潛神永翳嗚呼哀哉綏岌岌靈輀駿駧騑騑挽童齊唱悲音激擢士女獻歎高風增哀一日不見採蕭作歌況我公主形滅體訛精靈遷逝幽此中阿言思念涕淚滂沱嗚呼哀哉

左芬尤多為頌贊之文今傳者頌二篇而贊有十三篇可謂多矣錄之如下

納楊后頌

鬱金頌

峨峨華嶽峻極泰清。巨靈導流河瀆是經。惟瀆之神惟嶽之靈鍾於楊族載育盛明。穆穆我后應期挺生。含聰履喆岐嶷凤成。如蘭之茂如玉之榮越在幼冲休有令名飛聲八極。翕習紫庭超任貌姒比德皇英京室是嘉備禮致聘令月吉辰百僚奉迎周生歸韓詩人是詠我后服暉曄登位太微明德日盛羣黎欣戴函夏同慶翼翼聖皇叡喆孔純。愍茲狂戾闡惠播仁蠲蒙滌穢與時惟新沛然洪赦恩詔遐震后之踐祚圓圓虛陳萬國齊歡六合同欣坤神抃舞天人載悅與順降祥表精日月和氣絪縕三光朗既烈既嘉時。尋播甘雪玄雲晻藹靈液霈霈既儲既積待陽而晞矌眡沾濡柔潤中畿長享豐年福祿永綏。

伊此奇草名曰鬱金。越自殊域厥珍來尋芳香酷烈悅目欣心明德惟馨淑人是欽翊翊

妃媛服之襟袷永垂名實曠世弗沈。

巢父惠妃贊

泱泱長流泂泂清波思文巢惠載詠載歌。垂綸一壑萬象匪多神乎暢矣緬同基阿。

虞舜二妃贊

妙矣二妃體應靈符奉嬪於嬀光此有虞沈湘示教靈德永敷惟斯美善諒無泯乎。

周宣王姜后贊

昭宣王克復前制疊疊姜后乃激乃厲執心至公以恢明世

荊武王夫人鄧曼贊

天道惡盈極數則微邈哉鄧曼心暎禍幾覯兆歎亡考德知衰賢智卓殊邈哉難追

魯敬姜贊

邈矣敬姜含德之英於行則高於禮斯明垂訓子宗厲發奇聲宣尼三歎萬代遺馨

齊義繼母贊

聖教玄化禮貴信誠至哉繼母行合典經不遺宿諾義割私情表德來裔垂則後生

齊杞梁妻贊

遭命不辰逢時險屯夫卒莒場郊弔不賓哀崩高城訴情穹旻遂赴淄川託軀清津

楚狂接輿妻贊

接輿高潔懷道行謠妻亦冰清同味玄昭遺俗榮津志遠神遼

孟母贊

鄒母善導三徙成教鄰止庠序俎豆是效斷織激子廣以壇奧聰達知禮敷述聖道

班婕妤像贊

恂恂班女。恭讓謙虛。辭辯進賢。辨祝理誣。形圖丹青。名侔樊虞。

德剛贊

溫溫德剛。實秉道純。履此聖義。體此敦仁。篤物博好。靡疎靡親。九族懷附。邦邑望塵。貴實賤華。尚素安貧。雖在崇高。必若平民。匯道之崇。譽之生民。裦飾之譽。謂之謗身。惟義自存。惟道自遵。

德柔贊

邈邈德柔越天之剛。神以知來。知以藏往。闕此下疑四字含純溥生允矣君子展也大成執德純粹岳峻川停履行高厲蕩乎其平敦興聖道率正不傾令聞不已載路厥聲

納楊后贊

清和協極。二儀降靈。啟茲楊族。仁哲誕生。徽音內發。有馥其馨。玄符表運。作合聖明。文定厥祥。考卜惟貞。良辰納幣。三光清明。元公執贄。嘉禮告成。卿士庶僚。爛其充庭。赫赫華宗。奕世載榮。謙光其尊。在滿戒盈。受茲介福。垂祚益齡。

左芬詩今僅傳四言五言各一首而答兄詩在焉

啄木詩

南山有鳥自名啄木。饑則啄樹。暮則巢宿。無干於人。惟志所欲。惟清者榮。惟濁者辱。

答兄感離詩

自我離膝下 倏忽逾載期 邈邈情彌遠 再奉將何時 披省所賜告 尋玩悼離詞 彷彿想容儀 歔欷不自持 何時當奉面 娛目於詩書 何以訴厥情 告情於文辭

晉之宮廷文學自左貴嬪外蓋無聞焉惟康帝褚后是褚裒女好佛知書穆帝孝武帝時俱以太后臨朝稱制當五胡擾亂國家艱難之際歸政詔下之詞多出手詔見於晉書雖其言質直晉時后妃文學見傳者惟左嬪與褚后而已今亦錄其數詔

答請臨朝詔

帝幼冲當賴羣公卿士將順匡救以酬先帝禮賢之意且是舊德世濟之美則莫重之命不墜祖宗之基有奉是其所以欲正位於內而已所奏懇到形於翰墨執省未究以悲以懼先后允恭謙抑思順坤道所以不距羣情固為國計豈敢執守冲闇以違先旨輒敬從所奏

歸政詔

昔遭不造帝在幼冲皇緒之微眇若贅旒百辟卿士率遵前朝勸喻攝政以社稷之重先代成義俛俯敬從弗違固守仰憑七廟之靈俯仗羣后之力帝加元服禮成德備當陽親覽臨御萬國今歸事反政一依舊典

諭羣公手詔

昔以皇帝幼冲從羣后之議旣以闇弱又頻丁極艱銜恤歷祀沉憂在疚司徒親尊德重訓救其弊王室之不壞實公是憑帝旣備茲冠禮而四海未一五胡叛逆豺狼當路費役日興百姓困苦願諸君子思量遠算戮力一心輔翼幼主匡救不逮未亡人永歸別宮以終餘齒仰惟家國故以一言託懷

答復請臨朝詔

王室不幸仍有艱屯覽省啟事感增悲歎內外諸君並以主上春秋冲富加蒸蒸之慕未能親覽號令宜有所由苟可安社稷利天下亦豈有所執輒敬從所啟但闇昧之闕望盡弼諧之道

第四章　子夜與樂府諸體

晉世樂府傳於今者婦人之作如子夜歌綠珠懊儂歌謝芳姿團扇歌桃葉歌並清商曲也且爲吳聲清商曲者蓋九代之遺聲並漢魏已來舊曲其辭皆古調晉馬南渡其音亡散宋武定關中收其聲伎後魏孝文宣武相繼南伐得江左所傳舊曲及江南吳歌荊楚西聲總謂之清商至于殿庭饗宴則兼奏之隋平陳文帝聽之善其節奏曰此華夏正聲也而子夜等蓋出於女子唐書樂志曰子夜歌者晉曲也晉有女子名子夜造此聲聲過哀苦今傳子

夜歌四十二章。或云古辭如此。或云其中雜有宋齊之辭。今並錄之。後人又廣以為子夜四時歌大子夜歌子夜警歌子夜變歌皆曲之變。而子夜實為之原矣。

子夜歌四十二首

落日出前門瞻矚見子度。冶容多姿鬢芳香已盈路。

芳是香所為。冶容不敢當。天不奪人願故使儂見郎。

宿昔不梳頭絲髮被兩肩。腕伸郎膝上何處不可憐。

自從別歡來奩器了不開。頭亂不敢理粉拂生黃衣。

崎嶇相怨慕。始獲風雲通。玉林一作語石闕悲思兩心同。

見娘喜一作容媚願得結金蘭。空織無經緯求匹理自難。

始欲識郎時兩心望如一。理絲入殘機何悟不成匹。

前絲斷纏綿意欲結交情。春蠶易感化思子已復生。

今日已歡別。合會在何時。明燈照空局。悠然未有期。

自從別郎來何日不咨嗟。黃檗鬱成林當奈苦心多。

高山種芙蓉。復經黃蘗塢。果得一蓮時流離嬰辛苦。

朝思出前門。暮思還後渚。語笑向誰道。腹中陰憶汝。

擊枕北窗臥。郎來就儂嬉。小喜多唐突。相憐能幾時。
駐筯不能食。蹇蹇步幃裏。投瓊著局上。終日走博子。
郎為傍人取。負儂非一事。攤門不安橫。無復相關意。
年少當及時。蹉跎日就老。若不信儂語。但看霜下草。
綠攬迮匙錦。雙裙今復開。已許腰中帶。誰共解羅衣。
常慮有貳意。歡今果不齊。枯魚就濁水。長與清流乖。
歡愁儂亦慘。郎笑我便喜。不見連理樹。異根同條起。
感歡初殷勤。歡子後遼落。打金側瑇瑁。外豔裏懷薄。
別後涕流連。相思滿情子。腹糜爛肝腸。尺寸斷。
道近不得數。遂致盛寒違。不見東流水。何時復西歸。
誰能思不歌。誰能飢不食。日冥當戶倚。惆悵底不憶。
肇裙未結帶。約眉出前窗。羅裳易飄颺。小開罵春風。
舉酒待相勸。酒還杯亦空。願因微饍會。心感色亦同。
夜覺百思纏。憂嘆涕流襟。徒懷傾筐情。郎誰明儂心。
儂年不及時。共子作乖離。素不如浮萍。轉動春風移。

夜長不得眠轉側聽更鼓無故歡相逢使儂肝腸苦。
歡從何處來端然有憂色三喚不一應有何比松柏。
念愛情慊慊傾倒無所惜重簾持自障誰知許厚薄。
氣清明月朗夜與君共嬉郎歌妙意曲姿亦吐芳詞。
驚風急素柯白日漸微濛濛郎懷幽閨性儂亦悕春容。
夜長不得眠明月何灼灼想聞散喚聲虛應空中諾。
人各既疇匹我志獨乖違風吹冬簾起許時寒薄飛。
我念歡的的子行猶豫情霧露隱芙蓉見蓮不分明。亦見子
儂作北斗星千年無轉移歡行白日心朝東暮還西。夜警歌
憐歡好情懷移居作鄉里桐樹生門前出入見梧子。
遣信歡不來自往復不出金桐作芙蓉蓮子何能實。
初時非不密其後日不如回頭批櫛脫轉覺薄志疎。
寢食不相忘同坐復俱起玉藕金芙蓉無稱我蓮子。
悕愛如欲進含羞未肯前朱口發豔歌玉指弄嬌弦。
朝日照綺錢光動紈素巧笑倩兩犀美目揚雙蛾。

第二編　第四章　子夜與樂府諸體

一三一

懊儂歌者石崇姬綠珠所作本只一曲後人廣為十四曲其辭曰。絲布澀難縫令儂十指穿黃牛細犢車游戲出孟津

石崇有愛婢翾風嘗作怨詩自來亦錄在樂府蓋崇得翾風於胡中年方十五絕豔工文辭年長寵衰遂作是詩也其辭曰。

春華誰不美卒傷秋落時突煙還自低鄙退豈所期桂芳徒自蠹失愛在蛾眉坐見芳時歇憔悴空自嗤。

桃葉者王獻之妾獻之歌曰桃葉復桃葉渡江不用楫但渡無所苦我自來迎接桃葉以團扇歌三首答之曰。

七寶畫團扇燦爛明月光與郎卻暄暑相憶莫相忘。
青青林中竹可作白團扇動搖郎玉手因風託方便。
團扇復團扇許持自障面憔悴無復理羞與郎相見。

又團扇郎中二首有云亦桃葉作其辭曰
團扇薄不搖窈窕搖蒲葵相憐中道罷定是阿誰非手中白團扇淨如秋團月清風任動生嬌聲任意發。

彤管集又以桃葉歌二首為桃葉作蓋與子敬相答之詞其辭曰。

桃葉映紅花無風自婀娜春風映何限感郎獨採我

桃葉復桃葉渡江不待櫓風波了無常沒命江南渡

古今樂錄又謂團扇郎歌出於謝芳姿而後人廣之晉中書令王珉好捉白團扇與嫂婢謝芳姿有愛情好甚篤嫂捶撻婢過苦王東亭聞而止之芳姿素善歌嫂令歌一曲當赦之是團扇曲之所昉也其辭曰

白團扇顦顇非昔容羞與郎相見。

白團扇辛苦五流連是郎眼所見。

劉妙容字稚華劉東明女善篆籕有宛轉歌二首亦樂府之遺。

宛轉歌

月既明西軒琴復清寸心斗酒爭芳夜千秋萬歲同一情歌宛轉宛轉懷以哀願為星與

漢形影共徘徊

悲且傷參差淚成行低紅掩翠方無色金徽玉軫為誰鏘歌宛轉宛轉清復悲願為煙與

霧氤氳對容姿

第五章　蘇蕙迴文詩

世傳回文始於晉蘇蕙蓋苻秦時竇滔妻也織錦為文循環成詩其工巧無比古未有也今

先錄唐武則天及宋朱淑眞二記以見蘇蕙事略及其詩之流傳與其讀法焉。

武后織錦迴文記曰前秦苻堅時秦州刺史扶風竇滔妻蘇氏陳留令武功道質第三女也名蕙字若蘭識知精明儀容秀麗謙默自守不求顯揚行年十六歸于竇氏滔甚敬之然蘇性近於急頗傷嫉妒滔字連波右將軍眞之孫鄖之第二子也風神秀偉該通經史允文允武時論高之苻堅委以心膂之任備歷顯職皆有政聞遷秦州刺史以忤旨謫戍燉煌會堅寇晉襄陽慮有危逼藉滔才略乃拜安南將軍留鎭襄陽焉初滔有寵姬趙陽臺歌舞之妙無出其右滔置之別所蘇氏知之求而獲焉苦加捶辱滔深以爲憾陽臺又專形蘇氏之短詔毀交至滔益忿焉蘇氏時年二十一及滔將鎭襄陽邀其同往蘇氏忿之不與偕行滔遂攜陽臺之任斷其音問蘇氏悔恨自傷因織錦迴文五綵相宣瑩心耀目其錦縱橫八寸題詩二百餘首計八百餘言縱橫反覆皆成章句其文點畫無缺才情之妙超今邁古名曰璇璣圖然讀者不能盡通蘇氏笑而謂人曰徘徊宛轉自成文章非我佳人莫之能解遂發蒼頭齎致襄陽焉滔省覽錦字感其妙絕因送陽臺之關中而具車徒盛禮邀迎蘇氏歸于漢南恩好愈重蘇氏著文詞五千餘言屬隋季喪亂文字散落追求不獲而錦字迴文盛見傳寫是近代閨怨之宗旨屬文之士咸龜鏡焉朕聽政之暇留心墳典散帙之次偶見斯圖因述若蘭之才復美連波之悔過遂製此記聊以示將來也如意元年五月一日大周天冊

金輪皇帝御製。

又再敍曰迴文詩圖古無悉通者予因究璇璣之義如日星之左右行天故布為經緯由中旋外以旁循四旁於其交會皆契韻句巡還反復窈窕縱橫各能妙暢又原五采相宣之說傅色以開其篇章其在經緯者始於璣蘇詩始四字其在節會者右旋而出隨其所至各成章什外經則始於仁眞至於音深中經自欽至於終始皆循方回文者也四角之方如仁眞欽心四韻成章而迴文者也至其經緯之間者隨色自分則外四角窈窕成文而文皆六言也四旁者相對成文而文皆六言也及交手成文而文皆四言也在中之四角者一例橫讀而四言在中之四旁者隨向橫讀而五言惟璇圖平氏四字不入章句觀其宛轉反復皆才思精深融徹如契自然蓋騷人才子所難豈必女工之尤哉詩編載馳史美班扇才女專靜用志不分雖皆擅名此爲精贍者也聊隨分篇掇其一隅以為三隅之反代久傳訛頗有誤字亦輒證改一二其他闕謬不欲以意足之雖未能盡達元思庶幾不為滯塞云

朱淑眞璿璣圖記曰若蘭名蕙姓蘇氏陳畱令道質季女也年十六歸扶風竇滔滔字連波。仕苻秦爲安南將軍以若蘭才色之美甚敬愛之滔有寵姬趙陽臺善歌舞若蘭苦加捶楚。由是陽臺積恨讒毀交至滔大恚憤時詔滔畱鎭襄陽若蘭不願偕行竟挈陽臺之任若蘭悔恨自傷因織錦字為迴文五彩相宣瑩心眩目名曰璿璣圖亙古以來所未有也乃命賚至襄陽感其妙絕遂送陽臺之關中具與從迎若蘭於漢南恩好蹤初其著文字五千餘凡世久湮沒獨是圖猶存唐則天常序圖首今已魯魚莫辨矣初家君宦遊浙西好拾清玩凡可人意者雖重購不惜也一日家君宴郡倅衙偶於壁間見是圖嘗其值得歸遺予於是坐臥觀究因悟璿璣之理試以經緯求之文果流暢蓋璿璣者天盤也經緯者星辰所行之道也中酋一眼者天心也極星不動蓋運轉不離一度之中所謂居其所而斡旋之處中一方太微垣也乃疊字四言詩其二方紫微垣也乃四言迴文二方之外四正乃五言迴文四維乃四言迴文三方之外四正乃交首四言詩其文則不迴也四維乃三言迴文三方之經以至外四經皆七言迴文詩可周流而讀者也錢塘幽棲居士朱氏淑貞書

古今論璇璣圖者甚多但錄武后朱淑真二記以其較詳且又皆出於婦人也按圖內詩反讀橫讀斜讀交互讀退一字讀疊一字讀皆成文章計八百四十一字得三四五六七言詩三千八百餘首惟其讀法自古即以為難今先列其圖次示讀法大例圖本有五色可以記推知之舊釋讀法皆以經緯方位為主今則以三言至七言類讀之此是古今絕作故不厭求詳也

璇璣圖

第二編　第五章　蘇蕙迴文詩

二九

流	楚	激	絃	商	秦	曲	發	聲	悲	摧	藏	音	和	詠	思	惟	空	堂	心	憂	增	慕	懷	慘	傷	仁
東	步	階	西	遊	王	姿	淑	窈	窕	伯	邵	南	周	風	興	自	后	妃	荒	經	離	所	歎	中	嗟	智
桃	林	陰	翳	桑	懷	歸	思	廣	河	女	衛	鄭	楚	樊	厲	節	忘	淫	闈	退	曠	路	傷	情	家	懷
飛	燕	巢	雙	鳩	土	逝	路	遠	詠	與	齊	商	雙	歎	不	能	衰	飛	忘	清	幃	房	君	無	明	德
清	泉	水	激	揚	俊	其	人	碩	與	榮	曜	流	發	歌	我	袞	衣	誰	感	華	飾	容	朗	鏡	范	聖
君	思	悲	好	仇	舊	蕤	葳	粲	翠	榮	曜	清	華	觀	冶	容	為	誰	思	英	盛	曜	珠	光	紛	虞
歡	發	容	摧	傷	鄉	惟	感	苦	我	徽	清	徽	章	多	纏	情	相	追	所	多	感	誓	終	明	為	唐
殊	離	仁	君	身	苦	惟	惠	藻	文	粲	壁	墯	虎	龍	孜	自	感	思	欽	蒼	城	榮	明	篤	榮	貞
心	濱	均	深	實	加	集	幽	嫕	麗	壯	顯	始	彤	驥	孜	君	傷	何	岑	榮	倾	苟	難	艱	閣	妙
改	漢	物	日	崇	兼	鄉	慶	漫	曜	觀	飾	容	衣	想	物	側	貞	寒	巖	飾	不	義	姬	膚	作	顯
者	之	青	滂	潤	乎	品	幽	漫	顯	壯	觀	飾	衣	夢	想	何	勞	歲	蹉	深	慎	後	原	受	人	華
感	陽	施	岁	悴	少	類	心	愁	顏	麗	顏	綺	始	臨	改	行	貞	歲	峨	漸	愚	漸	班	禍	讒	重
親	飄	飄	殞	思	年	殊	平	猶	何	此	風	心	詩	理	始	末	知	識	淵	察	大	變	女	因	佞	榮
間	颺	逝	罪	殷	昭	感	風	作	興	孟	麗	詩	興	義	図	顯	行	華	終	彤	伐	至	傷	奸	惟	章
遠	微	玄	傾	悵	悲	思	辭	鳴	風	氏	悲	詩	懷	巍	年	衰	情	始	誰	居	丹	大	趙	好	害	我
離	深	貴	其	備	義	知	慧	贖	思	永	愿	悔	歎	怨	士	容	含	愁	獨	壽	飛	燕	態	極	忠	配
殊	喬	木	誰	根	異	難	辛	鳳	鱗	愛	燁	舊	凱	時	傾	賤	懷	何	憂	漢	實	盈	綠	凶	貞	皇
我	同	根	均	與	尋	親	當	麟	龍	身	明	身	沙	流	若	俊	誰	遊	異	浮	時	曠	裘	凶	梁	倫
衾	陰	一	專	明	感	寄	親	輕	飛	漂	殊	孤	離	懷	分	聖	離	遇	歸	陽	日	陽	浸	孝	心	匹
志	粹	感	通	盛	照	采	孤	遺	飛	何	誰	身	紫	妾	為	貴	聖	皇	空	曜	歲	誰	淨	退	退	離
柔	浮	光	輝	殊	歸	散	聲	婁	乘	分	為	歸	惟	憂	賦	戚	人	房	惟	翼	哀	何	感	難	敦	淑

清廂休翔流長愁方禽伯在誠故遺舊廢故君子惟新貞徽雲輝犖悲春剛
琴房蘭調茂熙陽春牆面殊意惑故新霜冰齊潔志清純望誰思想懷所親

讀法詳例

三言詩

嗟嘆懷所離經遐曠路傷中情家無君房幃清華飾容朗鏡明葩紛光珠曜英多思感誰為榮

榮為至歎嗟 經離至思多 多思至離經各得詩一首

懷歎嗟所離經路曠遐傷中情君無家房幃清容飾華朗鏡明光紛葩珠曜英感思多誰為榮

嗟歎懷傷中情家無君朗鏡明葩紛光誰為榮

誰為至歎嗟 所離至思多 感思至離經讀法準此各得詩一首

嗟歎懷傷中情家無君朗鏡明葩紛光誰為榮 經離至思多 多思至離經讀法準此各得詩一首

懷歎嗟傷中情君無家朗鏡明光紛葩誰為榮

榮為至嘆嗟 經離至思多 多思至離經讀法準此各得詩一首

嗟歎懷所離經家無君朗鏡明葩紛光感思多

誰為至歎嗟 所離至思多 感思至離經讀法準此各得詩一首

嗟歎懷路曠遐家無君容飾華紛光葩感思多

榮為至離經 經離至為榮 多思至歎嗟讀法準此各得詩一首

懷歎嗟路曠遐君無家容飾華光紛葩感思多。

所離至為榮 誰為至離經 感思至歎嗟讀各得詩一首

遊西階步東廂休桃林陰翳桑鳩雙巢燕飛翔流泉清水激揚仇好悲思君長愁歎發容攞

傷。

傷攞至西遊 廂東至歎愁 愁歎至歎廂讀法準此

階西遊步東廂休桃林陰翳桑鳩雙巢燕飛翔清泉流水激揚悲好仇思君長發歎愁容攞

傷。

傷攞至西遊 廂東至歎愁 愁歎至東廂讀各得詩一首

容攞至西遊 步東至歎愁 發歎至東廂讀各得詩一首

遊西階陰翳桑巢雙鳩水激揚悲好仇容攞傷。

遊西階陰翳桑巢雙鳩水激揚悲好仇容攞傷

容攞至西 廂東至歎愁 發歎至東廂讀各得詩一首

傷攞至東廂 廂東至攞傷 愁歎至西廂讀各得詩一首

遊西階桃休鳩巢清泉流悲好仇發歎愁

階西遊林桃休巢雙鳩清泉流悲好仇發歎愁

步東至摧傷　容擢至東廂　發歎至西遊讀各得詩一首

凶頑浸讒愚滋蒙謙退休孝慈雍和家遠危疑容節敦貞淑思恭自記貞所持從是敬孝爲基。

浸讒愚滋蒙謙退休孝慈雍和家遠危疑敦節容貞淑思自恭貞所持敬是從孝爲基。

凶頑凶讒愚滋退蒙休孝慈家和雍遠危疑敦節容貞淑思記自恭貞所持敬是從。

孝爲至頑凶　讒愚滋退蒙休孝慈家和雍貞淑思記自恭孝爲基。

基爲至頑凶　滋愚至是從　從是至愚滋讀各得詩一首

凶頑浸休孝慈雍和家貞淑思恭自記孝爲基

基爲至頑凶　滋愚至是從　從是至愚滋讀各得詩一首

孝爲至頑凶　讒愚至是從　敬是至愚滋讀各得詩一首

凶頑浸讒退謙蒙雍和家敦節容恭自記敬是從

滋愚至爲基　基爲至愚滋讀各得詩一首

浸頑凶退謙蒙家和雍敦節自恭敬是從

讒愚至爲基　孝爲至愚滋　敬是至頑凶讀各得詩一首

神明通感精微雲浮寄身輕飛文殊粲飾光輝羣離散妾孤遺分乖殊聲哀悲春傷應翔雁歸。

雁歸神微精至神微讀各得詩一首

通明神感精微寄浮雲身輕飛粲殊文飾光輝散離羣妾孤遺殊乖分。聲哀悲應傷春翔雁歸。

翔雁歸神微精至傷春應讀法準此

歸雁至明神微精感傷春讀各得詩一首

通明神身輕飛粲殊文妾孤遺殊乖分翔雁歸。

翔雁至明神感精至傷春應讀法準此

神明通寄浮雲粲殊文散離羣妾孤遺應傷春。

歸雁至精微微精至雁歸讀各得詩一首

神明通寄浮雲粲殊文散離羣妾乖分應傷春。

通明寄浮雲粲殊文散離羣妾乖分應傷春。

感精至雁歸 翔雁至精微 應傷至明神讀法準此

四言詩

第二編 第五章 蘇蕙迴文詩

三三

召南周風與自后妃衞鄭楚樊厲節中闈詠歌長歎不能奮飛齊商雙發歌我裵衣曜流華

觀冶容爲誰情徵宮羽同聲相追

與自后妃厲節中闈詠歌長歎不能奮飛齊商雙發歌我裵衣曜流華

周南至情悲 情徵至淑姿讀法準此

與自后妃厲節中闈不能奮飛歌我裵衣冶容爲誰同聲相追

同聲至后妃 窈窕至情悲讀法準此

與自后妃窈窕淑姿厲節中闈河廣思歸不能奮飛遐路逶迤歌我裵衣碩人其頎冶容爲

誰翠粲鞎鞈同聲相追感我情悲

同聲至淑姿 窈窕至相追 感我至后妃各得詩一首

召南周風與自后妃鄭衞女河廣思歸咏歌長歎不能奮飛雙商齊興碩人其頎曜流華

觀冶容爲誰宮徵清商感我情悲

周南至相追 同聲至淑姿 感我至后妃各得詩一首

與自后妃河廣思歸不能奮飛歌我裵衣碩人其頎冶容爲誰感我情悲

窈窕至相追 宮徵至后妃讀法準此

窈窕淑姿與自后妃厲節中闈河廣思歸遐路逶迤不能奮飛歌我裵衣碩人其頎翠粲鞎

鞈冶容爲誰同聲相追感我情悲

興自至相追　同聲至后妃　感我至淑姿讀法準此

周南召伯興自后妃楚鄭衛女厲節中閨長歌咏志不能奮飛雙商齊與歌我裵衣華流曜

榮冶容爲誰宮徵淸商同聲相追

召南至情悲　宮徵至后妃　淸徵至淑姿讀法準此

年時惟逝條然若馳有盛必衰條無盈不虧志意心達一體忠離飾麗華榮俯仰容儀忘哀惟

感憂情何貲對遺下體作者成辭

惟時至無差　下遺至西移　對遺至若馳讀法準此

白日西移無日不陂無盈不虧憤激何施將與爲上通神祇朶者無差

采者至西移　條然至成辭　對遺至若馳讀法準此

白日西移條然若馳無日不陂無盈不虧憤激何施一體忠離將與爲誰俯仰容儀上通神

祇憂情何貲朶者無差作者成辭

條然至無差　朶者至若馳　對遺至若馳讀法準此

惟時年殊白日西移有盛必衰無盈不虧心意志殊憤激何施飾麗華榮俯仰容儀惟哀忘

節上通神祇對遺下體作者成辭

年時至無差　下遺至若馳　對遺至西移讀法準此

第二編　第五章　蘇蕙回文詩

三五

白日西移無盈不虧憤激何施俯仰容儀上通神祇作者成辭

倏然至無差 釆者至若馳 作者至西移讀各得詩一首 法準此

白日西移倏然若馳無盈不虧無日不陂憤激何施一體忠離俯仰容儀將與誰爲上通神祇憂情何賞作者成辭釆者無差

倏然至成辭 釆者至西移 作者至若馳讀各得詩一首 法準此

惟時年殊倏然若馳必盛有衰無盈不虧心意志殊一體忠離華麗飾身俯仰容儀惟哀忘節憂情何賞下遺至菲作者成辭

年時至無賞 封遺至西移 下遺至若馳讀各得詩一首 法準此

讒佞奸凶害我忠貞禍因所恃恣極驕盈班女婕妤辭輦漢妃孼嬖趙氏飛燕實生漸至大伐用昭丹青慮微察遠禍在防萌

奸佞至未形 察微至闈庭 慮微至忠貞讀各得詩一首 法準此

作亂闈庭害我忠貞膚受難明義不苟榮戒在傾城盛炎猶熒愼在未形禍在至忠貞讀法詩一首準此

作亂闈庭害我忠貞禍受難明恣極驕盈義不苟榮辭輦漢成戒在傾城飛燕實生盛炎猶熒用昭丹青愼在未形愼在防萌

害我至未形　禍在至閨庭　愼在至忠貞讀法準此　各得詩一首

奸佞讒人作亂閨庭禍因所恃恣極驕盈婕女班姬義不苟榮孽嬖趙氏飛燕實生大至漸

興盛炎猶熒慮微察遠禍在防萌

讒佞奸未作亂閨庭禍因所恃膚受難明班女婕好義不苟榮孽嬖趙氏戒在傾城漸至大

害我忠貞受膚難明辭輦漢成戒在傾城用昭丹

作亂至防萌　禍在至閨庭　慮微至忠貞讀法準此　各得詩一首

害我忠貞作亂閨庭膚受難明恣極驕盈辭輦漢成義不苟榮戒在傾城飛燕實生用昭丹

青盛猶熒愼在未形

作亂至未形　禍在至忠貞　慮微至閨庭讀法準此　各得詩一首

讒佞奸猶熒慮微察遠愼在未形

伐盛炎猶熒慮微察遠愼在未形

奸佞至防萌　察微至忠貞　慮微至閨庭讀法準此　各得詩一首

遺遠未故君子惟新親間遠離殊我同衾飄離微隔喬木誰陰。生天地德貴乎均匀思罪積

怨其根難尋愆辜何因備嘗苦辛。

廢故至我身　何辜至伯禽　愆辜至惟新讀法準此

誠在伯禽惑者改心步之漢濱育品物均浸潤日深集乎我身

君子至苦辛　集乎至伯禽　備嘗至惟新讀法準此

誠在伯禽君子惟新惑者改心殊我同衾步之漢濱喬木誰陰育品物均貴乎均勻浸潤日深其根難尋集乎我身備嘗苦辛

君子至我身　集乎至惟新　備嘗至伯禽讀法準此各得詩一首

廢舊遺故誠在伯禽親間遠離殊我同衾微離飄飄步之漢濱生天地德貴乎均勻積罪思愆幸何因備嘗苦辛

遺舊至我身　何辜至惟新　愆幸至伯禽讀法準此各得詩一首

君子惟新誠在伯禽親間遠離殊我同衾喬木誰陰育品物均其根難尋集乎我身備嘗至伯禽讀法準此各得詩一首

誠在至苦辛　備嘗至惟新　愆幸至伯禽各得詩一首

遺舊廢故誠在伯禽親間遠離惑者改心飄離微隔步之漢濱生天地德育品物均思罪積

怨浸潤日深愆幸何因集乎我身

廢舊至苦辛 愍殊至伯禽 何因至惟新 各得詩一首讀法準此

詩情明顯怨義與理辭麗作此端無終始

始終至情詩 辭麗至興理 理與至麗辭 情明至始詩 麗作至理辭 無終至此

端 義與至顯怨 顯明至麗辭 此作至無端讀法準此

始終無端顯明情詩理與義怨此作麗辭

顯明至無端 理與至情詩 此作至義怨讀法準此得詩一首

麗作此端義與理辭情明顯怨無終始詩

無終至顯怨 情明至理辭 義與至義怨讀法準此得詩一首

思感自寧孜孜傷情時在君側夢想勞形

形勢至感思 寧自至勞形 孜孜傷情側君側夢想勞形

夢想至感思讀法準此得詩一首

孜孜傷情側君在時夢想勞形寧自感思

側君至勞形得詩一首

孜孜傷情寧自感思夢想勞形側君在時。

側君至傷情一得詩

愈舊是念誰為獨居歎懷女賤鄙賤何如

如何至舊愈　念是至何如　鄙賤至舊愈各得詩一首

念是咎愈鄙賤何如賤女懷歎誰為獨居

鄙賤至懷歎一首

賤女懷歎誰為獨居念是咎愈鄙賤何如

誰為至咎愈一首

懷女懷歎鄙賤何如念是咎愈誰為獨居

嬰是憂懷思何漫漫了是艱苦我生何

冤何至是嬰　懷憂至何冤　我生至是嬰各得詩一首讀法準此

懷憂是嬰我生何冤苦艱是丁思何漫漫

我生至是丁一得詩一首

思何漫漫苦艱是丁我生何冤懷憂是嬰

苦艱至何冤一首

思何漫漫懷憂是嬰我生何寃苦艱是了。

苦艱至漫漫一得詩

誰者至傷懷 悼思至傷懷讀法準此

懷傷思悼歎永感悲哀情戚戚知我者誰

知我者誰傷懷讀法準此一得詩

悼思傷懷知我者誰戚戚情哀歎永感悲

歎永感悲哀情戚戚知我者誰悼思傷懷

戚戚至感悲一得詩

歎永感悲悼思傷懷知我者誰戚戚情哀

懷所離經傷路曠逈君房幃清朗容飾華光珠曜英誰感思多。

誰感至離經所懷至爲榮各得詩一首

懷所離經路中情君房幃容朗鏡明光珠曜英感誰爲榮

誰感至歎嗟讀法準此各得詩一首

誰感至歎嗟 感誰至離經讀法準此

步階西遊林陰翳桑燕巢雙鳩清水激揚思悲好仇發容擢傷

所懷至思多 感誰至離經各得詩一首

發容至西遊　階步至歎愁　容發至東廂讀各得詩一首

步階西遊陰林桃休燕巢雙鳩水清泉流思悲好仇容發歎愁

容發至西遊　階步至摧傷　發容至東廂讀各得詩一首

浸讒愚滋休退謙蒙家遠危疑貞敦節容記貞所持孝敬是從

讒浸愚滋退休孝慈家遠危疑敦貞淑思記貞所從敬孝為基

讒浸至是從　敬孝至愚滋　孝敬至頑凶讀各得詩一首

感通神明寄身輕飛飾粲殊文散孤遺聲殊乖分翔應傷春

通感神明身寄浮雲飾粲殊文妾散離羣聲乖分翔應雁歸

通感至雁歸　應翔至精微　翔應至明神讀各得詩一首

五言詩

寒歲識凋松貞物知終始顏喪改華容仁賢別行士

士行至歲寒　松凋至賢仁　仁賢至凋松讀各得詩一首

寒歲識凋松始終知物貞顏喪改華容士行別賢仁

仁賢至歲寒　松凋至行士　士行至凋松讀各得詩一首
　　　　　　　　　　　　　　　　　　　　　　法準此
寒歲識凋松仁賢別行士顏喪改華容貞物知終始
仁賢至華容　松凋至物貞　士行至喪顏讀各得詩一首
　　　　　　　　　　　　　　　　　　　　　　法準此
貞物知終始顏喪改華容仁賢別行士寒歲識凋松
顏喪至行士　始終至歲寒　容華至賢仁讀各得詩一首
　　　　　　　　　　　　　　　　　　　　　　法準此
詩風興鹿鳴桑翳感孟宣時盛昭業傾章徽恨微元
詩風興鹿鳴　宣孟至風詩　鳴鹿至徽章讀各得詩一首
　　　　　　　　　　　　　　　　　　　　　　法準此
元徽至鹿鳴章徽恨微元
章徽至風詩　元徽至鹿鳴　鳴鹿至徽章讀各得詩一首
　　　　　　　　　　　　　　　　　　　　　　法準此
詩風興鹿鳴章徽恨微元詩風感翳桑宣孟傾業昭
章徽至業傾　鳴鹿至翳桑　元徽至盛時讀各得詩一首
　　　　　　　　　　　　　　　　　　　　　　法準此
桑翳感孟宣時盛昭業傾章徽恨微元詩風興鹿鳴
時盛至徽元　宣孟至風詩　傾業至徽章讀各得詩一首
　　　　　　　　　　　　　　　　　　　　　　法準此
章徽至業傾　宣孟至風詩
龍虎繁文藻榮曜華彫旂容飾觀壯麗充顏曜繡衣
衣繡至虎龍　藻文至顏充讀各得詩一首
　　　　　　　　　　　　　　　　　法準此

藻文繁虎龍榮曜華彤旂。麗壯觀飾容充顏曜繡衣。充顏至虎龍　龍虎至顏充讀法各得詩一首
藻文繁虎龍充顏曜繡衣麗壯觀飾容榮曜華彤旂。充顏至飾容　龍虎至曜榮讀法各得詩一首
榮曜華彤旂麗壯觀飾容充顏曜繡衣藻文繁虎龍。麗壯至繡衣　容飾至顏充讀法各得詩一首
衰年感往日思憂遠勞情時歎殊歲暮世異浮奇傾奇至年衰　日往至異世讀法各得詩一首
日往感年衰思憂遠勞情暮歲殊異世浮奇傾。世異至年衰　衰年至異世讀法各得詩一首
日往感年衰世異浮奇傾暮歲殊歎時思憂遠勞情。衰年至歎時　時歎至憂思讀法各得詩一首
思憂勞遠情暮歲殊歎時世異浮奇傾日往感年衰。暮歲至奇傾　時歎至異世讀法各得詩一首
詩情明顯怨怨義與理辭辭麗作此端端無終始詩。

始詩至情詩 辭麗至理辭 辭理至麗辭 端此至無端 怨顯至義怨 端無至此

端 怨義至顯怨讀各得詩一首

歎懷所離經中傷路曠退無君房幃清鏡朗容飾華紛光珠耀英爲誰感思多

爲誰至離經 離所至爲榮 思感至歎嗟 讀各得詩一首

歎懷所離經曠路傷中情無君房幃清飾容朗鏡明紛光珠曜英思感誰爲榮

爲誰至歎嗟 離所至思多 思感至離經 讀各得詩一首

東步階西遊桑林陰翳飛燕巢雙鳩泉清水激揚君思悲好仇歎發容摧愁

歎發至西遊 西階至摧傷 摧容至東廂 讀各得詩一首

東步階西遊翳陰桑林翳飛燕巢雙鳩激水清泉流君思悲好仇摧容發歎愁

歎發至東廂 西階至摧傷 摧容至西遊 讀各得詩一首

愚步階凶西廂 西階至摧傷 摧容至西遊 讀各得詩一首

愚讒浸頑謙退休孝慈和家雍節敦貞淑思所貞記自恭是敬孝爲基

頑浸至是從 爲孝至愚滋 是敬至愚滋 讀各得詩一首

頑讒愚謙退休孝慈和遠危疑節敦貞淑思自記貞所持是敬孝爲基

愚讒至是從 爲孝至頑凶 是敬至頑凶 讀各得詩一首

明通感精微輕身寄浮雲殊粲飾光輝孤妾散離羣乖殊聲哀悲雁翔應傷春

精感至雁歸　傷應至明神　雁翔至精微讀法準此各得詩一首

精感通明神輕身寄浮雲光飾粲殊文孤姿散離羣哀聲殊乖分雁翔應傷春

明通至雁歸　傷應至精微　雁翔至明神讀法準此各得詩一首

六言詩

周風興自后妃楚樊厲節中闈長歎不能奮飛雙發歌我袞衣華觀冶容爲誰宮羽同聲相追

召伯至情悲　宮羽至后妃　清商至淑姿讀法準此各得詩一首

周風興自后妃召伯竊窕淑姿楚樊厲節中闈衞女河廣思歸詠志邈路逶迤長歎不能奮飛雙發歌我袞衣齊興碩人其頎曜榮翠粲威燮宮羽同聲相追清商感我情悲

召伯至相追　宮羽至后妃　清商至淑姿讀法準此各得詩一首

召伯竊窕淑姿周風興自后妃楚樊厲節中闈衞女河廣思歸詠志邈路逶迤長歎不能奮飛雙發歌我袞衣齊興碩人其頎曜榮翠粲威燮華觀冶容爲誰宮羽同聲相追清商感我情悲

清商至淑姿　周風至相追　宮羽至后妃讀法準此各得詩一首

召伯罙窕淑姿楚樊厲節中闈詠志遐路逶迤雙發歌我袞衣曜榮翠粲威麩宮羽同聲相追

周風至情悲 宮羽至淑姿 清商至后妃讀法準此 各得詩一首

年殊白日西移有衰無日不陂志殊憤激何施飭身將與誰為華榮俯仰容儀忘節上通神祇邽菲朵者無差

惟逝至成辭 邽菲至西移 下體至若馳讀法準此 各得詩一首

年殊白日西移惟逝倏然若馳有衰無日不陂必倏無盈不虧志殊憤激何施飭身將與誰為華榮俯仰容儀惟感憂情何貲忘節上通神祇惟感憂情邽菲朵者無差下體作者成辭

惟逝至無差 下體至西移 邽菲至若馳讀各得詩一首

惟逝倏然若馳年殊白日西移有衰無日不陂必倏無盈不虧心違一體患離志殊憤激何施飭身將與誰為華榮俯仰容儀惟感憂情何貲忘節上通神祇邽菲朵者無差下體作者

成辭

下體至若馳 年殊至無差 邽菲至西移讀法準此 各得詩一首

年殊白日西移必倏無盈不虧志殊憤激何施華榮俯仰容儀忘節上通神祇下體作者成

辭。

惟逝至無差　蔎菲至若馳　下體至西移 各得詩一首
讀法準此

奸凶害我忠貞所恃恣極驕盈婕妤辭輦漢成趙氏飛燕實生大伐用昭丹青察遠禍在防萌。

奸凶害我忠貞讒人作亂闈庭所恃恣極驕盈禍原膚受難明婕妤辭輦漢成趙氏飛燕實生大伐用昭丹青漸興盛炎猶熒察遠禍在防萌慮深慎在未形

讒人至防萌　察遠至忠貞　慮深至闈庭 各得詩一首
讀法準此

奸凶害我忠貞讒人作亂闈庭所恃恣極驕盈禍原膚受難明婕妤辭輦漢成趙氏飛燕實生大伐用昭丹青漸興盛炎猶熒察遠禍在防萌慮深慎在未形

讒人至忠貞　慮深至闈庭 各得詩一首
讀法準此

奸凶害我忠貞讒人作亂闈庭榮孽后戒在傾城趙氏飛燕實生孽后戒在傾城大伐用昭丹青漸興盛炎猶熒慮深慎在未形

讒人至防萌　慮深至未形 各得詩一首
讀法準此

奸凶害我忠貞讒人作亂闈庭禍原膚受難明婕妤辭輦漢成孽后戒在傾城大伐用昭丹青漸興盛炎猶熒察遠禍在防萌慮深慎在未形察遠禍在防萌慮深慎在未形班姬義不苟

察遠至忠貞　讒人至未形　慮深至闈庭 各得詩一首
讀法準此

奸凶害我忠貞禍原膚受難明婕妤辭輦漢成孽后戒在傾城大伐用昭丹青慮深慎在未形察遠禍在防萌慮深慎在未形班姬義不苟

察遠至闈庭　讒人至防萌　慮深至忠貞讀法準此各得詩一首

廢故君子惟新遠離殊我同衾微隔喬木誰陰地德貴乎均勻積怨其根難尋何因備嘗苦辛。

濱地德貴乎均勻生施育品物均積怨其根難尋思愆浸潤日深何因備嘗苦辛。

廢故君子惟新遺故誠在伯禽遠離殊我同衾親曙惑者改心微隔喬木誰陰。飆飆步之漢濱生施育品物均積怨其根難尋思愆浸潤日深愆殃集乎我身

何因至惟新　遺故至苦辛　愆殃至惟新讀法準此各得詩一首

廢故君子惟新遺故誠在伯禽親曙惑者改心遠離殊我同衾微隔喬木誰陰。飆飆步之漢濱地德貴乎均勻積怨其根難尋思愆浸潤日深愆殃集乎我身何因備嘗苦辛。

遺故至我身　何因至惟新　愆殃至伯禽讀法準此各得詩一首

廢故至我身　何因至伯禽　愆殃至惟新讀法準此各得詩一首

廢故誠在伯禽遠離殊我同衾飆飆步之漢濱地德貴乎均勻思愆浸潤日深何因備嘗苦

七言詩

仁懷德聖虞唐真妙顯華重榮章臣賢惟聖配英皇倫四離飄浮江湘。
仁智懷德聖虞唐真妙顯華重榮章臣賢惟聖配英皇倫四離飄浮江湘。
仁智懷德聖虞唐真志篤終誓穹蒼欽所感想忘淫荒心憂增慕懷慘傷。
真志篤終誓穹蒼欽所感想忘淫荒心憂增慕懷慘傷仁智懷德聖虞唐。
欽所感想忘淫荒心憂增慕懷慘傷仁智懷德聖虞唐真妙顯華重榮章。
心憂至淫荒 心憂至英皇 各得詩一首
真妙顯華重榮章臣賢惟聖配英皇倫四離飄浮江湘津河隔塞殊山梁。
臣賢惟聖配英皇倫四離飄浮江湘津河隔塞殊山梁民生推逝電流光。
倫四離飄浮江湘津河隔塞殊山梁民士感曠悲路長身微憫已處幽房人賤爲女有柔剛。
倫四離飄浮江湘津河隔塞殊山梁民生推逝電流光林西昭景薄榆桑。
津河隔塞殊山梁民士感曠悲路長身微憫已處幽房。
津河隔塞殊山梁民生推逝電流光林西昭景薄榆桑倫四離飄浮江湘。
民生推逝電流光林西昭景薄榆桑倫四離飄浮江湘津河隔塞殊山梁。

讀法準此

林西昭景薄榆桑倫匹離飄浮江湘津河隔塞殊山梁民生推逝電流光。
民士感曠悲路長身微憫已處幽房人賤爲女有柔剛親所懷想思誰望純貞志一專所當麟龍昭德懷聖皇。
智懷德聖虞唐眞妙顯華重榮章臣賢惟聖配英皇倫匹離飄浮江湘津。

　各得詩一首讀法準此

林西昭景薄榆桑倫匹離飄浮江湘津河隔塞殊山梁民士感曠悲路長
身微憫已處幽房人賤爲女有柔剛親所懷想思誰望純貞志一專所當
麟龍昭德懷聖皇

　讀法準此　各得詩一首

親所至蘭房　琴清至慘傷
欽岑幽巖峻嵯峨深淵重涯經網羅林陽潛曜翳英華沉浮異遊頹流沙
麟鳳離遠曠幽遐神精少悴愁兼加身苦惟艱生患多殷憂纏情將如何
神精至嵯峨　身苦至網羅　殷憂至英華
麟鳳離遠曠幽遐神精少悴愁兼加身苦惟艱生患多

中國婦女文學史三

智懷德聖虞唐眞妙顯華重榮章臣賢惟聖配英皇倫桑榆薄景昭西林
智懷德聖虞唐眞妙顯華重榮章臣佞因女嬖至微深淵重涯經網羅林
智懷德聖虞唐眞妙顯華重榮章臣佞因女嬖至微峨嵯峻嚴幽岑欽
智懷德聖虞唐眞妙顯華榮章臣佞因女嬖至微深峨嵯峻識知改別明心
智懷德聖虞唐眞妙顯華榮章岑幽巖峻峨深淵重嚴經網羅林
智懷德聖虞唐眞妙顯華榮章臣岑幽巖峻峨深識知改別明瓊心
智懷德聖虞唐眞篤終誓穹蒼欽思幽巖峻峨明念爲懷如林
智懷德聖虞唐眞篤終誓穹蒼欽思圖怨念遠殊浮沉
智懷德聖虞唐眞志篤終誓穹蒼欽思傷君夢詩興感戚知神
智懷德聖虞唐眞志篤終誓穹蒼欽思傷君夢詩氏辭懷恨麟
智懷德聖虞唐眞志篤終誓穹蒼欽思傷君夢詩心蘇作興感昭神
智懷德聖虞唐眞志篤終誓穹蒼欽思傷君夢詩心平端寃是何懷身
智懷德聖虞唐眞志篤終誓穹蒼欽思傷君夢詩心始終曜觀華繁殷
智懷德聖虞唐眞志篤終誓穹蒼欽何如將情纏憂殷繁華觀曜始終心

第二編　第五章　蘇蕙迴文詩

智懷德聖虞唐眞篤終誓穹欽何如將情纏憂殷多患生艱惟苦身
智懷德聖虞唐眞篤終誓穹欽何如將情纏憂殷流商歌鄭南音
智懷德聖虞唐眞篤終誓穹欽何如將情纏憂殷徵流商歌鄭南音
智懷德聖虞唐眞篤終誓穹欽所感想忘淫荒心憂增慕惟思詠和音
智懷德聖虞唐眞篤終誓穹欽所感想忘淫荒心堂空惟思詠和音
智懷德聖虞唐眞篤終誓穹欽所感想忘淫荒心堂空惟思詠和音
智懷德聖虞唐眞篤終誓穹欽多曜容君中嗟仁傷慘懷慕增憂傷仁
智懷德聖虞唐眞篤終誓穹欽多曜容君中嗟仁智懷德聖虞唐眞

河隔至剛親　所懷至房琴　清流至傷仁詩以上三段各得
妙顯至梁純　士感至望純　清志至商秦　曲發至唐眞詩以上二十四段各得
賢惟至長身　微憫至霜新　故感至藏音　和詠至章臣詩以上二十四段各得
匹離至房人　賤爲至牆春　陽熙至堂心　憂增至皇倫十四首讀法準此
傷慘懷慕增憂心堂空惟思詠和音藏摧悲聲發曲秦王邊土思舊鄉身
傷慘懷慕增憂心堂空惟思詠和音南鄭歌商流徵殷多患生艱惟苦身
傷慘懷慕增憂心堂空惟思詠和音南鄭歌商流徵殷繁華觀曜終始心
傷慘懷慕增憂心堂空惟思詠和音南鄭歌商流徵殷憂纏情將如何欽

五三

傷慘懷慕增憂心荒淫忘想感所欽。何如將情纏憂殷徵流商歌鄭南音
傷慘懷慕增憂心荒淫忘想感所欽。何如將情纏憂殷多患生艱惟苦身
傷慘懷慕增憂心荒淫忘想感所欽。何如將情纏憂殷繁華觀曜終始心
傷慘懷慕增憂心荒淫忘想感所欽。思傷君夢詩璇心始終曜觀繁華殷
傷慘懷慕增憂心荒淫忘想感所欽。思傷君夢詩璇心平端寃是何懷身
傷慘懷慕增憂心荒淫忘想感所欽。思傷君夢詩璇心蘇作與感昭恨神
傷慘懷慕增憂心荒淫忘想感所欽。思傷君夢詩璇心氏辭懷感戚知麟
傷慘懷慕增憂心荒淫忘想感所欽。思傷君夢詩璇心圖怨念爲懷遠殊浮沉
傷慘懷慕增憂心荒淫忘想感所欽。思傷君夢詩璇心璣明改知識如林
傷慘懷慕增憂心荒淫忘想感所欽。思傷君夢時璇心識知改別明深
傷慘懷慕增憂心荒淫忘想感所欽。岑幽巖峻嵯峨深淵重經網羅林
傷慘懷慕增憂心荒淫忘想感所欽。岑幽巖峻嵯峨深微至嬖女因佞臣
傷慘懷慕增憂心荒淫忘想感所欽。岑幽巖峻嵯峨妙顯華重榮章臣
傷慘懷慕增憂心荒淫忘想感所欽。蒼穹誓終篤志眞唐虞德聖懷智仁
傷慘懷慕增憂心荒淫忘想感所欽。蒼穹誓終篤志眞

傷慘懷慕增憂心荒淫忘想感所欽多曜容君中嗟仁智懷德聖虞唐眞
傷慘懷慕增憂心荒淫忘想感所欽多曜容君中嗟仁傷慘懷慕增憂心
房蘭至所親　剛柔至河津　湘江至智仁 各得詩二十二
堂空至陽春　牆面至賤人　房幽至四倫　皇英至憂心 首讀法準此
藏推至故新　霜冰至微身　長路至賢臣　章榮至私音　商絃至淸純　望誰至士
民　梁山至妙眞　唐虞至曲秦 首各得詩二十四 讀法準此
荒淫忘想感所欽岑幽巖峻嵯峨深淵重涯經網羅林光流電逝推生民
荒淫忘想感所欽岑幽巖峻嵯峨深淵重涯經網羅林西昭薄景楡桑倫
荒淫忘想感所欽岑幽巖峻嵯峨深淵重涯經網羅林陽潛翳曜英華沉
荒淫忘想感所欽岑幽巖峻嵯峨深淵重涯經網羅林滋懷爲念怨圖心
荒淫忘想感所欽岑幽巖峻嵯峨深微至嬖女因佞臣惟聖配英倫
荒淫忘想感所欽岑幽巖峻嵯峨深微至嬖女因佞臣賢惟聖配英倫
荒淫忘想感所欽岑幽巖峻嵯峨深識知改別明璣心蘇作興感重華顯妙眞
荒淫忘想感所欽岑幽巖峻嵯峨深識知改別明璣心詩興感遠殊浮沉

荒淫忘想感所欽岑幽巖峻嵯峨深識知改別明璣心始終曜觀華繁殷
荒淫忘想感所欽岑幽巖峻嵯峨深識知改別明璣心平端寃是何懷身
荒淫忘想感所欽岑幽巖峻嵯峨深識知改別明璣氏辭懷感戚知鱗
荒淫忘想感所欽岑幽巖峻嵯峨深識知改別明璣心圖怨念爲懷如林
荒淫忘想感所欽岑幽巖峻嵯峨深識知改別明璣心璇詩夢君傷思欽
荒淫忘想感所欽蒼穹誓終篤志眞妙顯重華榮章臣賢惟聖配英皇倫
荒淫忘想感所欽蒼穹誓終篤志眞妙顯重華榮章臣佞因女嬖至微深
荒淫忘想感所欽蒼穹誓終篤志眞唐虞聖德懷智仁傷慘懷慕增憂心
荒淫忘想感所欽蒼穹誓終篤志眞唐虞聖德懷仁嗟中君容曜多欽
荒淫忘想感所欽多曜容君中嗟仁智懷德聖虞唐眞妙顯華重榮章臣
荒淫忘想感所欽多曜容君中嗟仁智懷德聖虞唐眞志篤終誓穹蒼欽
荒淫忘想感所欽多曜容君中嗟仁傷慘懷慕增憂心堂空惟思詠和音
荒淫忘想感所欽何如將情纏憂殷繁華觀曜終始心慘懷慕增憂心荒淫忘想感所欽
荒淫忘想感所欽何如將情纏憂殷繁華觀曜終始心詩與感遠殊浮沉
荒淫忘想感所欽何如將情纏憂殷繁華觀曜終始心璣明別改知識深

荒淫忘想感所欽。何如將情纏憂殷繁華觀曜終始蘇作興感昭恨神。
荒淫忘想感所欽。何如將情纏憂殷繁華觀曜終始圖怨念爲懷如林。
荒淫忘想感所欽。何如將情纏憂殷繁華觀曜終始心平端冤是何懷身。
荒淫忘想感所欽。何如將情纏憂殷繁華觀曜終始璇詩夢君傷思
荒淫忘想感所欽。何如將情纏憂殷繁華觀曜終始心氏辭懷感戚知欽
荒淫忘想感所欽。何如將情纏憂殷多患生艱惟苦身榮君仁離殊方春。
荒淫忘想感所欽。何如將情纏憂殷多患生艱惟苦身鄉舊眷土懷王秦
荒淫忘想感所欽。何如將情纏憂殷多患生艱惟苦身加兼愁悴少精神
荒淫忘想感所欽。何如將情纏憂殷多患生艱惟苦身傷好水燕桃廂平心
荒淫忘想感所欽。何如將情纏憂殷徵流商歌鄭南音和詠思惟空堂琴
荒淫忘想感所欽。何如將情纏憂殷徵流商歌鄭南藏摧悲聲發曲秦
荒淫忘想感所欽。思傷君夢詩璇心詩興感遠殊時盛意麗哀遺身
荒淫忘想感所欽。思傷君夢詩璇心詩興感遠殊浮英翳曜潛陽林
荒淫忘想感所欽。思傷君夢詩璇心詩興感遠殊浮沈華異游頹流沙
荒淫忘想感所欽。思傷君夢詩璇心詩興感遠殊浮沈浮異游頹流沙麟

荒淫忘想感所欽。思傷君夢詩璇心。璣明別改知識深微至孌女因佞臣
荒淫忘想感所欽。思傷君夢詩璇心。璣明別改知識深峩嵯巖峻幽岑欽
荒淫忘想感所欽。思傷君夢詩璇心。璣明別改知識深淵重涯經網羅林
荒淫忘想感所欽。思傷君夢詩璇心。圖怨念為懷如林陽潛翳曜英華沉
荒淫忘想感所欽。思傷君夢詩璇心。圖怨念為懷如林西昭景薄榆桑倫
荒淫忘想感所欽。思傷君夢詩璇心。圖怨念為懷如林光流電逝推生民
荒淫忘想感所欽。思傷君夢詩璇心。圖怨念為懷如林羅網經涯重淵深
荒淫忘想感所欽。思傷君夢詩璇心。圖怨念為懷如林滋謙遠貞自基津
荒淫忘想感所欽。思傷君夢詩璇心。蘇作興感恨神退幽曠離遠鳳麟
荒淫忘想感所欽。思傷君夢詩璇心。蘇作興感恨神精少悴愁衾加身
荒淫忘想感所欽。思傷君夢詩璇心。蘇作興感昭恨神辠罪天離間舊新
荒淫忘想感所欽。思傷君夢詩璇心。蘇作興感昭恨神輕縶散哀春親
荒淫忘想感所欽。思傷君夢詩璇心。氏辭懷感戚知麟龍昭德懷聖皇人
荒淫忘想感所欽。思傷君夢詩璇心。氏辭懷感戚知麟沙流頻遊異浮沉
荒淫忘想感所欽。思傷君夢詩璇心。氏辭懷感戚知麟當所專一志貞純

荒淫忘想感所欽思傷君夢詩璇心氏辭懷感戚知麟鳳離遠曠幽邃神
荒淫忘想感所欽思傷君夢詩璇心始終曜觀華繁殷徵流商歌鄭南音
荒淫忘想感所欽思傷君夢詩璇心始終曜觀華繁殷憂纏情將如何欽
荒淫忘想感所欽思傷君夢詩璇心始終曜觀華繁殷多患生艱惟苦身
荒淫忘想感所欽思傷君夢詩璇心平端寃是何懷身加兼愁悴少精神
荒淫忘想感所欽思傷君夢詩璇心平端寃是何懷身鄉舊眷士懷王秦
荒淫忘想感所欽思傷君夢詩璇心平端寃是何懷身苦惟艱惟患多殷
荒淫忘想感所欽思傷君夢詩璇心平端寃是何懷身榮君仁離殊方秦
荒淫忘想感所欽思傷君夢詩璇心平端寃是何懷身傷好水燕桃廂琴
王懷至皇人　志篤至方春　榆桑至貞純　生推至荒心　皇聖至王秦　方殊至志
眞貞志至桑倫各得詩六十三首
岑幽至長身　加兼至剛親　何如至故新　陽潛至所親　羅網至和音　鳳離至清
琴苦惟至章臣　沙流至湘津各得詩四十九首
淵重至房人　逕幽至望純　多患至淸純　浮異至牆春　峨嵯至曲秦　精少至陽
春憂纏至皇倫　華英至梁民十各得詩五十三首

第二編　第五章　蘇蕙迴文詩

五九

光流至剛親　龍昭至霜新　當所至芳琴　榮君至所親　鄉舊至故新　所感至清
琴　蒼穹至湘津　西昭至長身　各得詩十二首讀法準此

南鄭歌商流徵殷繁華觀曜絡始心詩興感遠殊浮沉時盛意麗哀遺身
南鄭歌商流徵殷繁華觀曜絡始心詩興感遠殊浮沉華英翳曜潛陽林
南鄭歌商流徵殷繁華觀曜絡始心詩興感遠殊浮沉淫異遊頹流沙鱗
南鄭歌商流徵殷繁華觀曜絡始心詩興感遠殊微至變女因佞臣
南鄭歌商流徵殷繁華觀曜絡始心機明別改知識深峨峻巖幽岑
南鄭歌商流徵殷繁華觀曜絡始心機明別改知識深淵重涯經網羅林
南鄭歌商流徵殷繁華觀曜絡始心機明別改知識深辜罪天離開舊新
南鄭歌商流徵殷繁華觀曜絡始心蘇作興感昭恨神退幽曠遠離鳳麟
南鄭歌商流徵殷繁華觀曜絡始心蘇作興感昭恨神精少悴愁兼加身
南鄭歌商流徵殷繁華觀曜絡始心蘇作興感昭恨神多曜容君終嗟仁
南鄭歌商流徵殷繁華觀曜絡始心璇詩夢君傷思欽岑幽巖峻嗟峨深
南鄭歌商流徵殷繁華觀曜絡始心璇詩夢君傷思欽所感想忘淫荒心
南鄭歌商流徵殷繁華觀曜絡始心璇詩夢君傷思欽何如將情纏憂殷

第二編　第五章　蘇蕙迴文詩

南鄭歌商流徵殷璇詩夢君傷思欽蒼穹誓終篤志員
南鄭歌商流徵殷繁華觀曜終始圖念為懷如林光流電逝推生民
南鄭歌商流徵殷繁華觀曜終始圖念為懷如林陽潛曜翳英桑倫
南鄭歌商流徵殷繁華觀曜終始圖念為懷如林西昭景薄榆桑沉
南鄭歌商流徵殷繁華觀曜終始圖念為懷如林滋遠貞自基津
南鄭歌商流徵殷繁華觀曜終始圖念為懷如林羅網經重淵深
南鄭歌商流徵殷繁華觀曜終始圖念為懷好水燕桃廂琴
南鄭歌商流徵殷繁華觀曜終始平端宽是何懷如兼謙遠土秦
南鄭歌商流徵殷繁華觀曜終始平端宽是何懷鄉舊眷土懷王秦
南鄭歌商流徵殷繁華觀曜終始平端宽是何懷身如兼愁悴少精神
南鄭歌商流徵殷繁華觀曜終始平端宽是何懷身苦惟艱生患多殷
南鄭歌商流徵殷繁華觀曜終始平端宽是何榮君仁離殊芳春
南鄭歌商流徵殷繁華觀曜終始心氏辭懷感知麟神輕繁散哀皇人
南鄭歌商流徵殷繁華觀曜終始心氏辭懷感知麟龍昭德懷聖皇人
南鄭歌商流徵殷繁華觀曜終始心氏辭懷感知麟鳳離遠曠幽退神
南鄭歌商流徵殷繁華觀曜終始心氏辭懷感知麟沙流頹遊異浮沉

六一

南鄭歌商流徵殷繁華觀曜終始心氏辭懷感戚知麟當所專一志貞純。
南鄭歌商流徵殷憂喀情所感想忘淫荒心堂空惟思詠和音。
南鄭歌商流徵殷憂纏情將如何欽所感想忘淫荒心憂增慕懷慘傷仁。
南鄭歌商流徵殷憂纏情將如何欽多曜容君中嗟仁智懷德聖慕虞唐眞。
南鄭歌商流徵殷憂纏情將如何欽多曜容君中嗟仁傷慘懷慕增憂心。
南鄭歌商流徵殷憂纏情將如何欽蒼穹誓終篤志眞唐虞聖德懷智仁。
南鄭歌商流徵殷憂纏情將如何欽蒼穹誓終篤志眞妙顯重華榮章臣。
南鄭歌商流徵殷憂纏情將如何欽岑幽巖峻嵯峨深淵重涯經網羅。
南鄭歌商流徵殷憂纏情將如何欽岑幽巖峻嵯峨深徹至孿女因佞臣。
南鄭歌商流徵殷憂纏情將如何欽岑幽巖峻嵯峨深識知改別明璣心。
南鄭歌商流徵殷憂纏情將如何欽思傷君夢詩璇心氏辭懷感戚知麟。
南鄭歌商流徵殷憂纏情將如何欽思傷君夢詩璇心詩興感遠浮沉。
南鄭歌商流徵殷憂纏情將如何欽思傷君夢詩璇心始終曜觀華繁殷。
南鄭歌商流徵殷憂纏情將如何欽思傷君夢詩璇心圖怨念爲懷如林。
南鄭歌商流徵殷憂纏情將如何欽思傷君夢詩璇心平端寃是何懷身。

南鄭歌商流徵殷。憂纏情如何欽思傷君夢詩璇心璣明別改知識深。
南鄭歌商流徵殷。憂纏情將如何欽思傷君夢詩蘇作與感昭恨神。
南鄭歌商流徵殷。多患生艱苦身鄉舊眷土懷王秦曲發聲悲摧藏音。
南鄭歌商流徵殷。多患生艱苦身鄉舊眷土懷王秦商絃激楚流清琴。
南鄭歌商流徵殷。多患生艱苦身懷王圖怨爲念懷思如林。
南鄭歌商流徵殷。多患生艱苦身懷何是冤端平心璇詩夢君傷思欽。
南鄭歌商流徵殷。多患生艱苦身懷何是冤端平心氏辭懷感戚知麟。
南鄭歌商流徵殷。多患生艱苦身懷何是冤端平心蘇作與感昭恨神。
南鄭歌商流徵殷。多患生艱苦身懷何是冤端平心詩興感遠觀曜華繁殷。
南鄭歌商流徵殷。多患生艱苦身懷何是冤端平心璣明別改知識深。
南鄭歌商流徵殷。多患生艱苦身懷何是冤端平心始終觀曜華繁殷。
南鄭歌商流徵殷。多患生艱苦身榮君仁離殊方牆面殊意感故新。
南鄭歌商流徵殷。多患生艱苦身榮君仁離殊方春陽熙茂凋蘭芳秦。
南鄭歌商流徵殷。多患生艱苦身傷好水燕桃廂琴清流激絃商秦。
南鄭歌商流徵殷。多患生艱苦身傷好水燕桃廂琴芳蘭凋茂熙陽春。

南鄭歌商流徵殷多患生艱惟苦身加兼愁悴少精神遐幽曠遠離鳳麟
南鄭歌商流徵殷多患生艱惟苦身加兼愁悴少精神恨昭感興作蘇心
南鄭歌商流徵殷多患生艱惟苦身加兼愁悴少精神辜罪天離間舊新
佞因至舊新　遺哀至南音　舊間至佞臣各得詩六
繁華至房人　識知至清純　浮殊至曲秦　恨昭至皇倫各得詩八
詩興至剛親　蘇作至所親　始終至清琴　璣明至湘津各得詩十四首
時盛至望純　辜罪至賤人　徵流至陽春　微至至梁民首各得詩十四
嗟中君容曜多欽思傷君夢詩璇心氏辭懷感戚知麟神經粲散哀春親讀法準此
嗟中君容曜多欽思傷君夢詩璇心氏辭懷感戚知麟龍昭德懷望皇人
嗟中君容曜多欽思傷君夢詩璇心氏辭懷感戚知麟當所專一志貞純
嗟中君容曜多欽思傷君夢詩璇心氏辭懷感戚知麟沙流頹遊異浮沉
嗟中君容曜多欽思傷君夢詩璇心氏辭懷感戚知麟鳳麟遠曠幽退神
嗟中君容曜多欽思傷君夢詩璇心辭懷感戚知時盛意麗哀遺身
嗟中君容曜多欽思傷君夢詩璇心詩興感遠殊浮沉華英翳曜潛陽林
嗟中君容曜多欽思傷君夢詩璇心詩興感遠殊浮沉浮異遊頹流沙麟

嗟中君容曜多欽。思傷君夢詩璇心。蘇作與感昭恨神。辜罪天離間舊新。

嗟中君容曜多欽。思傷君夢詩璇心。蘇作與感昭恨神。退幽曠遠離鳳麟。

嗟中君容曜多欽。思傷君夢詩璇心。蘇作與感昭恨神。精少悴愁綦加身。

嗟中君容曜多欽。思傷君夢詩璇心。蘇作與感昭恨神。滋遠貞自基津。

嗟中君容曜多欽。思傷君夢詩璇心。圖怨念爲懷如林。西昭景薄楡桑倫。

嗟中君容曜多欽。思傷君夢詩璇心。圖怨念爲懷如林。光流電逝推生民。

嗟中君容曜多欽。思傷君夢詩璇心。圖怨念爲懷如林。羅網經涯重淵深。

嗟中君容曜多欽。思傷君夢詩璇心。圖怨念爲懷如林。陽潛曜翳華沉。

嗟中君容曜多欽。思傷君夢詩璇心。平端寃是何懷如傷好水燕桃廂琴。

嗟中君容曜多欽。思傷君夢詩璇心。平端寃是何懷身榮君仁離殊方春。

嗟中君容曜多欽。思傷君夢詩璇心。平端寃是何傷身鄉舊眷土懷王秦。

嗟中君容曜多欽。思傷君夢詩璇心。平端寃是何懷身加綦愁悴少精神。

嗟中君容曜多欽。思傷君夢詩璇心。平端寃是何懷身苦惟艱生患多殷。

嗟中君容曜多欽。思傷君夢詩璇心。璣明別改知識微至嬖女因佞臣。

嗟中君容曜多欽。思傷君夢詩璇心。璣明別改知識深峨嵯峻嚴幽岑欽。

嗟中君容曜多欽思傷君夢詩璇心璣明別改知識深淵重涯經網羅林
嗟中君容曜多欽思傷君夢詩璇心始終曜觀華繁殷患生艱惟苦身
嗟中君容曜多欽思傷君夢詩璇心始終曜觀華繁殷憂纏情將如何欽
嗟中君容曜多欽思傷君夢詩璇心始終曜觀華繁殷徵流商歌鄭南音
嗟中君容曜多欽思傷君夢詩璇心始終觀華繁殷光流電逝推生民
嗟中君容曜多欽思傷君夢詩璇深重涯經網羅林滋謙遠貞自基津
嗟中君容曜多欽岑幽巖峻嵯峨深重涯經網羅林陽潛曜翳英華沉
嗟中君容曜多欽岑幽巖峻嵯峨深重涯經網羅林西昭景薄榆桑倫
嗟中君容曜多欽岑幽巖峻嵯峨深重涯經網羅林如懷爲念怨圖心
嗟中君容曜多欽岑幽巖峻嵯峨深微至變女因佞臣章榮重華顯妙眞
嗟中君容曜多欽岑幽巖峻嵯峨深微至變女因佞臣賢惟聖配英皇倫
嗟中君容曜多欽岑幽巖峻嵯峨深識知改別明璣心蘇作興感昭恨神
嗟中君容曜多欽岑幽巖峻嵯峨深識知改別明璣心氏辭懷感戚知麟
嗟中君容曜多欽岑幽巖峻嵯峨深識知改別明璣心半端冤是何懷身
嗟中君容曜多欽岑幽巖峻嵯峨深識知改別明璣心詩興感遠殊浮沉

嗟中君容曜多欽。岑幽巖峻嵯峨深。識知改別明璣心。始終曜觀華繁殷。

嗟中君容曜多欽。岑幽巖峻嵯峨深。識知改別明璣心。圖怨念為懷如林。

嗟中君容曜多欽。岑幽巖峻嵯峨深。識知改別明璣心。璇詩夢君傷思欽。

嗟中君容曜多欽。岑幽巖峻嵯峨深。識知改別明璣心。榮君仁離殊方春。

嗟中君容曜多欽。岑幽巖峻嵯峨深。多患生艱惟苦身。傷好水燕桄廂琴。

嗟中君容曜多欽。岑幽巖峻嵯峨。多患生艱惟苦身。加兼愁悵少精神。

嗟中君容曜多欽。岑幽巖峻嵯峨。多患生艱惟苦身。懷何是冤端平心。

嗟中君容曜多欽。岑幽巖峻嵯峨。多患生艱惟苦身。鄉舊眷土懷王秦。

嗟中君容曜多欽。何如將情纏憂殷。多患生艱惟苦身。蘇作興感昭恨神。

嗟中君容曜多欽。何如將情纏憂殷。繁華觀曜絡始心。氏辭懷感戚知麟。

嗟中君容曜多欽。何如將情纏憂殷。繁華觀曜絡始心。璇詩懷君傷思深。

嗟中君容曜多欽。何如將情纏憂殷。繁華觀曜絡始心。璣明別改知識欽。

嗟中君容曜多欽。何如將情纏憂殷。繁華觀曜絡始心。圖怨念為懷如林。

嗟中君容曜多欽。何如將情纏憂殷。繁華觀曜絡始心。機明別識如林。

嗟中君容曜多欽。何如將情纏憂殷。繁華觀曜絡始心。詩興感遠殊浮沉。

嗟中君容曜多欽。何如將情繾憂殷。徵流商歌鄭南音。藏擢悲身發曲秦。
嗟中君容曜多欽。何如將情繾憂殷。徵流商歌鄭南音和詠思惟空堂心。
嗟中君容曜多欽。蒼穹誓絡篤志眞。徵流商歌鄭南音和詠思慕增憂心。
嗟中君容曜多欽。蒼穹誓絡篤志眞唐虞聖德懷智仁。傷慘悲增慕心。
嗟中君容曜多欽。蒼穹誓絡篤志眞唐虞聖德懷智仁。嗟中君容曜多欽。
嗟中君容曜多欽。蒼穹誓絡篤志眞妙顯華重榮章臣佞因女孌至微深。
嗟中君容曜多欽。蒼穹誓絡篤志眞妙顯華重榮章賢惟聖配英皇倫。
嗟中君容曜多欽。所感想忘荒淫心堂空惟思詠和音藏擢悲聲發曲秦。
嗟中君容曜多欽。所感想忘荒淫心堂空惟思詠和音南歌鄭商流徵殷。
嗟中君容曜多欽。所感想忘荒淫心憂增懷慕傷仁智懷德聖虞唐眞。
嗟中君容曜多欽。所感想忘荒淫心憂增懷慕傷仁嗟中君容曜多欽。
廂桃至基津　春哀至嗟仁　基自至廂琴十六各得詩三
思傷至望純　懷何至梁民　知戚至憂心　如懷至陽春十四各得詩八
氏辭至霜新　圖怨至長身　璇詩至和音　平端至故新四各得詩十四
神輕至牆春　滋謙至房人　多曜至曲秦　傷好至清純首各得詩十四首讀法準此

第六章　晉之婦女雜文學

晉世故多賢母而歷祀久遠篇章泯滅雖當時有集行世而今或蔑如焉姑就其遺文散見他書者裹而次之

杜預女記曰二寡婦者淑也晉也寡婦淑喪其夫兄弟欲嫁之誓而不許令傳其與兄弟書曰

蓋聞君子導人以德嬌俗以禮是以烈士有不移之志貞女無迴二之行淑雖婦人竊慕殺身成義死而後已夙遘禍罰喪其所天男弱未冠女幼未笄是以僶俛求生將欲長育二子上奉祖宗之嗣下繼祖禰之禮然後觀於黃泉永無慙色仁見德弟既不能廣高節於弱志發明於闇昧許我他人逼我於上乃命官人訟之簡書夫智者不可惑以事仁者不可脅以死晏嬰不以白刃臨頸改正直之辭梁寡不以毀形之痛忘執節之義高山景行豈不思齊計兄弟備託學門不能匡我以道博我以文雖曰既學吾謂之未也

此外如衞瓘女之致國臣嚴憲之戒從子陶侃母湛氏之責子雖見載而省約其辭但得數語不可以文章論也故不著焉東莞楊苕華者楊德慎女有才貌許字同郡王晞字元宗未及成禮晞捨俗出家法名度苕華初以書勸之歸不從苕華見度志堅亦感悟入道其始勸夫書曰髮膚不可毀傷宗祀不可頓廢令其顧世敎改遠志曜翹爍之姿於盛明之世遠安祖考之靈近慰人神之願又寄以詩曰

大道自無窮天地長且久巨石故因消芥子亦難數。人生一世間飄若風過牖榮華豈不茂日夕就彫朽川上有餘吟日斜思鼓缶清音可娛耳滋味可適口羅紈可飾軀華冠可曜首安事自翦削耽空以害有不道姜區區但令君恍後。

許邁妻孫氏句容人吳郡散騎常侍孫宏女也邁好道立精舍於懸溜山遣妻還家爲書以謝絕之孫氏答書曰

愚下不才侍執巾櫛榮華福祿相與共之如何君子駕其大義輕見斥逐若以此處退曠非婦人所便昔梁生陟嶺孟光是攜簫史登臺秦女不舍衞人修義夫妻同行老萊逃名伉儷俱逝豈非古人嘉遯之舉者許君乖離矣

松陽令鈕滔母孫瓊有集二卷今不傳其遺文尙多傳者計賦二首贊一首書二首。

悼艱賦

伊禀命之不辰遭天難之靡忱夙無父之何怙哀甕瘁以抽心覽蓼莪之遺詠詠肥泉之餘音經四位之代謝雖積祀而思深伊三從而有歸爰奉嬪於他族仰慈姑之惠和荷仁澤之陶渥釋鑾服以斬衣代羅帷以縞布仰慈尊以飲泣撫孤影以協慕遇飛廉之暴骸觸驚風之所會扶搖奮而上躋頹雲下而無際頓余邑之當春望峻陵而鬱青瞻空宇之寥廓慜宿草之發生顧南枝以永哀向北風以飲泣情無觸而不悲思無感而不集

箜篌賦

考茲器之所起。實侯氏之所營遠不假於琴瑟。顧無取乎竽笙爾乃陟九峻之增巖唏承溫之朝日剖嶧陽之孤桐代楚宮之椅漆徵班輸之造器命伶倫而調律浮音穆以遐暢沉響幽而若絕樂操則寒條早榮哀曼則晨華朝滅邈邈離之清角超子野之白雪然思超梁甫願登華岳路險悲秦道難怨蜀遺逸悼行邁之離秋風哀年時之速陵危柱以頡頑憑哀絃以躑躅於是數轉難測聲變無方或冉弱以飄沉或頓挫以抑揚或散角以放羽或據徵以騁商

公孫夫人序贊

夫人姓公孫氏會稽剡人也。夫人資三靈之淳懿。誕華宗之澄粹奇朗昭於髫齔四教成於弱笄慈恩溫恭行有秋霜之潔祗心制節性同青春之和敦悅憲章動遵禮規居室則道齊師氏有行則德配女儀禮服有盈籩豆無闕猗歟夫人天姿特挺行高冰潔操與霜整性揚蘭芳德振玉穎猗彼瓊林奇翰有集展彼碩媛令德來綺動與禮游靜以義立

與虞定夫人書

瓊聞與賢崇德聖主令典旌善表操。有邦盛務伏見族祖吳國亡民富春孫彥妻環少厲令節服膺道致逮適孫氏恪居婦職崇姻有聲奉禮未周彥母喪殞喪殞半年彥奄亡沒

環牽禮奉終抗義明節傾竭私產以供葬送禮服既終前無立子家欲改醮誓而不許。與從弟孝徵書

省爾譏我以養鶴。

隋志有劉柔妻王劭之集十卷劉柔一作劉和妻又有處士劉參妻亦王氏然王劭之所作有春花懷思等賦及啟母姜頌劉參妻則僅誄夫一文而已今並著之

春花賦

千葩粲其昭晰兮。百卉舊而同榮蘭圃翹以含芳兮芝薄振而沈馨翠穎競臻眾條頻英。或異色同形或齊芳殊制自然神杳不可勝計爛若羅秀之垂光灼若隋珠之睿列爽若翡翠之羣翔練若珊瑚之映月詩人詠以託諷良喻美而光德準工女於妙規飾王后之首則

懷思賦

超離親而獨寄與憂憤而長俱雖亮分以自勉曾無間乎須臾思遙遙而忡悵疾結滯乎

古同

乃戒以衛懿滅斃之禍斯言惑矣吾未之取彼衛懿之好民無役車之載鶴有乘軒之飾禍敗之由由乎失所若乃開圃即於靈囿沃地矩乎神沼文魚躍於白水素鳥翔乎神州豈非周文之德大雅所修哉夫嘉肴旨酒非不美也夏禹盛以陶豆殷紆著以玉杯而此聖以興彼愚以滅蓋置之失所如其無失來難可施乎

王劭之

王劭之

王劭之

肌膚憶昔日之歡侍奉膝下而怡裕集欣泰以逸豫何運遇之偏舍獨遼
隔於修路彼恆鳥之將分猶哀鳴以告離況遊子之眷慕孰殷思之可靡於是仲秋蕭索
葶收西御寒露零落葉晨布羨歸鴻之提提振輕翼而高舉志眇眇而遠馳悲離思而
嗚咽彼邁物而推移何予思之難泄聊搴翰以寄懷悵辭鄙而增結

啟母塗山頌　　　　　　　　　　　　　　　　王劭之

塗山靜居立朗悟幾大禹至公過門不歸明此道訓孩胤是綏仁哲以成永繁天暉。

姜嫄頌　　　　　　　　　　　　　　　　　　王劭之

英英姜嫄寶德之純肇承靈瑞武敏是遵誕育岐嶷毗贊皇綸播殖之訓萬葉攸循。

靈壽杖銘　　　　　　　　　　　　　　　　　王劭之

籊籊鮮榦秀彼崇巘下澤蘭液上瑩芳霄貞勁內固鮮粲外昭耀質靈薈作珍華朝杖之

身安越齡松喬

正朔詩　　　　　　　　　　　　　　　　　　王劭之

稔冉冥機運迅矣四節經太簇應玄律青陽兆初正。

劉參誄　誄非全篇以婦人為誄者少故亦著之　　王氏妻劉參

猗猗嘉穎朝陽方翹烈風嚴霜隕此秀條璇瓌倐忽四序競征清商激宇蟋蟀吟欞

劉臻妻陳氏晉書有傳謂其聰慧能屬文嘗正旦獻椒花頌又撰元日及冬至進見之儀行於世今傳其文數首

箏賦

伊夫箏之為體惟高亮而殊特應六律之修和與七始乎消息括八音之精要超衆器之表式后夔創制子野考成列柱成律既和且平度中楷模不縮不盈總八風而熙泰羌貫微而洞靈擾袂而奮手鍾期傾耳以靜聽泰清角之要妙詠騕褭與鹿鳴獸連軒而率舞鳳跟蹌而集庭汎濫浮沉逸響發揮翕然若絕皎如復迴爾乃祕豔曲卓礫殊異周旋去留千變萬態

元日獻椒花頌

旋穹周迴三朝肇建青陽散暉澄景載煥美哉靈葩爰采爰獻聖容映之永萬於萬

午時畫扇頌

炎后飛軌引曜丹逵爇應律融精協曦五象列位品物以垂兌降素獸震升青螭日月

澄暉仙章來儀仰憩翠巖俯映蘭池靈柯幽藹神卉參差如山之壽如松之猗永錫難老

答舅母書

與時推移

元方春秋始富德業亦隆宏道博文才質兼備冀志與時暢榮耀當年豈意一朝冥然長往元方冲幼過庭莫聞聖明訓業成三徙亦既冠婚雙譽允集庶幾偕老色養膝下而殃厲橫流艱禍仍遘媛姊傾逝宗模永絕俯悼二弟斯人斯命當可奈何母年踰耳順備經百羅一紀之中四遷至痛目前廓然三從靡託窮悼中發情馳難處

與妹劉氏書

伏見偉方所作先君誅其述詠勳德則仁風靡墜其言情訴哀則孝心以敍自非挺生之才孰能克隆聿修若斯者乎執詠反覆觸言流涕感賴交集悲慰並至元方偉方年少而有盛才文辭富艷冠於此世竊不自量有疑一言略陳所懷庶備起予先君既體宏仁義又動則聖檢奉親極孝事君盡忠行已也恭養民也惠可謂立德立功示民軌儀者也但道長祚短時乏識員榮位未登高志不遂本不標方外迹也老莊者絕聖棄智渾齊萬物等貴賤忘哀樂非經典所貴非名教所取何必輒引以為喻耶可共詳之

隋志有常侍傅伉妻辛蕭集一卷傳者亦作傳統妻辛氏疑即一人也今存頌三首詩一首。

燕頌

翩翩玄鳥載飛載揚頡頏庭宇遂集我堂銜泥啄草造作室房避彼淋隘處此高涼孕育

五子麋天靡傷羽翼旣就繼心翺翔顧影逸豫其樂難忘。

芍藥花頌

曄曄芍藥植此前庭晨潤甘露晝晞陽靈曾不逾時荏苒繁茂綠葉靑蔥應期吐秀緗蕋攢挺素華敷光譬朝日色豔芙蕖媛人是采以厠金翠發彼妖容增此婉媚惟昔風人抗茲榮華聊用興思染翰作歌

菊花頌

英英麗草稟氣靈和春茂翠葉秋曜金華布護高原蔓衍阿陽芳吐馥載芬載葩爰采爰拾投之醇酒御於王公以介眉壽服之延年佩之黃耇文園賓客酒用不朽

元正詩

元正啟令節嘉慶肇自茲咸奏萬年觴小大咸悅熙。

此外如北漢劉聰后名娥字麗華苻堅妻張氏並有文見於史籍今附載之劉娥為太保殷之女聰將起鷃儀殿以居之陳元達切諫聰怒將斬之娥私勑左右停刑上疏救之聰覽疏色變以示元達曰外輔如公內輔如后朕無憂矣其疏曰

伏聞將爲妾營殿今昭德足居鷃儀非急四海未一禍難尤繁動須人力資財尤宜愼之廷尉之言國家大政夫忠臣之諫豈爲身哉帝王距（拒）之亦非顧身也妾仰謂陛下上

七六

尋明君納諫之昌下忿闇主距諫之禍宜賞廷尉以美爵酬廷尉以列土如何不惟不納而反欲誅之陛下此怒由妾而起廷尉之禍由妾而招人怨咨歸於妾距諫害忠亦妾之由自古敗國喪家未始不由婦人者也妾每覽古事忿之忘食今日妾自為之後人之觀妾亦猶妾之視前人也復何面目仰侍巾櫛請歸死北堂以塞陛下誤惑之過苻堅妾張氏明辨有才識堅將伐晉羣臣切諫不從張氏進言堅亦不聽遂興師果大敗於壽春氏自殺其諫苻堅疏曰

妾聞天地之生萬物聖王之馭天下莫不順其性而暢之故黃帝服牛乘馬因其性也禹鑿龍門決洪河因水之勢也后稷之播殖百穀因地之氣也湯武之滅夏商因人之欲也是以有因成無因敗今朝臣上下皆言不可陛下復何所因也書曰天聰明自我民聰明天猶若此況於人主乎妾聞人君有伐國之志者必上觀乾象下採眾祥天道崇遠非妾所知以人事言之未見其可諺言雞夜鳴者不利行師犬羣嘷者宮室必空兵動馬驚軍敗不歸秋冬已來每夜羣犬大嘷眾雞夜鳴伏聞廄馬驚逸武庫兵器有聲吉凶之理誠非微妾所論願陛下詳而思之

晉世女子多宅心玄遠縉紳之家其婦人類能習為名辯亦或服膺儒業詞旨可觀苻秦割據山東亦置五經博士初未有周官韋逞之母宋氏家傳周官音義詔卽其家講堂置生員

百二十人受業號宋母曰宣文君故婦學晉世最盛不獨江左為然宋齊以後遂不逮遠甚當時又傳諸仙女詩如杜蘭香之類大抵文士依託故茲不取也

第七章　宋齊婦女文學

宋齊之際鍾嶸詩品以鮑令暉韓蘭英並稱而蘭英作傳令暉亦僅得數詩而已宋齊宮廷文學亦不振惟宋蕭后有一遺令臨川主有一乞歸表齊世則無聞焉蕭皇后諱文壽蘭溪人宋高祖繼母高祖受禪稱太后少帝時稱太皇太后史載其遺令曰

孝皇背世五十餘年古不祔葬且漢世帝后陵皆異處今可於墓域之內別為一壙孝皇陵墳本用素門之禮與王者制度奢儉不同婦人禮有所從可一遵往式

臨川長公主名英媛太祖第六女適東陽太守王藻性妒藻別有所愛主讒之廢帝藻坐下獄死主與王氏離婚太宗朝主復上表乞歸王氏許之其表曰

妾遭隨奇薄絕於王氏弘庭嘗屍致此分異今孤疾煢然假息朝夕情寄所鍾唯在一子契闊茶炭特兼憐愍否泰枯榮繫以為命實願申其門覺還為母子推遷僶俛未及自聞

先朝慈愛鑒姜丹衷若賜使息徹歸第定省仰揆天旨或有可尋今事迫誠切不顧典憲

敢緣恩煦觸冒披聞特乞還身王族守養弱嗣雖死之日實甘於生

鮑令暉東海人鮑照之妹詩品曰齊鮑令暉歌詩往往嶄絕清巧擬古尤勝唯百願淫矣照

嘗答孝武云臣妹才自亞於左芬臣才不及太沖爾今百願不傳所傳詩數篇而已。

擬青青河畔草

裊裊凌窗竹譪譪垂門桐灼灼青軒女冷冷高堂中明志逸秋霜玉顏掩春紅人生誰不別恨君早從戎鳴弦懃夜月紺黛羞春風

擬客從遠方來

客從遠方來贈我漆鳴琴木有相思文鳴有別離音終身執此調歲寒不改心願作陽春曲宮商長相尋

擬自君之出矣

自君之出矣臨軒不解顏硑杵夜不發高門晝常關帳中流熠燿庭前華紫蘭楊枯識節異鴻來知客寒遊暮冬盡月除春待君還

古意贈今人

寒鄕無異服氈褐待文練日日望君歸年年不解緇荊揚春早和幽冀猶霜霰北寒姿已知南心君不見誰爲道辛苦寄情雙飛燕形迫杼前電顏落風前電容華一朝改惟余心不變。

代葛沙門妻郭小玉作

明月何皎皎垂幌照羅裀若共相思夜知同憂怨晨芳華豈矜貌霜露不憐人君非青雲逝飄迹事咸秦妾持一生淚經秋復度春君子將遙役遺我雙題錦臨當欲去時復睏相思枕題用常著心枕以憶同寢行行日已遠轉覺思彌甚

寄行人

桂吐兩三枝蘭開四五葉是時君不歸春風徒笑妾

樂府有華山畿蓋其首章是宋少帝時南徐有一士子從華山畿往雲陽見客舍有女子年十八九悅之無因遂感心疾母問其故具以啟母母爲至華山尋訪見女具說女聞感之因脫蔽膝令母密置其席下臥之當已少日果差忽舉席見蔽膝而抱持遂吞食而死氣欲絕謂母曰葬時車載從華山度母從其意比至女門牛不肯前打拍不動女曰且待須臾妝點沐浴既而出歌曰

華山畿君既爲儂死獨活爲誰施歡若見憐時棺木爲儂開

歌畢棺應聲開女遂入棺家人叩打無如之何乃合葬焉其歌卽華山畿之首章也其

宋世又有青溪小姑歌青溪小姑者秣陵尉蔣子文第三妹青溪所居地名也其歌曰

日暮風吹落葉依枝丹心寸意愁君未知

歌闋夜已久繁霜侵曉慕何意空相寄坐待繁霜落。

韓蘭英吳郡婦人齊時尚存爲後宮司儀有集四卷今不傳南齊書曰蘭英宋孝武世獻中興賦被賞入宮明帝世用爲宮中職僚世祖以爲博士教六宮書學以其年老多識呼爲韓公宮閨小名錄有蘭英詩一首不類故不錄又蘇小小相傳爲齊錢塘名倡有西陵歌曰

妾乘油壁車郎騎青驄馬何處結同心西陵松柏下。

第八章　梁陳婦女文學

永明以後文章日就藻麗宮商聲病研討清新六朝作者斯爲盛矣。而婦人文學反不逮前代豈其篇章散亡遂致罕所考歟梁時劉氏三妹並有才名蓋琅邪劉繪之女而孝綽之妹也長適王淑英次適張嶸幼適徐悱惟王淑英妻與徐悱妻猶有遺文可見徐悱妻名令嫺尤冠絕二姊也王淑英妻詩僅存三首

昭君怨

一生竟何定萬事最難保丹青失舊儀玉匣成秋草想姜辭關淚至今猶未燥漢使汝南還殷勤爲人道。

暮寒

梅花自爛熳百舌早迎春逾寒衣逾薄未肯惜腰身。

徐悱妻劉令嫻，世稱劉三娘，隋志稱其有集二卷，善詩文尤清拔，悱為晉安郡卒喪還建業。令嫻為祭文詞甚悽愴，父勉本欲為哀詞及見此文乃閣筆其文曰

維梁大同五年新婦謹薦少牢于徐府君之靈曰惟君德咸禮智才兼文雅學比山成辦同河瀉明經擢秀光朝振野調逸許中聲高洛下含潘度陸超邁賈二儀既肇判合始分簡賢依德乃隸夫君外治徒舉內佐無聞幸移蓬性頗習蘭薰式傳琴瑟相酬典墳輔仁難驗神情易促電碎春紅霜凋夏綠躬奉正衾親觀啟足一見無期百身何贖嗚呼哀哉生死雖殊情親猶一敢遵先好手調薑橘素俎空乾奠觴徒溢昔奉齊眉異於今日從軍暫別且思樓中薄遊未反尚比飛蓬如當永訣永痛無窮百年幾何泉穴方同

令嫻詩存者餘十章具錄於下

婕妤怨

粧鉛點黛拂輕紅鳴環動佩出房櫳看梅復看柳淚滿春衫中

春閨怨

日落應門閉愁思百端生況復昭陽近風傳歌吹聲寵移終不恨讒枉太無情只言爭分理非妬舞腰輕

贈夫

花庭麗景斜蘭牖輕風度落日更新粧開簾對芳樹。鳴鷰葉中舞戲蝶花間鶯調琴本要歡心愁不成趣良會誠非遠佳期今不遇欲知幽怨多春閨深且暮

答唐孃七夕所穿針

倡人效漢女靚妝臨月華連針學並蒂縈縷作開花嬌閨絕綺羅攬鏡自傷嗟雖言未相識聞道出良家曾停霍君騎經過柳惠車無由一共語暫看日升霞

詠佳人

東家挺奇麗南國擅容輝夜月方神女朝霞喻洛妃還看鏡中色比艷似知非摛詞徒妙好連類頓乖違知夫雖已麗傾城未敢希

聽百舌

庭樹且新晴臨鏡出雕楹風吹桃李氣過傳春鳥聲盡寫山陽笛全作洛濱笙注意留歡聽。誤令妝不成

摘同心梔子贈謝娘因附此詩

兩葉雖為贈交情永未因同心何處恨梔子最關人。

有期不至

黃昏信使斷銜怨心悽悽迴燈向下榻轉面闇中啼。

代陳慶之美人爲詠

臨妝欲含涕羞畏家人知。還代粉中絮擁淚不聽垂。

光宅寺

長廊欣送目廣殿悅逢迎。何當曲房裏幽隱無人聲。

題甘蕉葉示人

夕泣似非疎夢啼眞太數。唯當夜枕知過此無人覺。

夢見故人

覺罷方知恨人心定不同誰能對角枕長夜一邊空

梁衞敬瑜妻王氏霸城王整之姊適敬瑜年十六而夫亡父母舅姑咸欲嫁之乃截耳置盤中爲誓乃止應州刺史晉昌侯藻嘉其節題曰精義衞婦之門或曰敬瑜妻名姚玉京或又曰玉京卽姚氏之乳名加姚者從母姓也亡壻種樹百株墓前柏樹忽成連理一年許還復分散乃爲詩曰

墓前一株柏連根復並枝妾心能感木頹城何足奇。

王氏所居嘗有雙燕巢梁間一日雄死其雌孤飛至秋翔集王氏臂若告別然氏以紅縷繫其足曰新春復來爲吾侶也明年復來因贈以詩自爾秋返春來凡六七年氏病卒明年燕

來繞梁哀鳴家人語曰王氏死矣壇在南郭燕遂至壇所亦死先是王氏贈燕詩曰

昔年無偶去今春猶獨歸故人恩義重不忍復雙飛

梁范靖妻沈滿願所著甚富尤長於詩范靖一作范靜唐書藝文志有范靖妻沈滿願集三卷。

晨風行

理楫令舟人停艫息旅薄河津念君劬勞冒風塵臨路揮袂淚沾襟飆流勁潤逝若山高帆急絕音徽酉子句句獨言歸中心煢煢將依誰風彌葉落永離索神往形返情錯漠循帶易緩愁難卻心之憂矣頗銷鑠

昭君怨

早信丹青巧重貨洛陽師千金買蟬鬢百萬寫蛾眉

今朝猶漢地明旦入胡關高堂歌吹遠遊子夢中還

挾琴歌

迤邐起塵唱宛轉繞梁聲調絃可以進蛾眉畫不成

暎水曲

輕鬢覺浮雲雙蛾初擬月水澄正落釵萍開理垂髮

登樓曲

馮高川陸近望遠阡陌多相思隔重嶺相憶隔長河。

越城曲

別怨悽懷響離啼濕舞衣願假烏樓曲翻從南向飛。

戲蕭娘

明珠翠羽帳金薄綠銷帷因風時暫舉想像見芳姿清晨插步搖向晚解羅衣託意風流子佳情詎自私

詠燈

綺筵日已暮羅幃月未歸開花散鶴采含光出九微風軒動丹燄水檻淡清暉不畏輕蛾

詠五彩竹火籠

可憐潤霜質纖剖復毫分織作回風苣製爲縈綺文含芳出珠被耀彩接湘裙徒令嗟麗飾豈念欲凌雲

詠步搖花

珠花縈翡翠寶葉間金瓊剪荷不似製爲花如自生低枝拂繡領微步動瑤英但令雲鬢

詠殘燈

殘燈猶未滅將盡更揚輝。唯餘一兩焰。纔得解羅衣。

插蛾眉本易成。

古今樂錄曰吳聲十曲一曰子夜二曰上柱三日鳳將雛四日上聲五日歡聞六日歡聞變七日前溪八日阿子九日丁督護十日團扇郎梁所用曲鳳將雛以上三曲古有歌今不傳上聲以下七曲內人包明月製舞前溪一曲餘並王金珠所製作 彤管新詠劉令嫻 蓋包明月與王金珠其他文學無可考專以樂府著稱於梁者也

前溪歌　　　　　　　　　　包明月

當曙與未曙。百鳥啼前窗獨眠抱被歎單情何時雙。

子夜四時歌　　　　　　　　王金珠

春歌

朱日光素冰黃花映白雪折梅待佳人共迎陽春月。
階上香入懷庭中花照眼春心鬱如此情來不可限。
吹漏不可停斷絃當更續俱作雙思引共奏同心曲。

夏歌

玉盤貯朱李金盃乘白酒。本欲親自持復怨不甘口。

垂簾倦煩熱卷幌乘清陰。風吹合歡帳直動相思琴。

秋歌

疊素蘭房中勞情桂杵側。朱顏潤紅粉香汗光玉色。

紫莖垂玉露綠葉落金櫻著錦如言重衣羅始覺輕

冬歌

寒閨周繡帳錦衣連理文懷情入夜月含笑出朝雲。

子夜變歌

七綵紫金柱九華白玉梁但歌繞不去含吐有餘香

上聲歌

花色過桃杏名稱黃金瓊名歌非下里含笑作上聲

歡聞歌

艷艷金樓女心如玉池蓮持底報耶恩俱期遊楚天。

歡聞變歌

南有相思木合影復同心遊女不可求誰能識得音。

團扇郎。

手中白團扇。淨如秋潭月。清風任動生。嬌聲任意發。

丁督護歌

黃河流無極。洛陽數千里。轅軻戎旅間。何由見歡子。

阿子歌

可憐雙飛鳧。飛集野田中。饑食野田草。渴飲清河流。

陳後主多內寵。恣意聲色。以宮人有文學者袁大捨等為女學士。而江總等十餘人並為狎客。後主每引賓客對貴妃等遊宴。則使諸貴人及女學士與狎客共賦新詩。互相贈答。採其尤艷麗者。以為曲詞。被以新聲。選宮女有容色者以千百數習而歌之。其曲有玉樹後庭花臨春樂等。大指所歸。皆美張貴妃孔貴嬪之容色也。其略曰璧月夜夜滿。瓊樹朝朝新。當時男女唱和競以綺艷相高。極於輕蕩。然所謂女學士篇章。至今無有存者。後主沈后亦有文才。後主崩。自為哀辭。文甚酸切。今不傳。惟存答後主詩一首曰。

誰言不相憶。見罷倒成羞。情知不肯住。教遣若為留。

陳後主妹樂昌公主嫁徐德言。陳政方亂。德言謂婦國亡卿必入豪家。乃破一鏡。各執一半。約他時以正月望日賣於都市。及隋代陳。公主歸楊越公家。德言如期訪之。有蒼頭賣半鏡

第二編 第八章 梁陳婦女文學

八九

— 173 —

大高其償德言以半鏡合之題詩付蒼頭公主得詩悲泣越公詢得其實召德言與飲令公主作詩遂厚遺送還江南公主在越公席間見德言時賦詩曰

今日何遷次新官對舊官笑啼俱不敢方信作人難

陳時婦女為詩者有陳新塗妻李氏冬至詩曰

靈象尋數廻四氣平運散陰律鼓微陽大明啟修旦感與時來與心隨逝化嘆式宴集中堂賓客迎朝館錄此詩古詩紀在晉世

又有陳少女寄夫詩曰

自君上河梁蓬首臥蘭房安得一樽酒慰妾九廻腸

第九章　北朝婦女文學

六朝文學南北異趣江左習於清綺河朔貴乎氣質然婦女文學則自晉以後南北俱為不振今就北朝婦人篇章略可見者考而錄之

北魏起於河朔未遑文雅宣武靈后胡氏蕭宗立尊為皇太后臨朝聽政嘗於都亭曲水宴羣臣賦詩武都人楊白花者太后通之白花畏禍奔梁太后思之作楊白花歌使宮人連臂踏足歌之聲甚悽惋其歌曰

陽春二三月楊柳齊作花春風一夜入閨闥楊花飄蕩落南家含情出戶腳無力拾得楊

花淚沾臆。秋去春來雙燕子。願銜楊花入窠裏

魏文明馮太后善詩賦登臺見雀啄食作青臺歌曰

青臺雀。青臺雀。緣山采花額

後魏王肅妻謝氏江南人。初肅爲齊秘書丞聘謝氏及北歸後魏爲尚書令復尚公主謝氏入道爲尼以詩及書貽肅肅爲造正覺寺以憩之其貽肅詩曰

本爲箔上蠶。今作機上絲。得絡逐勝去。頗憶纏綿時。

又貽肅書曰

妾以陋姿獲侍巾櫛。結褵之後。心協琴瑟。每從刺繡之餘間及詩歌之事。煮鳳嘴以聯吟。爇龍涎而弔古。當此之時。君懷金石之貞妾慕松筠之節。雖茵蓓之並蔕比翼之雙飛。未足方其情誼也。頃緣讒隙之生。遠適異國。猶憶臨歧分袂。言與涕零。親戚送者皆爲感歎。嗚呼歲月易遷。山川間隔。君留薊北姜在江南。鴻帛杳然。魚書不至。言念及此未嘗不顧影徘徊泣數行下也。邇年以來。益復情懷恍惚。鏡臺寂寞。披覽往牒。見畫眉之勝事。則膏沐無光想亦增其戚。秦嘉徐淑豈伊異人妾之薄命一至於斯。前者北使至南聞君爵列其哀寒蛩亦增其休。風則珍羞不旨。閱未終篇。廢書長想。春花艷秋月徒圓子規時助尚書聯姻帝室。夫尚書爲喉舌之司典領樞機。參贊庶務。銀章紫綬焜耀一時。況以蕭史

之才名配弄玉之芳姿或攜手於花前或彈琴於月下迴視牛衣對泣之日不啻人間天上獨可歎者既有絲麻遂棄菅蒯糟糠之妻白首飲恨使宋宏高義專美千秋妾獨何心能不悲哉嗚呼已矣裏秋蒲柳倍加憔悴昔日纏綿總成幻影感連理之分枝悼盛衰之變態晨鐘一叩萬境皆空自茲而往妾惟繡佛長齋參稽三乘借菩提之楊枝洗鉛華之繁艷豈更盼鴛鴦於水中望鸞鳳於塘上乎但念機上之絲本為箔上之蠶雖云得絡詎屬無情況修途困頓達人所憐不敢望竇滔之迎庶少鑑若蘭之志得假片刻以罄鄙懷妾之願也惟君圖之

王肅後妻陳留長公主代王肅答謝氏詩曰

鍼是貫絲物目中當紝絲得帛縫新去何能納故時

又魏咸陽王禧謀逆伏誅後宮人為之歌曰

可憐咸陽王奈何作事悞金牀玉几不能眠夜起踏霜露洛水湛湛彌岸長行人那得度

北齊馮淑妃名小憐齊後主拜為淑妃齊亡為周師所獲以侍代王達侍王彈琵琶因絃斷作詩曰

雖蒙今日寵猶憶昔時憐欲知心斷絕應看膝上絃

北齊盧士琛妻崔氏崔林義女也有才學春日以花和雪與兒齕面為詞祝之曰

北周宇文護之母日閻姬有遺子書文辭悽楚其辭曰

天地隔塞子母異所三十餘年存亡斷絕肝腸之痛不能自勝想汝悲思之懷復何可處。吾自念十九入汝家今已八十矣旣逢喪亂備嘗艱阻恆冀汝等長成得見一日安樂何期罪釁深重存歿分離吾凡生汝輩三男三女今日目下不覩一人與言及此悲纏肌骨賴皇齊恩邺差安衰暮又得汝楊氏姑及汝叔母紇干汝嫂劉新婦等同居頗亦自適但爲微有耳疾大語方聞行動飲食幸無多恙今大齊聖德遠被特降鴻慈旣許歸吾於汝又聽豁然獲展此乃仁侔造化將何報德汝與吾別之時年尙幼小以前家事或不委曲昔在武川鎭生汝兄弟大者屬鼠次者屬兔汝身屬蛇鮮于修禮起日吾之圖家大小先在博陵郡住相將欲向左入城行至唐河之北被定州官軍打敗汝祖及二叔時俱戰亡汝叔母賀拔及兒元寶汝叔母紇干及兒菩提幷吾與汝六人同被擒捉入定州城未幾間將吾及汝送與元寶掌賀拔紇干各別分散寶掌見汝云我識其祖翁形狀相似時寶掌營在唐城內經停三日寶掌所掠得男夫婦女可六七十人悉送向京吾時與汝同被送限至定州城南夜宿同鄉人姬庫根家茹茹奴望見鮮于修禮營火語吾云我今走向本軍旣至營遂告吾輩在此明日日出汝叔將兵邀截吾及汝等還得向營汝時年十二吾並乘馬隨軍可不記此事緣由也於後吾共汝受陽住時元寶菩提及汝姑兒賀蘭盛洛幷汝身四人同學博士姓成爲人最惡汝等四人謀欲加害吾與汝叔母等聞之各捉其兒打之惟盛洛無母獨不被打其後爾朱天柱亡歲賀拔阿斗泥在關西遣人迎家累時汝叔亦遣奴來富迎汝及盛洛等汝時著緋綾袍銀裝帶盛洛著紫織成績通身袍黃綾裏並乘騾同去盛洛小於汝汝等三人並呼吾作阿糜敦如此之事當分明記之耳今又寄汝小時所著錦袍表一領一聞此言死猶不朽況如今者勢必聚集屬千載之運逢大齊之德裕老開恩許得相見假令復何福還望見汝言此悲喜死而更蘇世間禽獸草木母子相依吾有何罪可求假汝貴極王公富過山海有一老母八十之年飄然所有求皆可得母子異國何處可求與汝分離今何論今日以後吾千里死亡旦夕不得一朝暫見不得汝衣飢不得汝食汝雖窮榮極盛光耀世閒汝何用爲於吾今日之前汝旣不得申其供養事往何論之殘命惟繫於汝爾戴天履地中有鬼神勿云冥昧而可欺負汝楊氏姑今雖炎暑猶能先發關河阻遠隔絕多年書依常體慮汝致惑是以每存欵質兼亦載吾姓名當識此理不以爲怪

周趙王宇文昭女千金公主嫁爲突厥沙鉢略妻隋滅周主自傷宗祀絕滅每懷復讐之志。日夜言於沙鉢畧悉衆爲寇後力弱內附賜姓楊氏改封大義公主隋平陳後以陳叔寶屏風賜主主心不平因書屏風爲詩曰

盛衰等朝暮世道若浮萍榮華實難守池臺中自平富貴今何在空事寫丹青盃酒恆無樂弦歌詎有聲余本皇家子飄流入虜庭一朝覩成敗懷抱忽縱橫古來共如此非我獨申名惟有明君曲偏傷遠嫁情

隋煬帝蕭皇后梁明帝巋之女有才識知占驗見帝失德心知不可不敢厝言因爲述志賦以自寄及隋亡入於突厥唐貞觀初破突厥乃以禮致之歸於京師其述志賦曰

承積善之餘慶備箕帚於皇庭恐修名之不立將負累於先靈迺實庸薄之多幸荷隆寵之嘉惠賴天高而地厚屬王道之昇平均二儀之覆載與日月而齊明迺春生而夏長
玄冥雖自強而不息亮愚蒙之多滯思竭節於天衢才追心而弗逮實懼寅懼於
等品物而同榮願立志於恭儉私自競於誠盈孰有念於知足苟無希於濫名惟至德之宏深情不邁於聲色感懷舊之餘恩求故劍於宸極叨不世之殊眄謬非才而奉職何寵祿之踰分撫胸襟而未識雖沐浴於恩光內慚惶而累息顧微躬之寡思令淑之良難
實不違於啓處將何情而自安若臨深而履薄心戰慄其如寒夫居高而必危每處滿而

防溢知恣夸之非道乃攝生於冲謐嗟寵辱之易驚尚無爲而抱一履謙光而守志且顧安乎容膝珠簾玉箔之奇金屋瑤臺之美雖時俗之崇麗蓋哲人之所鄙愧絺綌之不工豈絲竹而喧耳知道德之可尊明善惡之由己屏囂煩之俗慮乃服膺於經史綜箴戒以訓心觀女圖而作軌遵古賢之令範冀福祿之能綏時循躬而三省覺今是而昨非嗟黃老之損思信爲善之可歸慕周姬之遺風美虞妃之聖則仰先哲之高才貴人之休德質菲薄而難蹤心恬愉而去惑乃平生之耿介實禮義之所遵雖生質之不敏庶積行以成仁懼達人之蓋寡謂何求而自陳誠素志之難寫同絕筆於獲麟

隋煬帝侯夫人有美色一日自經死臂紮錦囊有文左右取以進帝見之傷感厚葬之自誦其詩令樂府歌焉今擇錄數首

自傷

初入承明日深深報未央長門七八載無復見君王寒春入骨清獨臥愁空房躧履步庭下幽懷空感傷平日所愛惜自待卻非常色美反成棄命薄何可量君恩實疎遠妾意徒徬徨家豈無骨肉偏親老北堂此身無羽翼何計出高牆性命誠可重棄割誠可傷懸帛朱棟上肝腸如沸湯引頸又自惜有若絲牽腸毅然就死地從此歸冥鄉粧成

粧成多自惜夢好卻成悲不及楊花意春來到處飛。

自遣

秘洞扃仙卉雕房鎖玉人。毛君誠可戮不肯寫昭君。（一作無金贈壽妾自誤平生）

庭絕玉輦迹芳草漸成窠隱隱聞簫鼓君恩何處多。

煬帝宮人又有吳絳仙其謝賜合歡水果詩曰

驛使傳來果君王寵念深寧知辭帝里無復合歡心。

又杭靜亦煬帝宮人時李淵已盛而煬帝淫樂不悟故靜作江都迷樓夜半歌以諷之曰

河南楊柳楊樹江南李花營楊柳飛綿何處去李花結果自然成

此外隋時女子如丁六娘蘇蟬翼張碧蘭愛愛秦玉鸞並有詩傳於後而里居家世不可考矣

十索曲　　　　　丁六娘

裙裁孔雀羅紅綠相參對映以蛟龍錦分明奇可愛矗細君自知從郎索衣帶

為性愛風光生憎良夜促曼眼腕中嬌相看無厭足歡情不奈眠從郎索花燭

君言花勝人人今去花近寄語落花風莫吹花落盡欲作勝花嬌從郎索紅粉

二八好容顏非意得相關逢桑欲採折尋枝倒懶攀欲呈纖纖手從郎索指環

含嬌不自轉送眼勞相望無那關情伴共入同心帳欲防人眼多從郎索錦幛。 蘇蟬翼

因故人歸有感

耶去何太速耶來何太遲欲借一樽酒共敍十年悲。

寄阮郎

郎如洛陽花妾似武昌柳兩地惜春風何時一攜手。 張碧蘭

閨思

幾當孤月夜遙望七香車羅帶因腰緩金釵逐鬢斜。 羅愛愛

憶情人

蘭幕蟲聲切椒庭月影斜可憐秦館女不及洛陽花。 秦玉鸞

第二編下　中古婦女文學（唐五代）

第一章　唐之宮廷文學

唐時后妃多嫺文藝而徐賢妃上官昭容幾於作者之選矣武后以雄才稱制幾易唐祚文章特其餘事雖其製作不無狎客為之假手固當自能屬詞輒以武后別出一章武后而外唐世宮廷文學則並著於此

太宗長孫皇后河南洛陽人幼習文藝及為皇后尚約素服御取給則止好觀書雖容櫛不廢從幸九成宮方屬疾太子欲請大赦汎度道人祓塞災會后曰死生有命非人力所支若脩福可延吾不為惡使善無效我尚何求且赦令國大事佛老異方教耳皆上所不為豈宜以吾亂天下法帝聞嗟美嘗采古婦人事著女則十篇今不傳惟傳其春游曲云

上苑桃（一作花）朝日明　蘭閨豔妾動春情
井上新桃偷面色　檻邊嫩柳學身輕
花中來去看舞蝶　樹上長短聽啼鶯
林下何須遠借問　出衆風流舊有名

太宗徐賢妃名惠生五月能言四歲通論語詩八歲自曉屬文父孝德嘗試使擬離騷為小山篇曰仰幽巖而流盼撫桂枝以凝想將千齡兮此遇荃何為兮獨往太宗聞之召為才人手未嘗廢卷而辭致贍蔚又無淹思帝益禮顧後遷充容卒贈賢妃貞觀末數調兵討定四夷稍稍治宮室百姓勞怨賢妃上疏極諫曰

自貞觀以來二十有二載風調雨順年登歲稔人無水旱之弊國無饑饉之災昔漢武守文之常主猶登刻玉之符齊桓小國之庸君尚圖泥金之事望陛下推功損己讓德不居億兆傾心猶闕告成之禮云亭佇謁未展升中之儀此之功德足以咀嚼百王網羅千代者矣古人有言雖休勿休良有以也守初保末聖哲罕兼是知業大者易驕願陛下難之善始者難終願陛下易之竊見頃年以來力役兼總東有遼海之軍西有崑邱之役士馬疲於甲冑舟車倦於轉輸且召募役戍去留懷死生之痛因風阻浪往來有漂溺之危一夫力耕卒無數十之獲一船致損則傾數百之糧是猶運有盡之農工塡無窮之巨浪圖未獲之他衆喪已成之我軍雖除凶伐暴有國常規然顰武黷兵先哲所戒昔秦王并吞六國反速危亡之基晉武奄有三方翻成覆敗之業豈非矜功恃大棄德而輕邦圖利忘害肆情而縱欲遂使悠悠六合雖廣不救其亡嗷嗷黎庶因弊以成其禍是知地廣非常安之術人勞乃易亂之源願陛下布澤流仁矜弊恤乏減行役之煩增湛露之惠姜又聞爲政之本貴在無爲竊見土木之功不可兼遂北闕初建南營翠微曾未踰時玉華創制雖復因山藉水非無架築之勞損之又損頗有工力之費終以茅茨示約猶興木石之疲假使和雇取人不無煩擾之弊是以卑宮菲食聖王之所安金屋瑤臺驕主之爲麗故有道之君以逸逸人無道之君以樂樂身願陛下使之以時則力無竭矣用而息之則人斯

悅矣。夫珍翫伎巧。乃喪國之斧斤。珠玉錦繡實迷心之酖毒竊見服翫纖靡。如變化於自然織貢珍奇若神仙之所製雖馳華於季俗實敗素於淳風是知漆器非延叛之方桀造之而人叛玉杯豈招亡之術紂用之而國亡方驗侈麗之源不可不遏作法於儉猶恐其奢作法於奢何以制後伏惟陛下明鑒未形智周無際窮奧祕於麟閣盡探賾於儒林千王治亂之蹤百代安危之跡興衰禍福之數得失成敗之機固亦包吞心府之中循環目圍之內乃宸衷之久察無假一二言焉唯恐知之非難行之不易志驕於業泰體逸於時安伏願抑志裁心愼終如始削輕過以添重德循今是以替前非則令名與日月無窮盛德與乾坤永大

徐賢妃所著詩賦亦略錄於下。

奉和御製小山賦

惟聖皇之馭寓鑒敗德於前規裁廣知以從狹抑高心而就卑懼逸情之有泰欣靜慮於無爲於時季春移序初光入暑露漙池臺煙霏林籥睿情悒以無歡懷仁知而延佇思寓賞以登臨非搜麗於茅宇殊華嶽之削成異羅浮之移所爾其表翫宸衷故作離宮含仁自下帶嶮非崇分上林之卉木點重巒之翠紅葉新抽而不樹花散植而無叢雜當牕之帶柳交約砌之珪桐纖塵集兮朝嶺峻宵露晞兮夕澗空影促圓峰三寸日聲低疊嶂一

第二編　第一章　唐之宮廷文學

三

— 185 —

尋風風輕兮拂蘭蕙日斜兮蔭階砌蝶留粉於巖端蜂尋香於嶺際草臨波而側影石瑩流而倒勢雖蓬瀛之蘊奇故未留於神睇彼崐閬之稱美詎有述於天製豈若數簹之託於掖庭俯依丹檻仰映朱楹恥巖崖之鄙薄荷眺矚之恩榮期保終於一國奉天睠於千齡

秋風函谷關應詔

秋風起函谷朔氣動河山偃松千嶺上雜雨二陵間低雲愁廣隰落日慘重關此時飄紫氣應念眞人還

長門怨

舊愛柏梁臺新寵昭陽殿守分辭芳輦含情泣團扇一朝歌舞榮夙昔詩書賤頽恩誠已矣覆水難重薦

賦得北方有佳人

由來稱獨立本是號傾城柳葉眉間發桃花臉上生腕搖金釧響步轉玉環鳴纖腰宜寶袜紅衫艷織成懸知一顧重別覺舞腰輕

唐初詩人猶沿梁陳宮體而上官儀爲詩尤屬辭綺錯學者競效之號曰上官體蓋縟麗過於四傑而沈宋之前驅也有孫曰婉兒能世其學天后時配入掖庭性韶警善文章年十四

后召見自通天以來內掌詔命中宗卽位大被信任進拜昭容勸帝侈大書館增學士員引
大臣名儒充選數賜宴賦詩君臣賡和婉兒常代帝及后長寧安樂二主衆篇並作詞旨益
新又差第羣臣所賦賜金爵故朝廷靡然成風當時屬辭者大抵雖浮艷然皆有可觀婉兒
力也後臨淄王起兵被殺開元初裒次其文章詔張說題篇集二十卷今不傳茲錄其詩數
首如下。

綵書怨

葉下洞庭初思君萬里餘露濃香被冷月落錦屛虛欲奏江南曲貪封薊北書書中無別
意惟悵久離居

九月九日上幸慈恩寺

帝里重陽節香園萬乘來却邪黃入結(一作佩)獻壽菊傳杯塔類承天湧門疑待佛開睿詞
懸日月長得仰昭回

遊長寧公主流杯池

玉環騰遠創金埒荷殊榮弗玩珠璣飾仍畱仁智情鑿山便作室憑樹卽爲楹公輸與班
爾從此遂韜聲

登山一長望正遇九春初結駟塡街術行(一作閻闔滿邑居闘雪梅先吐驚風柳未舒直愁

第二編 第一章 唐之宮廷文學

五

斜日落不畏酒尊虛。

霽曉氣清和披襟賞薛蘿玳瑁凝春色琉璃漾水波跂石聊長嘯攀松乍短歌除非物外者誰就此經過。

暫爾遊山第淹畱惜未歸霞（一作水）窗明月滿澗戶白雲飛書引藤爲架人將薛作衣此眞攀玩所桂府臨睍賞光輝

放曠出煙雲蕭條自不羣漱流淸意府隱几避囂氛石畫妝苔色風梭織水紋山室（一作空）

何爲貴唯餘蘭桂熏。

策杖臨霞岫危步下霜蹊志逐深山靜途隨曲澗迷漸覺心神逸俄看雲霧低莫怪人題

樹祇爲賞幽棲。

駕幸三會寺應制

釋子談經處軒臣刻字畱故臺遺老識殘簡聖皇（一作君）求駐蹕懷千古開襟望九州四山

緣塞合二水夾城流宸翰陪瞻仰天杯接獻酬太平詞藻盛長願紀鴻休

駕幸新豐溫泉宮

三冬季月景隆年萬乘觀風出灞川遙看電躍龍爲馬回矚霜原玉作田

鸞旂犇曳拂空回羽騎駸駸躡景來隱隱驪山雲外聳迢迢御帳日邊開

翠幰珠幃皎月營金罍玉斝泛蘭英歲歲年年常屆躔長長久久樂升（一作平）承

武后時有宮人者本士人妻士人陷寃獄遂配掖庭善吹觱篥乃撰別離難曲以寄情初名

大郎神蓋取良人弟行也既畏人知雖三易其名曰悲切子終號怨回鶻其辭曰

此別難重陳花飛復戀人來時梅覆雪去日柳含春物候催行客歸途淑景新剡川今已

遠魂夢勝相親

明皇楊貴妃蒲州永樂人今傳其贈張雲容舞詩曰。

羅袖動香香不已紅蕖裊裊秋煙裏輕雲嶺上乍搖風嫩柳池邊初拂水。

明皇江妃字采蘋莆田人開元初高力士選歸侍明皇大見寵幸屬文自比謝女所居悉植

梅花帝因其所好戲名梅妃後失寵欲仿長門賦故事求工爲文者作賦以悟主上高力士

畏貴妃不敢代求乃自撰樓東賦其他詩文今罕傳者

樓東賦

玉鑑塵生鳳奩香殄懶蟬髮之巧梳閒縷衣之輕練苦寂寞於蕙宮但凝思乎蘭殿信飄

落之梅花隔長門而不見況乃花心颺恨柳眼弄愁煖風習習春鳥啾啾樓上黃昏兮聽

鳳吹而回首碧雲日暮兮對素月而凝眸溫泉不到憶拾翠之舊遊長門深閉嗟青鸞之

信修憶昔太液淸波水光蕩浮笙歌燕賞陪從宸旅奏舞鸞之妙曲乘畫鷁之仙舟君情

繾綣深紈綢誓山海而長在似日月而無休奈何嫉色庸庸妒氣沖沖奪我之愛幸斥我於幽宮思舊歡之莫得夢想著乎朦朧度花朝與月夕若懶對乎春風欲相如之奏賦奈世才之不工屬愁吟之未盡已響動乎疎鐘空長欷而掩袂躊躇步於樓東

謝賜珍珠

桂葉雙眉久不描殘妝和淚污紅綃長門盡日無梳洗何必珍珠慰寂寥

開元中賜邊事續衣製自宮人有兵士於袍中得詩白於帥帥上之朝明皇以詩編示六宮

一宮人自稱萬死明皇憐之以妻得詩者曰朕與爾結今生緣也其詩曰

沙場征戍客寒苦若爲眠戰袍經手作知落阿誰邊蓄意多添線含情更著綿今生已過也願結後生緣

唐宮人題詩紅葉凡三見不知是一事而傳聞異詞與茲并錄之天寶末洛苑宮娥題詩梧葉隨御溝流出顧況見之亦題詩葉上自上流投於波中後十餘日又得詩一首後聞於朝遂得遣出此一事也其二詩曰

一葉題詩出禁城誰人酬和獨含情自嗟不及波中葉蕩漾來春取次行 右第舊寵悲秋扇新恩寄早春聊題一片葉將寄接流人 右第

又德宗宮人奉恩院王才人養女鳳兒也亦題詩於葉上貞元中進士賈全虛得之見詩悲

想裴回溝上為街吏所獲金吾奏其事德宗詢之知為鳳兒所作因召金虛授金吾衞兵曹遂以妻之其詩曰

一入深宮裏無由得見春題花葉上寄與接流人

又宣宗宮人姓韓氏盧渥應舉時偶臨御溝得一紅葉上有絕句置於巾箱及出宮人渥得韓氏覩紅葉吁嗟久之曰當時偶題不謂郎君得之其詩曰

流水何太急深宮盡日閑殷勤謝紅葉好去到人間

順宗王皇后憲宗之母有遺令憲宗郭皇后有命江王即位冊文昭宗何皇后有命皇太子即位冊文及命皇太子即位令諸后並不以文學顯名冊令之文宜出自廷臣故不錄也。

金城公主郊王守禮女出降吐蕃棄緒縮贊太和中歸國薨其在吐蕃有數表猶是家人語也。

謝恩賜錦帛器物表

金城公主奴奴言仲夏盛熱伏維皇帝兄起居萬福御膳勝常奴奴奉見舅甥平章書云還依舊日重為和好既奉如此進止奴奴還同再生下情不勝喜躍伏蒙皇帝兄所賜信物並依數奉領謹獻金盞羚羊衫段靑長毛氈各一奉表以聞

乞許贊普請和表

金城公主奴奴言李夏極熱伏維皇帝兄御膳勝常奴奴甚平安願皇帝兄勿憂此間宰相向奴奴道贊普甚欲得和好亦宜親署誓文往者皇帝兄不許親署誓文奴奴降番事緣和好今乃騷動實將不安和好矜憐奴奴遠在他國皇帝兄親署誓文亦非常事即得兩國久長安穩伏惟念之

蒙進止望皇帝兄商量矜奴所請

請置府表

妹奴奴言李行禕至奉皇帝兄正月敕書伏承皇帝萬福奴奴惟加喜躍今得舅甥和好永無改張天下黔庶並加安樂然去年崔琳迴日請置府李行禕至及尚他辟迴其府事不改張

第二章 武則天

高宗武皇后并州文水人荊州都督士彠之女中宗立稱皇太后臨朝尋自稱皇帝改國號曰周自名瞾在位二十二年中宗反正謚則天順聖皇后事蹟具見唐書武后在高宗朝已大集諸儒內禁譔定列女傳臣軌百僚新誡樂書等大抵千餘篇後又集學士譔三教珠英弘文尚藝於斯為盛又自著垂拱集百卷金輪集六卷史稱后所為詩文率皆元萬頃崔融等代作然固自曉書亦多自為者今不能致辨輒略擇著數篇於下蓋以武后之雄才大略詩文宜無所不能是以自來錄宮閨文者武后恆為一大家也

武后所爲樂府有唐饗昊天樂唐明堂樂章唐大饗拜洛樂章古質典雅說者以比之唐山夫人之安世房中歌其唐饗昊天樂曰

太陰凝至化眞耀蘊軒儀德邁娥臺儆仁高似嶁披挒天遂啓極夢日乃昇曦

瞻紫極望玄穹翹至懇馨深衷聽雖遠誠必通垂厚澤降雲宮

乾儀混成冲邃天道下濟高明閶陽晨披紫闕太一曉降黃庭圓壇敢由昭報方璧冀展

虔情丹襟式敷衷懇玄鑒庶察微誠

巍巍叡業廣赫赫聖基隆菲德承先顧禎符萃眇躬銘開武巖側圖薦洛川中微誠詎幽

感景命忽昭融有懷慙紫極無以謝玄穹

朝壇霧卷曙嶺煙沈爰設筐幣式表誠心筵輝麗璧樂暢和音仰惟靈鑒俯察翹襟

昭昭上帝穆穆下臨禮備三周陳誠菲奠契福神獻

尊浮九醞禮備三周陳誠菲奠契福神獻

奠璧郊壇昭大禮鏘金拊石表虔誠始奏承雲娛帝賞復歌調露暢韶英

荷恩承顧託契恭臨撫廟略靜邊荒天兵曜神武有截資先化無爲遼舊矩禎符降昊穹大業光寰宇

肅肅祀典邕邕禮秩三獻已周九成斯畢爰撤其俎載遷其實或升或降惟誠惟質

第二編　第二章　武則天

二

禮終肆類樂闋九成。仰惟明德。敢薦非馨。顧慙菲奠。久駐雲軿。瞻荷靈澤。悚戀兼盈。

式乾路闢天扉。迴日馭動雲衣。登金闕入紫微。望仙駕仰恩徽。

唐會要曰萬歲通天元年鑄九鼎成上各寫本州山川物產之象令著作郞賈膺福殿中丞薛昌容鳳閣主事李元振司農錄事鍾紹京等分題左尙令曹元廓畫令南北衙士十餘萬人幷仗內大牛白象曳之自玄武門入武后自製蔡州永昌鼎歌曰

羲農首出軒昊膺期唐虞繼踵湯禹乘時天下光宅海內雍熙上玄降鑒方建隆基

武后詩傳於今者不多然有莊厚處有流麗處然作者自如意娘一首則是其本色也

從駕幸少林寺

陪鑾遊禁苑侍賞出蘭闈雲偃攢峯蓋霞低插浪旗日宮疎澗戶月殿啟嚴扉金輪轉金地香閣曳香衣鐸吟輕吹發幡搖薄霧霏昔遇焚芝火山紅蓮野飛花臺無半影蓮塔有全輝實賴能仁力攸資善世威慈緣興福緒於此畝依風枝不可靜泣血竟何追

同太平公主遊九龍潭

山窗遊玉女澗戶對瓊峰巖頂翔雙鳳潭心倒九龍酒中浮竹葉杯上寫芙蓉故驗家山賞唯有入松風

如意娘

武后臨朝二紀其制詔之文故宜近臣所作自餘諸體並有傳者喬皇宏麗率有可觀茲亦略錄數篇於此

高宗天皇大帝哀冊文

維弘道元年歲次癸未十二月甲寅朔四日丁巳。大行天皇崩於洛陽宮之貞觀殿。殯於乾元殿之西階。粵以文明元年五月壬午朔十五日景申發自灑洛旋於鎬京以其年八月庚辰朔十一日庚寅將遷座於乾陵禮也曉霧收碧晨霞泛丹庭分羽衞陳啟龍攢哀子嗣皇帝輪攀訴容車崩號展殿悲蠶輅之空嚴感鳳樽之虛薦糜潰充窮殞裂剝思攀而還迷贏喘興而復絕俯惟鶯懇荼毒交侵瞻白雲而茹泣望蒼野而攉心愴遊冠之日遠哀墜劍之年深淚有變於湘竹恨方纏於穀林念茲孤幼哽咽荒襟腸與肝而共斷憂與痛而相尋顧慕丹楹迴環紫掖撫昤嗣而傷今想宸顏而慟昔寄柔情於簡素播天聲於金石其詞曰

月瑤誕慶雲邱降祥仙源漢遠聖緒天長繞樞飛電麗室騰光鳥庭開象龍德含章六藝生知四聰神授晦迹登序韜光齒冑綴玉條緝瓊文囷發揮綠錯牛籠紫宙鑑符敦敏量本疏通賓門表譽納麓彰功始潛朱邸或躍青宮夏余欽德周誦傾風粵自銅闥廞膺

寶命惠霑動植信洎翔泳淳化有敷至仁無競敎溢璇寓道光金鏡五龍開運六羽昇年。西雲應呂南風散絃蕃符義日蔭廣堯天賁園旌士焚林蕙賢濬明上格財成下濟問寢。承親在原申悌戒盈茅宇鐲奢土砌衢室禋宗雲門饗帝以聖承聖資明嗣明禮崇殷夏。樂盛咸英時和俗泰天平地成永同文軌長垂頌聲德動乾符威清地紀澄氛祲穴掃疹。濃泊推轂六師坐知千里亭寰縣瑩鏡圖史霜戟林鏱月旗雲疊鼓蕭關鳴笳松燈。追涼水殿避暑山楹霞翻浪井樹響層城務簡通三神凝得一元池肆賞靑邱佇逸訪道。順風養眞乘日拜牧襄野尊師石室寶獻河宗賚歸王會浮毫交影飛輪儀軑雲封薦款。日觀申虔告成七廟歸功九天無事無爲爰遊汜慮汾川滌想汾川滌慮儀鳳巢阿飛鱗。在馭火林朔燭鄕移曙所冀元壽齊年紫皇祿與旅館災纏未央遽脫屣於宸極奄乘。雲於帝鄕亙天維而落構匪日寓而沈光殉百身而靡贖積萬古而徒傷魂銷志殞裂骨。抽腸受玉几之遺顧託寶業於窮荒嗣君孝切諒闇居喪集大務於殘喘積衆憂於未亡。所以割深哀而克勵力迷衿而自強㳱埏遏密絲恨鈞天之不歸瞻鼎。湖以凝慕攀聖滋遠戀德滋深訴昊穹而雨泗擗厚載而崩心泣人靈而洒悲。霰晦宇宙而起愁陰嗚呼哀哉緹琯移序朱明應律蜃氣方營龜謀獻吉背九洛而移馭。僾八川而從蹕列璧羽之迤邐動鍾挽之蕭瑟顧園邑之蒼翠望巖壑之紆鬱喬陽之烏

不追茂陵之書方出嗚呼哀哉跡圖懸圃神降長流去重陽之奕奕襲大夜之悠悠同霸
塋之薄窆契紀廛而莫修思門山於夕月悲隴樹於新秋嗚呼哀哉想駕軒之攀龍思翕
山之戀鳳剡承眷於先房誓牽毀而哀送違深窀仍徇公而抑已遂奪
情以從衆悲千罔極之悲痛萬終天之痛嗚呼哀哉恭惟聖烈鏤徽衷敬因彤管載撰
元功業彌遙而道彌著時益遠而聲益隆播二儀而不極橫四海而焉窮嗚呼哀哉

賜少林寺僧書

暑候將闌炎序彌溽山林靜寂梵宇清虛宴坐經行想當休愈弟子前隨鳳駕過謁鷲嚴
觀寶塔以徘徊覩先妃之淨業薰修之所猶未畢功一見悲驚萬感兼集攀光寶樹載深
風樹之哀弔影珠泉更積寒泉之思弟子自惟薄祜鎮切縈懷每屆秋期倍軫摧心之痛
炎涼遞運逾添切骨之哀未極三旬頻鍾二忌乘時而更恨悲踐露而逾悲惟託福田
少申荒思今欲續成先志重置莊嚴故遣三思賷金絹等物往彼就師平章幸識斯意卽
務修營望及諱辰終此功德所冀馨斯誠懇以奉津梁稍宣資助之懷微慰縈迷之緒略
書示意指不多云

夏日遊石淙詩序

若夫圓嶠方壺涉滄波而靡際金臺玉闕陟縣圃而無階唯聞山海之經空覽神仙之記

爰有石淙者即平樂澗也爾其近接嵩嶺俯居箕峯瞻少室兮若蓮睇潁川兮如帶既而
躡崎嶇之山徑蔭蒙密之藤蘿洶湧洪湍落虛潭而送響高低翠壁列幽澗而開筵密葉
舒帷屏梅氛而盪燠疏松引吹清麥候以含涼就林藪而王心神對煙霞而滌塵累森沈
邱壑即是桃源淼漫平流還浮竹箭紋薛荔而成帳聳蓮石而如樓洞口全開溜千年之
芳髓山腰牛圻吐十里之香粳無煩崑閬之游自然形勝之所當使人題綵翰各寫瓊篇

庶無濫於幽棲冀不孤於泉石各題四韻咸賦七言。

大周新譯大方廣佛華嚴經序

蓋聞造化權輿之首天道未分龜龍繫象之初人文始著雖萬八千歲同臨有截之區七
十二君詎識無邊之義由是人迷四忍輪迴於六趣之中家纏五蓋沒溺於三途之下及
夫鷲巖西峙象駕東驅慧日法王超四大而高視中天調御十地以居尊包括鐵圍延
促沙劫其爲體也則不生不滅其爲相也則無去無來念處正勤三十七品爲其行慈悲
喜捨四無量法運其心方便之力難思圓對之機多緒混太空而爲量豈算數之能窮入
纖芥之微區匪名言之可述無得而稱者其唯大覺歟脧臝劫因叩承佛記金山降旨
大雲之偈先彰玉扆披祥寶雨之文後及加以積善餘慶俯集微躬遂得地平天成河清
海晏殊祥絕瑞既日至而月書貝牒靈文亦時臻而歲洽蹟海越漠獻琛之禮備焉架險

航深重譯之詞罄矣大方廣佛華嚴經者斯乃諸佛之密藏如來之性海視之者莫識其指歸挹之者罕測其涯際有學無學志絕窺覦二乘三乘寧希聽受最勝種智莊嚴之跡既隆普賢文殊願行之因斯滿一句之內包法界之無邊一毫之中置刹土而非隘摩竭陀國肇興妙會之緣普光法堂爰敷寂滅之理緬惟奧義譯在晉朝時踰六代年將四百然一部之典纔獲三萬餘言唯啟半珠未窺全寶朕聞其梵本先在于闐國中遣使奉迎近方至此既覯百千之妙頌乃披十萬之正文粵以證聖元年歲次乙未月旅姑洗朔之夕戊申以其十四日辛酉於大徧空寺親授筆削敬譯斯經遂得甘露流津預夢庚申之夕膏雨灑潤後覃壬戌之辰式開實相之門還符一味之澤以聖曆二年歲次己亥十月壬午朔八日己丑繕寫畢功添性海之波瀾廓法界之疆域大乘頓教普被於無窮方廣眞詮遐該於有識豈謂後五百歲忽奉金口之言娑婆界中俄啟珠函之秘所冀闡揚沙界宣暢塵區並兩曜而長懸彌十方而永布一窺寶偈慶溢心靈三復幽宗喜盈身意雖則無說無示理符不二之門然因言顯言方闡大千之意輒申鄙作爰題序云

昇仙太子碑 并序

朕聞天地權輿混玄黃於元氣陰陽草昧徵造化於洪鑪萬品於是資生三才以之肇建然則春榮秋落四時變寒暑之機玉兔金烏兩曜遞行藏之運是知乾坤至大不能無傾

缺之形日月至明不能免盈虧之數豈若混成為質先二儀以開元兆道標名萬物而為稱惟恍惟惚窈冥超言象之端無去無來寥廓出寰區之外驂鸞馭鳳昇八景而戲仙庭駕月乘雲驅百靈而朝上帝迴闕玉京為不死之鄉紫府旁開金闕乃長生之地吸朝霞而飲甘露控白鹿而化青龍魚腹神符已效徵於涓子管中靈藥方演術於封君從壺公而見玉堂召盧敖而赴元闕炎皇少女剩往仙家貞局先生來過吳市或排烟而長往或御風而不旋既化飯以成蜂亦變枯而生葉費長房之縮地目覽遐荒趙簡子之賓天親聆廣樂懷中設饌標許彥之奇方座上釣魚呈左慈之妙技遙昇閣道遠睇平衢鼓琴瑟而駕輜軿出西關而遊北海登崐崙而一息期汗漫於九垓湘東遺鳥跡之書濟北致魚山之會拂虹旌於日路飛羽蓋於烟郊既入無窮之門遂游無極之野青虯吐甲發披五岳之文丹鳳銜符式受三皇之訣瀨鄉九井漾德水而澄瀚淮南八仙著眞圖秘自非天姿拔俗靈骨超凡豈能訪金籙於玄門尋玉皇於碧落者矣昇仙太子者闕周靈王之太子也原夫補天益地之崇基三分有二之洪業神宗啟胄先承履帝子喬洛之嗣夫容鬟之相匡救之誠仙儲典赤雀降於禎符屈叔譽於三窈錫師曠以四祥聖考興源幼表靈鬢之相白魚標於瑞典赤雀降於禎符屈叔譽於三窈錫師曠以四馬穀洛之齫巖父申欲甕之規匡救之誠仙儲切犯顏之諫播臣子之懿範顯圖史之芳聲而靈應難窺冥徵罕測紫雲為蓋見嘉貺於張陵白蜺成質遺神丹於崔子鳳笙流響

恆居伊洛之間鶴駕鏕俄陟神仙之路嵩高嶺上雖藉浮邱之迎緱氏峯前終待桓良之告傍稽素篆仰叩玄經時將玉帝之游乍洽琳宮之宴仙冠岌岌表嘉稱於芙蓉右弼巍巍效靈官於桐栢九丹可挹仍標延壽之誠千載方傳尙紀仙人之祀辭靑宮而歸九府棄蒼震而慕重元無勞羽翼之功坐致雲霄之賞雖黃庭衆聖未接於末塵紫洞羣靈豈騃於後乘斯乃騰芳萬古擅美千齡宜與夫松子陶公同年而語者也我國家先天纂業闢地裁基正八柱於乾綱紐四維於坤載山鳴鷟鸑爰彰受命之祥洛出圖書式兆興王之運廓提封於百億聲敎洽於無垠被正朔於三千文軌同於有截茫茫宇宙掩沙界以疏疆眇眇寰區籠鐵圍而劃境坐明堂以崇嚴祀大禮攸陳謁淸廟而展因心洪規更闡文山西峙上聳於圓淸武井東流下凝於方濁騑柯連理恆騁異於彤墀九穗兩歧每呈祥於翠畩神芝吐秀宛成輪蓋之形歷草抽英還司朔望之候山車澤馬充仞於郊畿瑞表祥圖洋溢於中外乾坤交泰陰陽和而風雨調遠肅邇安兵戈戢而燵烽靜西鶼東鰈已告太平之符郜黍江茅廈薦昇中之應而王公卿士百辟羣僚咸詣闕以披陳請登封而告禪敬陳嚴配之典用展禋宗之儀泥金而叶於告成瘞玉而騰於茂實千齡盛禮一旦咸申爾迺鳳輦排虛旣造雲霞之路龍旗拂迥方馳日月之扃後殿熒山先鋒蔽野千乘萬騎鉤陳指靈嶽之前谷邃川停羽駕陟仙壇之所旣而馳情煙路係想元門遙臨

松寢之前近矙桂巖之下重巒絕磴空罾落景之暉復廟連甍徒見浮雲之影山扉半毀。繚覩昔年之規磵漏全傾更創今辰之製乃爲予晉重立廟焉仍改號爲昇仙太子之廟。方依福地肇啓仙居開廟後之新基獲藏中之古劍昆吾挺質巨闕標名白虹將紫電爭鋒飛景共流星競彩去夜驚而除衆毒輕百戶而卻三軍空勞望氣之人自遇象天之寶。巖巖石室紀黃老五千之文赫赫靈壇披碧洞三元之籙爰於去歲嘗遣內史往祠雖人祇有路隔之言而冥契著潛通之兆遂於此日頻感殊禎迢遞雲間聞鳳笙之度響徘徊空裏瞻鶴駕之來儀瑞氣氤氳異香芬馥欽承景貺目擊休徵爾其近對緱岑遙臨嵩嶺變維城之往廟建儲后之今祠窮工匠之奇精傍臨絕壑建山川之體勢上冠雲霓其地則測景名都交風勝壤仰觀元緯星文當太室之邦俯矚黃輿地理處霜之境膏腴宇宙通百越之樓船穴險山原控八方之車騎危峯切漢德水橫川實天下之樞機極域中之壯觀於是捫危鑿阯越甃裁基命般爾而開筵召公輸而綴思梅梁瞰迥近架烟霞桂棟臨虛上連日月窗明雲母將曙景而同暉戶挂琉璃共晴天而合色曲閣乘九霄之表重檐架八景之中湛休水於天池發祥花於奇樹珠闕據縱峯之外瑤壇接嵩嶠之隈素女乘雲竊步檐而不逮青童駕羽仰層檻而何階茂躅鬱兮若生靈儀肅兮如在昔峴山墮淚猶見鉅平之碑襄水沉波尙有當陽之碣況乎上賓天帝搖山之風樂不歸下接浮洛浦之笙歌斯遠豈可使芳猷懿躅與歲月而推遷霞宇星壇共風烟而歇滅酒刊碑勒頌用紀徽音庶億載而惟新齊兩儀而配久方佇乘龍使者爲降還齡之符駕羽仙人曲垂駐壽之藥使璇璣叶度玉燭調時百穀喜於豐年兆庶安於泰俗虔敷短製乃作銘云邈矣元始悠哉渾成傍該萬類仰契三精至神不測大象難名出入太素驅馳上清 其一
黃庭仙室丹闕靈臺銀宮雪合玉樹花開夕游雲路朝挹霞杯霓旌電駕徘徊二樹 其二
基創業遷朝立市四險天中三川地紀白魚呈眹丹烏薦祉靈骨仙才芳猷不已 其三
帝系仰睠仙儲遙馳月域高步烟墟名超紫府職邁玉虛飄飄芝蓋容與雲車 其四
嵒遙期汗漫金漿玉液霧宮霞館瑤草扶疎珠林璀璨萬刦非久二儀何算五栖心大道
託迹長生三山可陟九轉方成鳧飛鳥影鳳引歌聲永昇金闕恆遊玉京 其六 青童素女浮
邱赤松位稱桐柏號芙蓉尋眞御辯控鶴乘龍高排雲霧輕舉退蹤 其七 歲往年移天長
地久霄漢爲室烟霞作友舞鶴飛蓋歌鸞送酒絕迹氛埃芳名不朽 其八 粤我大周上膺元
命補天立極重光累聖嘉瑞疊臻殊祥映蒼昊昇中表慶 其九 爰因展禮途接靈居
年載超忽庭宇凋疎更安珠敦重開玉虛方依翠璧敬勒丹書 其十 新基建趾古劍騰文鳳
笙飛韻鶴駕凌雲休符雜沓嘉瑞氤氳仙儀靡見響空聞 十一 仰聖思元求眞懷昔霞
軒月殿星宮霧驛萬歲須臾千齡朝夕紀盛德於芳翰勒鴻名於貞石 十二

右錄文數首雖不能定其決爲武后自作然流傳已久當時固宜並在武后集中且其工麗如出一手唐初文士未能或之先也武后詩文集多至百餘卷爲古今婦人之冠如昇仙太子碑等自來婦人亦無此大手筆此外尙有大福光寺浮圖碑莊嚴楞伽諸經序等制詔傳者餘數十通並不復著云。

第三章　五宋與鮑君徽（附牛應貞）

五宋固亦宮人今以其家學爲歷朝尊禮別著於此貝州宋廷芬者之問裔孫也能辭章生五女皆警慧善屬文長若華次若昭若倫若憲若荀華昭文尤高皆性素潔鄙薰澤靚妝不願歸人欲以學名家家亦不欲與寒卿凡裔爲姻對聽其學若華誨諸妹如嚴師著女論語十篇大抵準論語以韋逞母宣文君代孔子曹大家等爲顏冉推明婦道所宜若昭又爲傳申釋之貞元中李抱眞表其才德宗召入禁中試文章并問經史大義帝咨美悉留宮中帝能詩每與侍臣賡和五人皆預凡進御未嘗不蒙賞又高其風操不以妾侍命之呼學士憲宗元和末若華卒自貞元七年秘禁圖籍詔若華總領穆宗以若昭尤通練拜尙宮嗣若華所職歷憲穆敬三朝皆呼先生主率以師禮見寶歷初卒若憲代司秘書文宗尙學以若憲善屬辭粹議論尤禮之五宋遺文可見者具錄如下。

五宋詩文惟若華若昭若憲所作猶有存者倫荀先卒故遺文不傳若華惟存七絕一首雲

安公主下嫁吳人陸暢爲儐相暢才思敏捷應對如流六宮大異之暢吳音若華以詩嘲之曰。

十二層樓倚翠空鳳鸞相對立梧桐雙成走報監門衞莫使吳儂入漢宮

若昭存詩一首及牛應貞傳

奉和御製麟德殿宴百僚應制

垂衣臨八極蕭穆四門通自是無爲化非關輔弼功修文招隱伏尙武殄妖兇德炳韶光熾恩霑雨露濃衣冠陪御宴禮樂盛朝宗萬壽稱觴日千官信一同

牛應貞傳

牛肅長女曰應貞適宏農楊唐源少而聰穎經耳必誦年十三凡誦佛經二百餘卷儒書子史又數百餘卷親族驚異之初應貞未讀左傳方擬授之而夜初眠中忽誦春秋起惠公元妃孟子卒終智伯貪而愎故韓魏反而喪之凡三十卷一字無遺天曉而畢當誦時有敕之者或相酬和其父驚駭數呼之都不答誦已而覺問何故亦不知試令開卷則已精熟矣著文章百餘首後遂學窮三敎博涉多能每夜中眠熟與文人談論文人皆次知名者往來答難或稱王弼鄭玄王衍陸機辯論鋒起或論文章名理往往數夜不已。

年二十四而卒今採其文魍魎問影賦著於篇其序曰庚辰歲予嬰沈痛之疾不起者十

旬。毀頓精神羸瘵形體藥物救療有加無瘳感莊子有魍魎責影之義故假之為賦庶解疾焉魍魎問於予影曰君英達之人聰明之子學包六藝文兼百氏頤道家之秘言探釋部之幽旨既虔恭於中饋又希慕於前史不矯枉以干名不毀物而成己伊淑德之如此卽精神之足恃何故羸厥姿貌沮其精神煩冤枕席憔悴衣巾子惟形兮是寄形與子兮相親何不誨之以崇德而敕之以自倫異萊妻之樂道殊鴻婦之安貧豈痼疾而無生賴將微賤而欲忘身今節變歲移臘終春首照晴光於郊甸動暄氣於梅柳冰解凍而繞軒風扇和而入牖固可蜀憂釋疾怡神養壽何默爾無營自貽伊咎僕於是勃然而應曰子居於無人之域遊乎魍魅之鄉形既圖於夏鼎名又著於蒙莊何所見之不博何所談之不長夫影依日而生像因人而見豈言談之足曉物之能辯隨晦明以興滅逐形體以遷變以愚夫畏影而蒙鄙之性以彰智者視陰而遲暮物之心可見伊美惡兮由已影何辜而遇譴且予聞至道之精窈兮冥至道之極昏兮默達人委性命之修短君子任時運之通塞悔吝不能纏榮耀不能惑喪之不以為戚得之不以為賞芳春責予之不貴華飾且吾之秉操奚子智之能測言未卒魍魎惕然而驚歎而起曰影既談元之至妙請絡生於絕域初應眞夢製書而食之每夢食數十卷則文體一變如是非一遂工為賦頌文身以藏屏名曰遺芳也。

此外尚傳有若昭女論語序其文不類故不錄牛應貞遺芳集不傳惟見於若昭此文傳中

署於事蹟而存其一賦深得史法也

樂府有宋氏宛轉歌長相思採桑三曲卽若憲所作或但題大家宋氏。

宛轉歌

風已淸月朗琴復鳴掩抑非千態殷勤是一聲歌宛轉宛轉和且長願爲雙鴻黃_{一作}鵠比

翼共翺翔

日已暮長簷鳥聲度此時_{一本無}望君君不來此時_{一本無}思君君不顧歌宛轉宛轉那

能異棲宿願爲形與影出入恆相逐

長相思

長相思久離別關山阻風煙絶臺上鏡文銷袖中書字滅不見君形影何曾有歡悅

採桑

春來南雁歸日去西蠶遠妾思紛何極客君_{一作}遊殊未返。

若憲詩樂府以外尚存二章

催粧詩

雲安公主貴出嫁五侯家。天母親調粉。日兄憐賜花催鋪百子帳待障七香車借問妝成未東方欲曉霞

奉和御製麟德殿宴百僚

端拱承休命時清荷聖皇四聰聞受諫五服遠朝王景媚暄初轉春殘日正長御筵多濟濟盛樂復鏘鏘鄷鎬誰能敵汾橫未可方願齊山岳壽福祉永無疆

與五宋齊名者有鮑君徽君徽字文姬鮑徵君女善詩德宗嘗召入宮與侍臣賡和賞賚甚厚蓋與五宋同時而文采相埒然入宮不久卽乞歸其乞歸疏曰

臣以草茅嫠婦重荷寵恩自謂生有餘幸矣獨念姜也幼鮮昆季長失椿庭室無雞黍之餐堂有垂白之母衷情迫切臣不管隱忍方慮控訴無門焉茲者幸遇聖明詔臣吟詠一入御庭百有餘日弄文舞字上既以洽明聖之歡心掇管揮毫下既以倡諸臣之賡和惟是煢然老母置諸不問豈為子女者忍然若是耶臣一思維寸腸百結伏願陛下開莫大之宏恩聽愚臣之片牘得賜歸家以供甘旨則老母一日之餘生卽陛下一日之恩賜也臣不揣愚昧冒死以進

鮑君徽詩今存四首從容雅靜而不為炫燿亦足尚也

關山月

高高秋月明。北照遼陽城。寒迴光初滿風多暈更深征人望鄉思戰馬聞鼙驚朔風悲邊
草沙漠昏虜營霜凝匣中劍風徹原上旌早晚調金闕不聞刁斗聲

惜春花

枝上花花下人可憐顏色俱青春昨日看花花灼灼今日看花花欲落。不如盡此花下歡。
莫待春風總吹却鶯歌蝶舞媚韶光紅爐煮茗松花香糚成吟罷恣游樂獨把花枝歸洞
房。

奉和御製麟德殿宴百僚

霄澤光寰海功成展武韶戈鋋清外壘文物盛中朝聖祚山河固宸章日月昭玉筵鸞鵠
集仙管鳳皇調御柳新低綠宮鶯午囀嬌願承億兆慶千祀奉神堯

東亭茶宴

閑朝向曉出簾櫳茗宴東亭四望通遠眺城池山色裏俯聆絃管水聲中幽篁引沿新抽
翠芳槿低檐欲吐紅坐久此中無限興更憐團扇起清風

第四章　唐之女冠文學

唐時重道貴人名家多出為女冠至其末流或尚佻達而恣禮法故唐之女冠恆與士人往
來酬答失之流蕩蓋異於娼優者鮮矣就中李季蘭魚玄機雅有文才為當時詩人所許雖

其行檢不足稱而其文亦不可沒也。

李冶字季蘭吳興人五六歲時其父令詠薔薇云經時未架却心緒亂縱橫父憲之曰此失行婦也後爲女冠劉長卿諸人皆與往還高仲武云季蘭詩自鮑照以下罕有其倫如遠水浮仙棹寒星伴使車五言之佳者也其詩存者十餘首今選錄數章

相思怨

人道海水深。不抵相思半。海水尙有涯相思渺無畔。攜琴上高樓。樓虛月華滿。彈得相思曲絃腸一時斷。

寄朱放

望水試登山山高湖又濶相思無曉夕相望經年月。鬱鬱山木青絲絲野花發別後無限情相逢一時說。

聽蕭叔子彈琴賦得三峽流泉歌

妾家本住巫山雲巫山流泉常自聞玉琴彈出轉寥敻疑是當時夢裏聽三峽迢迢幾千里一時流入深閨裏巨石崩崖指下生飛泉走浪絃中起初疑憤怒含雷風又似嗚咽流不通迴湍曲瀨勢將盡時復滴瀝平沙中憶昔阮公爲此曲能令仲容聽不足一彈旣罷復一彈願作流泉鎭相續。

寄校書七兄

無事烏程縣蹉跎歲月餘不知芸閣吏寂寞竟何如遠水浮仙棹寒星伴使車因過大雷岸莫忘八行書

湖上臥病喜陸鴻漸至

昔去繁霜月今來苦霧時相逢仍臥病欲語淚先垂強勸陶家酒還吟謝客詩偶然成一醉此外更何之

送韓揆之江西

相看指楊柳別恨轉依依萬里江西水孤舟何處歸湓城潮不到夏口信應稀唯有衡陽雁年年來去飛

送閻二十六赴剡縣

流水閶門外孤舟日復西離情遍芳草無處不萋萋妾夢經吳苑君行到剡溪歸來重相訪莫學阮郎迷

恩命追入留別廣陵故人

無才多病分龍鍾不料虛名達九重仰愧彈冠上華髮多慚拂鏡理衰容馳心北闕隨芳草極目南山望舊峯桂樹不能留野客沙鷗出浦謾相逢

蓋季蘭爲詩有重名於時晚年亦曾召入宮禁也魚玄機字幼微一字蕙蘭長安里家女喜讀書有才思補闕李億納爲妾愛衰遂從冠帔於咸宜觀後以笞殺女童翹事爲京兆溫璋所戮其詩文藻有餘格局不高然意致大抵流逸視季蘭稍遜矣

暮春有感寄友人

鶯語驚殘夢輕妝改淚容竹陰初月薄江靜晚煙濃湮鷺銜泥燕香鬟探蕊蜂獨憐無限

思吟罷亞枝松

題任處士創資福寺

幽人剏奇境游客駐行程粉壁空留字蓮宮未有名鑿池泉自出開徑草重生百尺金輪閣當川豁眼明

早秋

嫩菊含新彩遠山閒夕煙涼風驚綠樹清韻入朱絃思婦機中錦征人塞外天鴈飛魚在水書信若爲傳

寄飛卿

階砌亂蟲鳴庭柯煙露清月中鄰樂響樓上遠山明珍簟涼風著瑤琴寄恨生嵇君懶書札底物慰秋情

夏日山居

移得仙居此地來花叢自徧不曾栽庭前亞樹張衣桁坐上新泉泛酒杯軒檻暗傳深竹徑綺羅長擁亂書堆閒乘畫舫吟明月信任輕風吹却回

隔漢江寄子安

江南江北愁望相思相憶空吟鴛鴦暖臥沙浦鸂鶒閒飛橘林煙裏歌聲隱隱渡頭月色沈沈含情咫尺千里況聽家家遠砧

寓言

紅桃處處春色碧柳家家月明樓上新妝待夜閨中獨坐含情芙蓉月下魚戲鰈天邊雀聲人世悲歡一夢如何得作雙成

江陵愁望寄子安

楓葉千枝復萬枝江橋掩映暮帆運憶君心似西江水日夜東流無歇時

次光威裒韻

昔聞南國容華少今日東鄰姊妹三粧閣相看鸚鵡賦碧牎應繡鳳凰衫紅芳滿院參差折綠醑盈杯次第銜恐向瑤池曾作女謫來塵世未爲男文姬有貌終堪比西子無言我更慚一曲艷歌琴杳杳四絃輕撥語喃喃當臺競鬭青絲髮對月爭誇白玉簪小有洞中

松露滴大羅天上柳煙含但能爲雨心常在不怕吹簫事未諧阿母幾嗔花下語潘郞曾
向夢中參誓持清句魂猶斷若覩紅顏死亦甘悵望佳人何處在行雲歸北又歸南
附光威哀聯句原作人之名逸 其姓

光威哀蓋姊妹三

朱樓影直日當午玉樹陰低月已三 光 膩粉暗銷銀鏤合錯刀閒翦泥金衫 威 繡牀怕引
烏龍吠錦字愁敎青鳥銜 裏 百味鍊來憐益母千花開處鬪宜男 光 鴛鴦有伴誰能羨鸚
鵡無言我自慚 威 浪喜游蜂撲撲伴驚孤燕語喃喃 裏 偏憐愛數轆轤掌每憶光抽玳
瑁簪 光 煙洞幾年悲尙在星橋一夕帳空含 威 悤前時節羞虛擲世上風流笑誇獨
結香綃偸餉送暗垂檀袖學通參 光 須知化石心難定却是爲雲分易甘 威 看見風光零
落盡絃聲猶逐望江南 裏

又有元淳亦女道士洛中人亦善吟詠唐末海印蜀慈光寺尼才思清峻並方外婦人之能
詩者茲附著於此

寄洛中諸姊

舊國經年別關河萬里思題詩憑雁翼望月想蛾眉白髮愁偏覺歸心夢獨知誰堪離亂
處掩淚向南枝

舟夜

水色連天色風聲盆浪聲旅人歸思苦漁叟夢魂驚舉棹雲先到移舟月逐行旋吟詩句罷猶見遠山橫

第五章　薛濤與娼妓文學

章學誠婦學曰自唐宋以訖前明國制不廢女樂公卿入直則有翠袖薰鑪官司供張每見紅裙侑酒梧桐金井驛亭有秋感之緣蘭麝天香曲江有春明之誓見於紀載蓋亦詳矣又前朝虐政凡縉紳籍沒波及妻孥以致詩禮大家多淪北里其有妙兼色藝慧擅聲詩都人大夫從而酬唱大抵情綿春草思遠秋楓投贈類於交游殷勤通於燕婉詩情閼達不復嫌疑閨閤之篇鼓鐘閫外其道固當然耳且如聲詩盛於三唐而女子傳篇亦寡今就一代計之篇什最高莫如李冶薛濤魚玄機三人其他莫能並焉是知女冠坊妓多文因酬接之繁禮法名門篇簡自非儀之誠此亦其明徵矣又曰夫傾城名妓屢接名流酬答詩章其命意也兼具夫妻朋友可謂善藉辭矣而古人思君懷友多託男女殷情若詩人風刺邪淫文代姣狂自述區分三種蹊徑略同品騭韻言不可不辨也夫忠臣誼友隱躍存懇摰之誠諷惡嫉邪言外見憂傷之意自序說廢而詩之得失懸殊本旨不明而辭之工拙迥異 離騷求女為眞情則語無倫次國風溱洧爲自說故無名男女之詩始如太極陰陽之理存諸天壤而智逃亦徑直無味作爲擬託文情自深故者自見智仁者自見仁也名妓工詩亦通古義轉以男女慕悅之實託於詩人溫厚之辭故

其遣言雅而有則眞而不穢流傳千載得燿簡編不能以人廢也第立言有體婦異於男比如薤露雖工惟施於挽郎爲稱權歌縱妙亦用於舟婦爲宜彼之贈李利張所處應彌良家閨閣內言且不可聞門外唱酬此言何爲而至耶

實齋當乾嘉之際袁子才之流頗收一時閨媛列弟子籍故實齋主張禮教以爲後世男女唱酬惟坊妓之處地則然然又以名妓工詩以男女慕悅之實託詩人溫厚之詞雅而有則眞而不穢不能以人廢則婦人文學娼妓之作何得不錄坊妓能詩自唐爲盛宋及元明承其流風唐世女冠亦跡近倡優已見前章茲於薛濤諸妓復次而論之於此

薛濤字洪度本長安良家女父鄖因官流寓於蜀濤八九歲知詩一日指井梧曰庭除一古桐聳幹入雲中令濤續之濤曰枝迎南北鳥葉送往來風父愀然久之卒年及笄以詩聞於外又能埽眉塗粉與時士游韋臯鎭召令侍酒賦詩欲以校書郎奏請之護軍不可而止濤出入鎭幕凡歷事十一鎭皆以詩受知其間與濤倡和者元稹白居易牛僧孺令狐楚裴度嚴綬張籍杜牧劉禹錫張祜諸名士居浣花溪能造松花紙及深紅小彩箋名於時晚歲居碧雞坊建吟詩樓息其上卒年七十二段文昌爲撰墓志有洪度集一卷濤詩頗多才情軼蕩而時出間婉七絕尤長然大抵言情之作今擇錄十餘章於此

春望詞

花開不同賞花落不同悲欲問相思處花開花落時。
攬草結同心將以遺知音春愁正斷絕春鳥復哀吟
風花日將老佳期猶渺渺不結同心人空結同心草
那堪花滿枝翻作兩相思玉筯垂朝鏡春風知不知

斜石山曉望寄呂侍御

曦輪初轉照仙肩旋劈煙嵐上窅冥不得玄暉同指點天涯蒼翠漫青青。

海棠溪

春教風景駐仙霞水面魚身總帶花人世不思靈卉異競將紅纈染輕沙

秋泉

泠色初澄一帶煙幽聲遙瀉十絲絃長來枕上牽情思不使愁人半夜眠。

柳絮

二月楊花輕復微春風搖蕩惹人衣他家本是無情物一向南飛又北飛。

送友人

水國蒹葭夜有霜月寒山色共蒼蒼誰言千里自今夕離夢杳如關路長。

送盧員外

玉壘山前風雪夜錦官城外別離魂信陵公子如相問長向寅門感舊恩

上川主武相國二首

落日重城夕霧收玳筵雕俎薦諸侯因令朗月當庭燎不使珠簾下玉鈎。

東閣移尊綺席陳貂簪龍節更宜春軍城畫角三聲歇雲幕初垂紅燭新。

送姚員外

萬條江柳早秋枝裊地翻風色未衰欲折爾來將贈別莫教煙月兩鄕悲。

酬杜舍人

雙魚底事到儂家。撲手新詩片片霞唱到白蘋洲畔曲芙蓉空老蜀江花

寄舊詩與元微之

詩篇調態人皆有細膩風光我獨知月下詠花憐暗澹雨朝題柳爲敧垂長教碧玉藏深處總向紅箋寫自隨老大不能收拾得與君開似教男兒

唐時坊妓多能詩兹擇其尤工者一二錄於下劉采春越中妓有囉嗊曲曰

不喜秦淮水生憎江上船載兒夫婿去經歲又經年

借問東園柳枯來得幾年自無枝葉分莫怨太陽偏

莫作商人婦金釵當卜錢朝朝江口望錯認幾人船

那年離別日只道住桐廬桐廬人不見今得廣州書

昨日勝今日今年老去年黃河淸有日白髮黑無緣

昨日北風寒牽船浦裏安潮來打纜斷搖櫓始知難

歐陽詹遊太原悅一妓約至都相迎後妓思之疾甚乃刃髻作詩寄詹絕筆而逝其詩曰

自從別後減容光半是思郎半恨郎欲識舊來雲鬢樣爲奴開取縷金箱

韋蟾問鄂州及罷賓僚祖餞韋以牋書文選二句授坐客請續有妓口占二句無不嘉嘆。

蟾贈數十千納之其句曰

悲莫悲兮生別離登山臨水送將歸武昌無限新栽柳不見楊花撲面飛

韋應物愛姬生一女流落潭州委身樂部李翱見而憐之於賓僚中選士嫁爲女賦詩獻李曰

常浩亦名妓有寄遠詩曰

湘江舞罷忽成悲便脫蠻靴出絳帷誰是蔡邕琴酒客魏公懷舊嫁文姬

年年二月時十年期別期春風不知信軒蓋獨遲遲今日無端捲珠箔始見庭花復零落。

人心一往不復歸歲月來時未嘗錯可憐熒熒玉鏡臺塵飛冪冪幾時開却念容華非昔

好畫眉猶自待君來

賈中郎與武補闕登峴山。遇一妓同飲自稱襄陽人送武補闕詩曰

弄珠灘上欲銷魂獨把離懷寄酒尊無限煙花不留意忍敎芳草怨王孫。

張窈窕寓居於蜀當時詩人雅相推重始薛洪度之流也其在成都卽事詩曰

昨日賣衣裳今日賣衣裳渾賣盡羞見嫁時箱有賣愁仍緩無時心轉傷故園多阻隔何處事蠶桑

盛小叢越妓有突厥三臺詩曰

雁門山上雁初飛馬邑闌中馬正肥旰日山西逢驛使殷勤南北送征衣。

趙鸞鸞平康名妓有雲鬢柳眉檀口纖指酥乳詩今錄二首

柳眉

彎彎柳葉愁邊戲濺濺菱花照處頻嫵媚不煩螺子黛春山畫出自精神

纖指

纖纖軟玉削春葱長在香羅翠袖中昨日琵琶弦索上分明滿甲染猩紅。

徐月英江淮間妓有集行世今不傳錄其詩一首

敍懷

爲失三從泣淚頻**此身何用處人倫雖然日逐笙歌樂長羨荆釵與布裙。**

又薛仙姬亦名妓作迴文詩反覆成章頗有清逸之致。

回文四時詞

花朶幾枝柔傍砌柳絲千縷細搖風霞明半嶺西斜日月上孤村一樹松。吟春

涼回翠釧冰人冷齒沁清風夏井寒香篆裊風青縷縷紙窗明月白團團。吟夏

蘆雪覆汀秋水白柳風凋樹晚山蒼孤燈客夢驚空館獨雁征書寄遠鄉。吟秋

天凍雨寒朝閉戶雪飛風冷夜關城殷紅炭火圍鑪暖淺碧茶甌注茗清。吟多

第六章 唐之婦女雜文學

唐時婦女能詩文者最多傳於今者或僅殘篇斷句或不知作者姓名然一時閨閣之好文可知也輒以次畧敍其可見者

王勃鬐鑑圖序云上元二年歲次乙亥十有一月庚子朔七日丙子余將之交趾旅次南海有好事者以轉輸鉤枝八花鑑銘示予云當今之才婦人作也觀其麗藻反復文字縈迴句讀曲屈韵諧高雅有陳規起諷之意可以作鑑前烈輝暎將來嗟也昔孔詩十興不遺衞姜江篇擬古無隔班媛蓋以超俊頴拔同符君子者矣嗚呼何勒非戒何逖非才風律苟存士女何算聊撫鏡以長想遂援筆而作序其鬐鑑圖詞蓋回文四言詩也惜不知作者何氏辭曰。

篇章隱約雖合雍熙鉛華著飾盡瘁妍孀旋軀合配懿德章施宣光炳耀列象標奇先人
後已閱禮崇詩懸堂象設啟匡光馳傳芳遠古照引毫鼇堅惟瑩澈跡異磷緇運星引月
藻振芳垂妍齊錦繡色配漣漪虔思早暮守謹閨闈圓虛配道象罔齊儀煙緇綴玉影表
方枝捐瑕滌怪釋怨忘疲蓮芳表質日素凝姿編辭衍義質動形隨前瞻後戒雪拂雲披
聯翩動鵲映掩辭螭蟬輕約鬢柳翠分眉全斯節志敬爾尊卑鮮含翠羽影透輕池源分
派引地等天規延年益壽簠代變時移簋簡等義繪綵分詞
詞分綵繪義等簡簋移時變代延壽益年延規天等地引派分源池輕透影羽含鮮
爾敬志節斯全眉分翠柳鬢約輕蟬螭辭掩瑕映鵲動翩聯坡雲拂雪戒煙儀齊罔道配
義衍辭編姿凝素日質芳蓮疲忘釋怨捐瑕捐枝方表影玉綴疑磷異跡澈瑩惟配
虛圓闈閨謹守暮早思虔漣漪配色繡錦齊妍垂芳振藻月引星運緇磷異跡澈瑩惟堅
鼇毫引照古遠芳傳馳光匡啟設堂懸詩崇禮閱已後人先奇標象列耀炳光宣施章
德懿配合軀旋嬋妍瘁盡飾著鉛華熙雍合配隱章篇
同時又有南海女子年七歲武后召見令賦誦兄詩應聲而就其詩曰
別路雲初起離亭葉正飛所嗟人異雁不得一行歸
又有楊容華華陰人蓋楊烱姪女有新妝詩曰

啼鳥驚眠罷房櫳乘曉開鳳釵金作縷鸞鏡玉爲臺妝似臨池出人疑向月來自憐終不見欲去復徘徊

唐婦人多傳詩歌爲他文章者絕少。今錄李邕妻溫氏爲夫謝罪表胡愔黃庭內景五臟六腑補瀉圖序陳邈妻鄭氏進女孝經表崔元暐母盧氏訓子誡周氏夫曹因墓志銘以見當時婦人之爲散文者

爲夫謝罪表

妾溫氏言邕效職不謹狀涉貪婪逼迫圄圄獲罪以聞誠宜不待刑書當殞滅然事有所隱恐負明時天地夐遠號訴不敢倉卒之際分從嚴誅豈謂天鑒仁明邕得生竄荒外再造之幸上答何階死罪死罪邕少習文章薄竊時譽疾惡如讎往任拾遺奏張昌宗之黨後參憲府劾武三思之罪坐此爲累不容於衆秉邪者切齒攻文章者側目由是頻謫遠郡削跡朝端不見闕庭何嘗十載歲時凝戀屬國家有事東岳大禮告成法駕西旋路遊近境普遵牛酒之獻各展臣子之心不意天澤曲垂恩私屬沐邕當再躍何以爲心懇至夙誠冀遂申效妾聞正直見用邪佞生憂邕之禍端自此爲始且邕比任外官竟無一議天顏暫顧罪則旋生諺云士無賢不肖入朝見嫉伏惟陛下明察此言妾之微軀萬死無恨死罪死罪邕初蒙勘當卽便禁身水不入口向逾五日孤直援寡邪黨

相趨窘急至深實不堪忍氣微息奄惟命是聽遣邕手書事生吏口貸百性蠶糧抑稱枉法市羅以進令作贓私吏以爲能寄此加罪當時匭使朝堂潛背守捉號天訴地誰肯爲聞嚴命將行恭往奔逐泣血去國沒骨炎荒長任欽州示以無用願邕充一卒之用效力明時膏塗朔邊骨糞沙壤使得身死成邕夙心妾則碎首粉身萬死爲足妾夫婦義重常見其志不避罪責冒死上聞儻天光垂照卽當殞滅妾之榮幸實荷再生謹奉表投

延恩匭

進女孝經表　　　　　　　鄭　氏

妾聞天地之性貴剛柔焉夫婦之道重禮義焉仁義禮智信者是謂五常五常之教其來遠矣總而爲主實在孝乎夫孝者感鬼神動天地精神至貫無所不達蓋以夫婦之道人倫之始考其得失非細務也易著乾坤則陰陽之制有別禮標鴈則伉儷之事實陳妾每覽先聖垂言觀前賢行事未嘗不撫躬三復歎息久之欲緘想餘芳遺蹤可躅妾姪女特蒙天恩策爲永王妃以少長閨闈未嫻詩禮至於經誥觸事面牆夙夜憂惶戰懼交集今戒以爲婦之道由以執經之禮並述經史正義無復載乎浮詞總一十八章各爲篇目名曰女孝經上至皇后下及庶人不行孝而成名者未之聞也妾不取自專因以曹大家爲主雖不足藏諸巖石亦可以少補閨庭輒不揆量敢茲聞達輕觸屛扆伏待罪戾　妾鄭

氏誡惶誠恐死罪死罪謹言。

訓子崔元暐誡
盧氏

吾聞姨兄元馭云兒子從宦者有人來云貧乏不自存此是好消息若貲貨充足裘馬輕肥此是惡消息吾嘗以爲確論比見親表中仕宦者務多財以奉親而其親不究所從來但以爲喜若出乎祿廩可矣不然何異盜乎縱無大咎獨不內愧於心汝今爲吏不務潔清無以載天覆地宜識吾意

黃庭內景五臟六腑補瀉圖序
胡愔

夫天主陽食人以五氣地主陰食人以五味氣味相感結爲五臟五臟之氣散爲四肢十六部三百六十關節引爲筋脉津液血鹽蘊成六腑三膲十二經通爲九竅故五臟者爲人形之主一臟損則病生五臟損則神滅故五臟者神明魂魄志精之所居也每臟各有所主是以心主神肺主魄肝主魂脾主意腎主志發於外則上應五星下應五嶽皆模範天地稟象日月觸類而取不可勝言若能存神修養純粹却老延年志高神仙形無困疲日月精光來附我身四時六氣來合我體入變化之道通神明之理把握陰陽呼吸精神造物者翻爲我所制至此之時不假金丹玉液環玨大還自然神化沖虛氣合太和而

升雲漢五臟之氣結五雲而入天中左召陽神六甲。右呼陰神六丁。千變萬化馭飛輪而適意是以不悟者勞苦外求實非知生之道是故太上曰精是吾神氣是吾道藏精養氣保守堅貞陰陽交會以立其形是也憎夙性不敏幼慕玄門鍊志無爲棲心澹泊覽黃庭之妙理窮碧簡之遺文焦心研精屢更歲月伏見舊圖奧密津路幽深詞理既玄蹟之者鮮指以色象或畧記神名諸氏纂修異端斯起遂使後學之輩罕得其門差之毫釐謬逾千里今敢搜羅管見罄竭設聞按據諸經別爲圖式先明臟腑次說修行幷引病源吐納徐疾旁羅藥理導引屈伸察色尋證月禁食忌庶使後來學者披圖而六情可見開經而萬品昭然時大中二年戊辰歲述

胡愔號見素子居太白山註黃庭內景圖一卷蓋婦人之逸品也宋慶元三年信州上饒尉陳莊發土得唐碑乃婦人爲夫所作卽周氏所爲其夫曹因墓志也見洪容齋隨筆容齋曰予案唐世上饒本隸饒州其後分爲信故曹君爲鄱陽人能爲達理如此惜其不傳故書之以補圖志之缺。

曹因墓誌銘

君姓曹名因字鄰夫世爲番陽人祖父皆仕於唐高祖之朝惟公三舉不第居家以禮義自守及卒於長安之道朝廷公卿鄉鄰者舊無不太息惟予獨不然謂其母曰家有南畝

足以養其親室有遺文足以訓其子肯形天地間範圍陰陽內死生聚散特世態耳何憂喜之有哉予姓周氏公之妻室也歸公八載恩義有專故贈之銘曰其生也天其死也天苟達此理哀復何言

又宰相王摶妻楊氏宏農人曾著女誡一卷有傷子辭曰予有令子儉衣削食以紀先功志刊貞石彼蒼不遺俾善莫隆令予建立痛窀無窮其餘賢母往往有之而遺文不少概見靡得而述矣。

魏求己妹其夫未詳有贈外詩仿彿卓氏白頭吟意展轉敍述情詞黯然亦不失爲能詩者。

贈外詩曰

浮萍依綠水翡蔦寄青松與君結大義移天得所從翰林無雙鳥劍水不分龍諧和類琴瑟堅固同膠漆義重恩欲深夷險貴如一本自身不令積多嬰痛疾朝夕倦牀枕形體恥巾櫛游子倦風塵從官初解巾束裝赴南郢脂駕出西秦比翼終難遂銜雌苦未因徒悲楓岸遠空對柳園春男兒不重舊丈夫多好新新人喜新聘朝朝臨粉鏡兩鴛固無比雙蛾誰與競詬誶思人銜啼嗟薄命蘂華不足恃松枝有餘勁所願好九思勿令虧百行

薛元曖妻林氏濟南人元曖爲隰城丞早卒林博涉五經有母儀令德訓其子彥輔、彥國、彥偉彥雲及姪據摠並登進士第衣冠榮之有送男彥輔左貶詩曰

第二編 第六章 唐之婦女雜文學

四五

他日初投抒勤王在飲冰。有辭期不罰積毀竟（一作意許）相仍。謫宦今何在銜冤猶未勝天涯
分越徼驛騎驟（一作速）毘陵腸斷腹非苦書傳寫豈能淚添江水遠心劇海雲蒸明月珠難
識甘泉賦可稱但將忠報主何懼點青蠅

寇坦母趙氏有古興詩三首曰

鬱蒸夏將半暑氣扇飛閣滿空來當軒卷羅幕度雲開夕霽宇宙何清廓明月流素
光輕風換炎鑠孤鸞傷對影寶瑟悲別鶴君子去不還遙心欲何託
金菊延清霜玉壺多美酒良人猶不歸芳菲豈常有不惜芳菲歇但傷別離久含情罷斟
酌凝怨對窗牖

霽雲舒長野寒雲半幽谷嚴風振枯條猿啼抱冰木所嗟游宦子少小荷天祿前程未云
至悽愴對車僕歲寒成詠歌日暮棲林樸不憚行險道空悲年運促

喬氏馮翊人喬知之之妹有詠破簾詩曰

已漏風聲罷繩持也不禁一從經落後無復有貞心

元載妻王韞秀王忠嗣女載微時為人所輕既貴多慢賓客氏以詩諫之及載被誅上令氏
入宮氏曰三十年太原節度女十六年宰相妻豈復為長信昭陽給事使乎死亦幸矣
偕夫游秦

路掃饑寒跡天哀志氣人休零離別淚攜手入西秦。

諫夫詩

楚竹燕歌動畫梁更闌重換舞衣裳公孫開館招佳客知道浮雲不久長。

拜新月

吉中孚為大歷十才子之一其妻張夫人楚州山陽人亦善吟詠今所傳者數章。

拜新月拜新月出堂前暗魄初籠桂虛弓未引絃。相向拜新月不勝情庭花風露清月臨人自老人望月長明東家阿母亦拜月一拜一悲聲斷絕昔年拜月逞容輝如今拜月雙淚垂回看衆女拜新月却憶紅閨年少時。

柳絮

靄靄芳春朝雪絮起青條或值花同舞不因風自飄過簷浮綠醑拂幌綴紅綃那用持愁甑春懷不自聊。

晁采小字試鶯大歷時人少與鄰生文茂約爲伉儷及長茂時寄詩通情母從其志遂以歸茂今擇錄其詩如左。

春日送夫之長安

思君遠別妾心愁踏翠江邊送畫舟欲待相看遲此別只憂紅日向西流。

子夜歌

儂既翦雲鬟郎亦分絲髮覓向無人處綰作同心結。

夜夜不成寐擁被啼終夕郎不信儂時但看枕上跡。

何時得成匹離恨不復牽金針刺萠苔夜夜得見蓮。

相逢逐涼候黃花忽復香聲眉臘月露愁殺未成霜。

明窗弄玉指指甲如水晶翦之特寄郎聊當攜手行。

寄語閨中娘顏色不常好含笑對棘實歡娛須是裹。

良會終有時勸郎莫得怒薑蘗畏春薑要綿須辛苦。

醉夢幸逢郎無奈烏啞啞山中如有酒敢惜千金價。

信使無虛日玉醞寄盈觥一年一日雨底事太多晴。

繡房擬會郎四窗日離離手自施屏障恐有女伴窺。

相思百餘日相見無期裹裳摘藕花要蓮敢恨池。

金盆鹽素手焚香誦普門來生何所願與郎為一身。

花池多芳水玉杯把贈郎避人藏袖裏淫却素羅裳。

感郎金鍼贈欲報物俱輕一雙連素縷與郎聊定情。

寒風響枯木通夕不得臥早起遣問郎昨宵何以過
得郎日嗣音令人不可覷熊膽磨作墨書來字字苦
輕巾手自製顏色爛含桃先懷儂袖裏然後約郎腰
儂贈綠絲衣郎遺玉鉤子郎欲繫儂心儂思著郎體
元微之繼室裴淑字柔之微之自會稽到京未踰月出鎮武昌裴難之微之賦詩相慰裴亦
答以詩曰
侯門初擁節御苑柳絲新不是悲殊命唯愁別近親黃鶯遷古木朱履從清塵想到千山
外滄江正暮春
元微之作會眞記有崔鶯鶯詩文或曰微之所依託也又有謂張生卽微之自喩者今但錄
鶯鶯明月三五夜一首餘詩與其貽張生書則從略焉
明月三五夜
待月西廂下迎風戶半開拂牆花影動疑是玉人來
說部中又載姚月華詩月華幼聰慧夢月輪墜於粧臺覺而大悟未嘗讀書撏管輒有所得
文詞絕妙隨父寓揚子江與一鄰生書詞往來小說家言其人之有無事之果否皆不可信
如楚妃怨確是高手非庸庸能造效徐淑體則殊平平耳

第二編 第六章 唐之婦女雜文學

四九

231

效徐淑體怨詩

妾生兮不辰盛年兮逢屯寒暑兮心結夙夜兮眉顰循環兮不息如彼兮車輪車輪兮可歇妾心兮爲伸雜沓兮無緒如彼兮絲棼絲棼兮可理妾心兮爲分空閨兮岑寂妝閣兮可生塵萱草兮徒樹茲憂兮豈泯幸逢兮君子許結兮殷勤分香兮翦髮贈玉兮共珍指天兮結誓願爲兮一身所遭兮多舛玉體兮難親餐兮減寢帶緩兮羅裙菱鑑兮慵啟博鑪兮爲熏整襪兮欲舉塞路兮荊榛逢人兮欲語齦匝兮頑嚚煩寃兮憑胸何時兮可論
願君兮見察妾死兮何瞋

怨詩寄楊達 一作古怨

春江 一作水 悠悠春草綠對此思君淚相續羞將離恨向東風理盡秦箏 一作瑤琴 不成曲
與君形影分吳越玉枕經終 一作對離別 登臺 一作北望 烟雨深回身泣向寥天月

楚妃怨

梧桐葉下黃金井橫架轆轤牽素綆美人初起天未明手拂銀瓶秋水冷

貞元時杜羔妻趙氏善屬文羔仕至尙書今傳詩數章錄二首

雜言寄杜羔

君從淮海游再過蘭杜秋歸來未須臾又欲向梁州梁州秦嶺西棧道與雲齊羌虜萬餘

落矛戟自高低已念寡儔侶復慮勞攀躋丈夫重志氣兒女空悲啼臨邛滯游地肯顧濁水泥人生賦命有厚薄君但遨游我寂寞

聞杜羔登第

長安此去無多地鬱鬱葱葱佳氣浮良人得意正年少今夜醉眠何處樓

王氏太原人永福潘令之妻王氏隨夫宰永福任滿祖餞留連累日王先解舟泊五里汰王灘下俟久不至月夜登岸題詩石壁末署太原族望歲久詩漫滅獨太原二字入石邑人因以名灘詩曰

何事潘郎戀別筵歡情未斷妾心懸汰王灘下相思處獲叫山山月滿船

薛媼字馥彥輔孫女也其贈鄭女郎詩曰

艷陽灼灼河洛神珠簾繡戶青樓春能彈箜篌弄纖指愁殺門前少年子笑開一面紅粉妝東圓幾樹桃花死朝理曲暮理曲獨坐窗前一片玉行也嬌坐也嬌見之令人魂魄銷堂前錦褥紅地爐綠沈香檻傾屑蘇解佩時時歇歌管芙蓉帳裏蘭麝滿晚起羅衣香不斷滅燭每嫌秋夜短

陳玉蘭吳人王駕妻也有寄夫詩曰

夫戍邊關妾在吳西風吹妾妾憂夫一行書信千行淚寒到君邊衣到無

薛媛濠梁人南楚材妻也。楚材旅游陳受潁牧之眷欲以女妻之。楚材許諾因託言有訪道行不復返舊薛媛善畫妙屬文微知其意對鏡圖形爲詩寄之楚材大憨遂歸偕老其詩曰。欲下丹青筆先拈寶鏡寒已經顏索寞漸覺鬢凋殘淚眼描將易愁腸寫出難恐君渾忘却時展畫圖看。

孫氏樂昌人進士孟昌期妻也善詩每代夫作一日忽曰才思非婦人事遂焚其集。

聞琴

玉指朱絃軋復清湘妃愁怨最難聽初疑颯颯涼風動又似蕭蕭暮雨零近比流泉來碧嶂遠如玄鶴下青冥夜深彈罷堪惆悵露濕叢蘭月滿庭。

侯氏邊將張揆妻也揆防戎十餘年不歸侯爲詩繡作龜形詣闕上之武宗覽詩勅揆還鄉并賜侯絹三百匹其詩曰。

睽離已是十秋強對鏡那堪重理妝聞雁幾回修尺素見霜先爲製衣裳開箱疊練先垂淚拂杵調砧更斷腸繡作龜形獻天子願致征客早還鄉。

慎氏毘陵儒家女也適蘄春嚴灌夫無子被出慎以詩訣灌夫感而留之其訣夫詩曰。

當時心事已相關雨散雲飛一餉間便是孤帆從此去不堪重上望夫山。

寶梁賓夷門人盧東表侍兒也有雨中看牡丹詩曰。

張文姬鮑參軍妻也存詩四首

溪口雲

溶溶溪口雲。纔向溪中吐。不復歸溪中。還作溪中雨。

池上竹

此君臨此池。枝低水相近。碧色綠波中。日日流不盡。

沙上鷺

沙頭一水禽。鼓翼揚清音。只待高風便。非無雲漢心。

雙槿樹

綠影競扶疎。紅姿相照灼。不學桃李花。亂向春風落。

程長文鄱陽人嘗爲強暴所誣長文獻詩雪冤亦才女子也。

銅雀臺怨

君王去後行人絕。簫箏不響歌喉咽。雄劍無威光彩沈。寶琴零落金星滅。玉階寂寞墜秋露。月照當時歌舞處。當時歌舞人不迴。化爲今日西陵灰。

李錡妾杜秋娘本金陵倡家女嘗歌金縷曲以勸錡酒曰

勸君莫惜金縷衣勸君惜取少年時花開堪折直須折莫待無花空折枝。

柳氏韓翃姜初爲李生姬後李以贈翃翃就侯希逸幕柳留都下遭亂爲尼刧於番將沙吒利虞侯許俊以計取之復歸翃先是柳有答翃詩曰

楊柳枝芳菲節可恨年年贈離別一葉隨風忽報秋縱使君來豈堪折。

紅綃大歷中勳臣家妓後奔崔生有憶崔生詩曰

深洞鶯啼恨阮郎偷來花下解珠璫碧雲飄斷音書絕空倚玉簫愁鳳皇。

張建封妾關盼盼本徐州妓建封納之籠眷甚深及建封歿盼盼獨居彭城故燕子樓歷十餘年白居易贈詩諷其死盼盼得詩泣曰妾非不能死恐我公有從死之妾玷清範耳乃和白詩旬日不食而卒

燕子樓三首

樓上殘燈伴曉霜獨眠人起合歡牀。相思一夜情多少地角天涯不是長。

北邙松柏鎖愁煙燕子樓中思悄然。自埋劍履歌塵散紅袖香銷已十年。

適看鴻雁岳陽迴又覩玄禽逼社來。瑤瑟玉簫無意緒任從蛛網任從灰。

步非煙河南功曹武公業妾鄰生趙象以詩誘之非煙答詩象因踰垣相從事露答死。

答趙象

綠慘雙蛾不自持只緣幽恨在新詩郎心應似琴心怨脈脈春情更泥誰

寄懷

晝簷春燕須同宿蘭浦雙鴛肯獨飛長恨桃源諸女伴等閑花裏送郎歸

外國女子爲縉紳妾亦有能詩者薛瑤東明國人左武衞將軍承沖之女嫁爲郭元振妾先是薛氏年十五翦髮出家六年而返俗嫁於郭其返俗有詩曰

化雲心兮思淑貞洞寂滅兮不見人瑤草芳兮思芬蒀將奈何兮靑春

唐時婦人所傳篇章有不知其時代僅存姓名或僅知其爲誰氏妻而名氏不可考或俱不可知但爲出於婦人者亦多美句輒擇而錄之於下

銅雀臺　　　　　　　　　　　　　　　　梁　瓊

歌扇向陵開齊行奠玉杯舞時飛燕列夢裏片雲來月色空餘恨松聲莫更哀誰憐未死妾掩袂下銅臺

昭君怨　　　　　　　　　　　　　　　　梁　瓊

自古無和親貽災一作到妾身朔風嘶去馬漢月出行輪衣薄狼山雪妝成虜塞春迴看父母國生死畢胡塵

有所思　　　　　　　　　　　　　　　　劉　雲

朝亦有所思暮亦有所思登樓望君處藹藹蕭關道掩淚向浮雲誰知妾懷抱　一作靄靄
雲遮却陽關道　向玉井蒼苔春院深桐花落盡地　一作無人掃
晚誰知妾懷抱　浮雲飛浮

獨夜詞　　　　　　　　　　　　　　崔公遠達一作

晴天霜落寒風急錦帳羅幃羞更入秦箏不復續斷絃回身掩淚挑燈立

春詞　　　　　　　　　　　　　　　張　琰

垂柳鳴黃鸝關關若求友春情不可耐愁殺閨中婦日暮登高樓誰憐小垂手

昨日桃花飛今朝梨花吐春色能幾時那堪此愁緒蕩子遊不歸春來淚如雨

銅雀臺瑛詩一作張　　　　　　　　　張　琰

君王冥漠不可見銅雀歌舞空徘徊西陵唶唶悲宿鳥高堂　一作殿沈沈閉青苔青苔無人

跡紅粉空自相　一作哀

長門怨　　　　　　　　　　　　　　劉　媛

雨滴梧桐長門　一作秋夜長愁心和雨到昭陽淚痕不學　一作君恩斷拭却千行更萬行

學畫蛾眉獨出羣當時人道便承恩經年不見君王面花落黃昏空掩門

暗別離　　　　　　　　　　　　　　劉瑤　一作劉裴

槐花結子桐葉焦單飛越鳥啼青霄翠軒輾雲輕遙遙燕脂淚迸紅線條瑤草歇芳心耿

耿玉佩無聲畫屏冷朱弦暗斷不見人風動花枝月中影青鸞脈脈西飛去海闊天高不知處。

古意曲

梧桐階下月團團洞房如水秋夜闌吳刀翦破機頭錦茱黃花墜相思枕綠窗寂寞背燈時暗數寒更不成寢

　　　　　　　　　劉　瑤

古意

灼灼葉中花夏萎春又芳明明天上月蟾缺圓復光未如君子情朝違夕已忘玉帳枕猶暖紈扇思何長願因西南風吹上玳瑁牀嬌眠錦衾裏展轉雙鴛鴦

　　　　　　　崔　萱　容字伯

敍別

碧池漾漾春水綠中有佳禽暮樓宿願持此意永相貽祇慮君情中反覆。

　　　　　　　崔　萱

贈所思

所吾幸接鄰相見不相親一似雲間月何殊鏡裏人丹誠成一作空有夢腸斷不禁春願作

　　　　　　　崔仲容

贈歌姬

梁間燕無由變此身

　　　　　　　崔仲容

水翦雙眸霧翦衣當筵一曲媚春輝瀟湘夜瑟怨猶在巫峽曉雲愁不飛皓齒乍分寒玉

細黛眉輕颦遠山微渭城朝雨休重唱滿眼陽關客未歸。 葛鴉兒

會仙詩 錄一二首

彩鳳搖搖下翠微煙光漠漠徧芳枝玉窗仙會何人見唯有春風仔細知。

峽中卽事 廉氏

清秋三峽此中去鳴烏孤猨不可聞一道水聲多亂石四時天色少晴雲日暮泛舟溪澈口邪堪夜永思氛氳。

懷遠 廉氏

隙塵何微微朝夕通其輝人生各有託君去獨不歸青林有蟬響赤日無鳥飛裴回東南望雙淚空沾衣

携手曲 田娥

携手共惜芳菲節鶯啼錦花滿城闕行樂逶迤念容色色衰秪恐君恩歇鳳笙龍管白日陰盈虧自感青天月

中秋夜泊武昌 劉淑柔

兩城相對峙一水向東流今夜素娥月何年黃鶴樓悠悠蘭棹晚渺渺荻花秋無奈柔腸斷關山總是愁

題與元明珠亭　　　　　　　　　　京兆女子

寂寥滿地落花紅獨有離人萬恨中回首池塘更無語手彈珠淚與春風

題玉泉溪　　　　　　　　　　　湘驛女子

紅葉醉秋色碧溪彈夜絃佳期不可再風雨杳如年

早梅　　　　　　　　　　　　　劉元載妻

南枝向暖北枝寒一種春風有兩般憑仗高樓莫吹笛大家留取倚闌干

楊柳枝詞　　　　　　　　　　　周德華

清江一曲柳千條二十年前舊板橋曾與情人橋上別更無消息到今朝

夷陵歌　　　　　　　　　　　　夷陵女子

明月清風良宵會同星河易翻歡娛不終綠樽翠杓爲君斟酌今夕不飲何時歡樂

楊柳楊柳裊裊隨風急西樓美人春夢中翠簾斜捲入

題三鄉詩 并序　　　　　　　　　若耶溪女子

余家本若耶溪東與同志者二三級蘭佩蕙每貪幽閒之境翫花光於風月之亭竟晝綿宵往往忘倦泊乎初笄五換星霜矣自後不得已從良人西入函關寓居晉昌里第其居迥絕塵囂花木叢翠東西隣二佛宮皆上國勝游之最伺其閒寂因游覽焉亦不

中國婦女文學史四　　　　　　　　六〇

幸一時之風月也不意良人已矣邈然無依帝里方春弔影東邁涉溱水歷渭川背絡南陟太華經虢畧抵陝郊抱嘉祥之清流面女兒之蒼翠凡經過之所皆曩昔燕笑之地銜寃茹歎舉目魂銷雖殘骸尚存而精爽都失假使潘岳復生無以悼其幽思也遂命筆聊題終不能滌其懷抱絕筆慟哭而去時會昌壬戌歲仲春十九日二九子爲父後玉無瑕弁無首荆山石往往有題

昔逐良人西入關良人身歿姜空還謝娘衛女不相待爲雨爲雲歸此山書後李舒解之曰二九十八加八木子爲父後木下子李氏也玉無瑕耶溪女隱名弃無首存其廿也王下廿弄也荆山石往往有者荆山多玉當是姓李名弄玉彤管遺編云若點也

第七章　五代婦女文學與花蕊夫人

五代婦人文學當以蜀花蕊夫人最爲大家其餘如後唐莊宗母貞簡曹后明宗后武顯曹后晉高祖后李皇后漢高祖昭聖李后並有制詔或遺令之屬著於史籍然皆當時文臣爲非必自作也惟前後蜀后妃多有文采王蜀則太后徐氏太妃徐氏及宮人李舜絃李玉簫孟蜀則花蕊夫人是已

成都徐耕生二女皆有國色能爲詩蜀王建納之姊爲賢妃妹爲淑妃王衍卽位册賢妃爲順聖太后淑妃爲翊聖太妃咸康元年衍奉太后太妃同禱青城山凡游歷之處各賦詩刻於石。

丈人觀謁先帝御容　　　　　　　徐太后
聖帝歸梧野躬來謁聖顏旋登三徑路似陟九嶷山日照堆嵐迴雲橫積翠間期修封禪禮方俟再躋攀

題漢州三學山至夜看聖燈　　　　徐太后
虔禱游靈境元妃夙志同玉香焚靜夜銀燭炫遼空泉漱雲根月鐘敲檜杪風印金標聖迹飛石顯神功滿望天涯極西歸日腳紅猿來齋石上僧集講筵中頓作超三界渾疑證六通願成修偃化社稷保延洪

元都觀　　　　　　　　　　　　徐太后
千尋綠嶂夾流溪登眺因知海衆一作岳低瀑布迸春青石碎輪囷橫翠翠峯齊步黏苔蘚龍橋滑日閉烟蘿鸞一作鳥徑迷莫道穹天無路到此山便是碧雲梯

題彭州陽平化　　　　　　　　　徐太妃
雲浮翠輦屆陽平真似驂鸞到上清風起半厓聞虎嘯雨來當面見龍行晚尋水澗聽松韻夜上星壇看月明長恐前身居此境玉皇敕向錦城生

三學山夜看聖燈　　　　　　　　徐太妃
聖燈千萬炬旋向碧空生細雨濕不暗好風吹更明磬敲金地響僧唱梵天聲若說無心

第二編　第七章　五代婦女文學與花蕊夫人

六一

243

法。此光如有情。

禱青城山回

翠驛江亭近玉亭夢魂猶是在青城比來出看江山景却被江山看出行。

李弦舜梓州人蓋李珣之妹珣雅有文才尤工詩詞王衍納舜弦爲昭儀有隨駕游青城詩曰。

徐太妃

因隨八馬上仙山頓隔塵埃物象閒只恐西追王母宴却憂難得到人間。

李玉簫亦王衍宮人有宮詞曰。

鴛鴦瓦上瞥然聲晝寢宮娥夢裏驚元是我王金彈子海棠花下打流鶯。

蜀時有女子黃崇嘏者臨邛人幼嘗僞爲男子以詩謁蜀相周庠庠薦攝府掾事甚明敏庠愛其才崇嘏賦詩辭乃知爲黃使君女也未適人歸與老嫗同居終其身亦奇女子也而詩甚平平世多艷稱其事故附著於此其辭蜀相詩曰。

一辭拾翠碧江湄貧守蓬茅但賦詩自服藍衫居郡掾永拋鸞鏡畫蛾眉立身卓爾青松操挺志堅然白璧姿幕府若容爲坦腹願天速變作男兒

花蕊夫人姓費氏幼能爲文尤工詩以才貌事孟昶號花蕊夫人嘗製宮詞百首才藻風流不減王建宋平蜀太祖憐其才重之嘗論蜀之所以亡夫人口占答曰君王城上豎降旗妾

在深宮那得知十四萬人齊解甲。更無一箇是男兒後輸織室悲憂抑鬱不忘故君以罪賜死所作宮詞清新俊雅傳者多與王建諸人相亂乃至百五十餘首今擇錄數十章於下

宮詞

五雲樓閣鳳城間。花木長新日月閒。三十六宮連內苑。太平天子住崑山

會真廣殿約宮牆。樓閣相扶倚太陽。淨甃玉階橫水岸。御爐香氣撲龍床

離宮別院繞宮城。金版輕敲合鳳笙。夜夜月明花樹底。傍池長有按歌聲

梨園子弟簇池頭。小樂攜來候燕游。旋炙銀笙先按拍。海棠花下合梁州

殿前排宴賞花開。宮女侵晨探幾回。斜望苑門遙舉袖。傳聲宣喚近臣來

自教宮娥學打毬。玉鞍初跨柳腰柔。上棚知是官家認。遍遍長嬴第一籌

婕妤生長帝王家。常近龍顏逐翠華。楊柳岸春日暮。傍池行困倚桃花

羅彩玉帶最風流。斜挿銀篦裹頭。聞得殿前調御馬。掉鞭橫過小紅樓

小小宮娥到內園。未梳雲鬢臉如蓮。自從配與夫人後。不使尋花亂入船

半夜搖船載內家。水門紅蠟一行斜。聖人正在宮中飲。宣使池頭旋折花

酒庫新修近水旁。潑醅初熟五雲漿。殿前供御頻宣索。進入花間一陣香

管絃聲急滿龍池。宮女藏鬮夜宴時。好是聖人親捉得。便將濃墨掃雙眉

龍池九曲遠相通楊柳絲牽兩岸風長似江南好風景畫船來去碧波中。
東內斜將紫禁通龍池鳳苑夾城中曉鐘聲斷嚴粧罷院院紗窗海日紅。
殿名新立號重光島上亭臺盡改張但是一人行幸處黃金閣子鎖牙床。
安排諸院接行廊水檻周迴十里長青錦地衣紅繡毯盡鋪龍腦鬱金香。
廚盤進食簇時新侍宴無非列近臣日午殿頭宣索繪隔花催喚打魚人。
立春日進內園花紅蕊輕輕嫩淺霞跪到玉階猶帶露一時宣賜與宮娃。
御製新翻曲子成六宮纔唱未知名盡將檻藥來抄譜先按君王玉笛聲。
六宮官職總新除宮女安排入畫圖二十四司分六局御前頻見錯相呼。
旋移紅樹劚青苔宣使龍池更鑿開展得綠波寬似海水心樓殿勝蓬萊。
春風一面曉妝成偷折花枝傍水行卻被內監遙觀見故將紅豆打黃鶯。
供奉頭籌不敢爭上棚等喚近臣名內人酌酒繞宣賜馬上齊呼萬歲聲。
翔鸞閣外夕陽天樹影花光遠接連望見內家來往處水門斜過畫樓船。
新秋女伴各相逢卷畫船飛別渚中旋折荷花伴歌舞夕陽斜照滿衣紅。
月頭支給買花錢滿殿宮人近數千遇著唱名多不語含羞走過御牀前。
沉香亭子傍池斜夏日巡遊歇翠華簾畔玉盆盛淨水內人手裏剖銀瓜。

金畫香臺出露盤黃龍雕刻遶朱欄焚修每遇三元節天子親簪白玉冠。
錦城上起凝烟閣擁殿遮樓一向高認得聖顏遙望見碧欄干映赭黃袍。
大臣承寵賜新莊梔子園東柳院傍每日聖恩親幸到板橋頭是讀書堂。
慢梳蟬鬢著輕紅春早爭求芍藥叢近日承恩移住處夾城裏面占新宮。
別色宮司御輦家黃衫束帶臉如花深宮內苑參承慣從金輿到日斜。
太液波清水殿涼畫船驚起宿鴛鴦翠眉不及池邊柳取次飛花入建章。
海棠花發盛春天遊賞無時引御筵遠岸結成紅錦帳暖枝猶拂畫樓船。
明朝臘日官家出隨駕先須點內人回鶻衣裝回鶻馬就中偏稱小腰身。
鞍韉盤龍閃色裝黃金壓胯紫游韁自從揀得真龍骨別置東頭小馬房。
翠輦每從城畔出內人相次立池邊嫩荷花裏搖船去一陣香風逐水來。
宮娥小小艷紅妝唱得歌聲遶畫梁緣是太妃新進入座前頒賜小羅箱。
池心小樣釣魚船入玩偏宜向晚天掛得綵帆教便放急風吹過水門邊。
嫩荷香撲釣魚亭水面文魚作隊行宮女竞來池畔看傍簾呼喚勿高聲。
白藤花限白銀花閣子當門寢殿斜近被宮中知了事每來隨駕使煎茶。
西毬場裏打毬回御宴先於苑內開宣索教坊諸妓樂傍池催喚入船來。

新翻酒令著詞章侍宴初開意却忙宣使近臣傳內本書家院裏遍抄將
三清臺近苑牆東樓檻層層映水紅盡日綺羅人度曲管絃歌在半天中
內人承寵賜新房紅紙泥窗遶畫廊種得海柑纔結子乞求自進與君王
金碧欄干倚岸邊捲簾初聽一聲蟬殿頭日午搖紈扇宮女爭來玉座前
侍女爭揮玉彈弓金丸飛入亂花中一時驚起流鶯散踏破殘花滿地紅
翠華香重玉爐添雙鳳樓頭曉日暹扇掩紅鸞金殿悄一聲清蹕掩珠簾
春心滴破花邊漏曉夢敲回禁裏鐘十二楚山何處是御樓曾見兩三峰
蕙炷香銷燭影殘御衣熏盡輒更闌歸來困頓眠紅帳一枕西風夢裏寒

第三編上　近世婦女文學（宋遼）

第一章　宋之宮廷文學

婦女文學至宋愈衰卽宮廷文學亦不及前代之盛太宗廣慧夫人。號稱有文才今僅傳迴文一記英宗高后歷神宗哲宗二朝晚臨朝政登用司馬光呂公著文彥博諸人時稱爲女中堯舜史雖載其一二詔令大抵出於詞臣惟南渡後寧宗楊后聰慧博學作宮詞五十首。亦花蕊之亞也茲選存十餘首如下。

宮詞

瑞日瞳瞳散曉紅乾元萬國珮丁東紫宸北使班纔退百辟同趨德壽宮。

元宵時雨賞宮梅恭請光堯壽聖來醉裏君王扶上輦鸞與半仗點燈回

柳枝挾雨握新綠桃蕊含風破小紅天上春光偏得早嵯峨宮殿五雲中。

曉窗生白已鶯啼啼在宮花第幾枝煙斷獸鑪香未絕曲房朱戶夢回時

一簾小雨卻春寒禁籞深沉畫閒滿地落花紅不掃黃鸝枝上語綿蠻

上林花木正芳菲內裏爭傳御製詞春賦新翻入宮調美人羣唱捧瑤巵

海棠花裏奏琵琶沉碧池邊醉九霞禁籞融融春日靜五雲深護帝王家

後院深沉景物幽奇花名竹弄春柔翠華經歲無遊幸多少亭臺廢不修

天中聖節禮非常躬率羣臣上壽觴。天子捧盤仍再拜。侍中宣達近龍牀。
繞堤翠柳忘憂草夾岸紅葵安石榴御水一溝清徹底晚涼時泛小龍舟。
宮殿鈎簾看水晶時當三伏熾炎蒸翰林學士知誰直今日傳宣與賜冰。
雲影低涵柏子池秋聲輕度萬年枝要知玉宇涼多少正在觀書乙夜時
瑣窗宮漏滴銅壺午夢驚回落井梧風遞樂聲來玉宇日移花影上金鋪
涼秋結束宣新炎鬪場尙未明一朵紅雲蓋底千官下馬起居身
秋高風動角弓鳴臂健常嫌斗力輕玉陛繊傳看御箭中心雙中謝恩聲
宮槐映日翠陰濃薄暑應難到九重節近賜衣爭試巧彩絲新樣起盤龍
一朵榴花插鬢鴉君王長得笑時誇內家衫子新番出淺色新裁艾虎紗
簾模深深四面垂清和天氣漏聲遲宮中閑裏催繰繭要趁親蠶作五絲
小樣盤龍集翠裘金韁緩控五花騮繡旗開處鈎天奏御棒先過第一籌

又汴梁宮人姓陶名九成亦有宮詞十五首并錄之

宮詞

一入深宮裏經今十五年長因批帖子呼出御牀前。

歲歲逢元夜金蛾鬧簇巾見人心自怯終是女兒身。

殿前輪直罷偸去賭金釵怕見黃昏月懃懃上玉階。
翠翹朱牛背小殿夜藏鉤蕎地羊車至低頭笑不休。
內府頒金帛致酬賀節盤御宮新有旨先與問孤寒。
人間多棗栗不到九重天長被黃衫吏攤月賜錢。
仁聖生辰節君王進玉卮壽棚兼壽酒留待北還時
邊奏行臺急東華夜啟封內人推步輦不候景陽鐘。
畫燭雙雙引珠簾一一開輦前齊下拜歡飲辟寒杯。
聖躬香閣內只道下朝遲扶杖嬌無力紅綃貼玉肌。
今日天顏喜東朝內閣開外邊農事動詔遣敎坊回
駕前雙白鶴日日候朝回自送鸞輿去經年更不來
別殿宮刀響倉皇接鄭王尙愁宮正怒含淚強添妝。
一向傳宣喚誰知不復還來時舊鍼線記得在窗間。
北去遷河漠誠心畏從行不知當日死頭白苦爲生。
宋之舊宮人流落或改適士人或爲女冠見宋遺民詩歌就中與汪水雲唱和者尤多金德
淑者宋宮人入元歸章丘李嘉謨金姬別傳曰李嘉謨至元都月夜獨歌曰萬里倦行役秋

三

第三編　第一章　宋之宮廷文學

來瘦幾分因看河北月忽憶海東雲夜靜聞鄰婦有倚樓泣者明日訪其家則宋舊宮人金德淑也因過叩之德淑曰客非昨夜悲歌人乎此亡宋昭儀黃惠淸寄汪水雲詩因言吾輩當日皆有詩贈水雲乃自舉所作望江南詞歌畢泣下其望江南詞贈汪水雲曰

春睡起積雪滿燕山萬里長城橫縞帶六街燈火已闌珊人在玉樓間

又有王淸惠亦宋昭儀入元爲女道士號沖虛疑與贈水雲詩之黃惠淸是一人而傳聞異辭也王淸惠有題驛壁滿江紅詞曰

太液芙蓉渾不是舊時顏色曾記得承恩雨露玉樓金闕名播蘭簪妃后裏暈潮蓮臉君王側忽一朝鼙鼓揭天來繁華歇

龍虎散風雲滅千古恨憑誰說對山河百二淚沾襟血驛館夜驚塵土夢宮車曉碾關山月願嫦娥相顧肯從容隨圓缺

第二章 李易安

第一節 李易安事略

宋婦女文學李易安最爲傑出兼擅詩文各體而尤長於詞惜其集不傳今僅傳漱玉詞一卷耳宋史李格非傳曰女淸照詩文尤有稱於時嫁趙挺之之子明誠自號易安居士愈理初易安居士事輯曰易安居士李淸照宋濟南人父格非母王狀元拱辰孫女並工文章居

歷城城西南之柳絮泉上易安幼有才藻元符二年年十八適太學生諸城趙明誠明誠父挺之時為吏部侍郎格非為禮部員外郎明誠夢誦一書曰言與司合安上已脫芝芙草拔挺之曰此離合字詞女之夫也此出娵嬛記至於易安嫁明誠後其事蹟略具金石錄後序及自序甚詳偶有複文茲並錄之易安金石錄後序曰

予以建中辛巳歸趙氏時丞相作吏部侍郎家素貧儉德甫在太學每朔望謁告出質衣取半千錢步入相國寺市碑文果實歸相對展玩咀嚼後二年從官便有窮盡天下古文奇字之志傳寫未見書買名人書畫古奇器有持徐熙牡丹圖求錢二十萬留信宿計無所得捲還之夫婦相向惋悵者數日及連守兩郡竭俸入以事鉛槧每獲一書即日勘校裝緝得名畫彝器亦摩玩舒卷摘指疵病盡一燭為率故紙札精緻字畫全整冠於諸家每飯罷坐歸來堂烹茶指堆積書史言某事在某書某卷第幾葉第幾行以中否勝負為飲茶先後中則舉否則大笑或至茶覆懷中不得而起凡書史百家字不刓缺本不誤者輒市之儲作副本靖康丙午德甫守淄川聞虜犯京師盈箱溢篋戀戀悵悵知其必不為已物建炎丁未奔太夫人喪南來既長物不能盡載乃先去書之印本重大者畫之多幅者器之無款識者已又去書之監本畫之平常者器之重大者所載尚十五連艫渡淮江其青州故第所鎖十間屋期以明年具舟載之又化為煨燼已酉歲六月德甫駐家池

陽獨赴行都自岸上望舟中告別予意甚惡呼曰如傳聞城中緩急奈何遙應曰從衆必不得已先棄輜重次衣衾次書册次卷軸次古器獨宗器者可自負抱與身俱存亡勿忘之徑馳馬去秋八月德甫以病不起時六宮往江西予遣二吏部所存書二萬卷金石刻二千本先往洪州至冬虜陷洪遂盡委棄所謂連艫渡江者又散爲雲煙矣獨餘輕小卷軸寫本李杜韓柳集世說鹽鐵論石刻數十副軸鼎鼐十數及南唐書數篋偶在臥內歸然獨存上江旣不可往乃之台溫之衢之越之杭寄物於嵊縣庚戌春官收叛卒悉取去入故李將軍家歸然者十失五六猶有五七簏挈家寓越城一夕爲盜穴壁負五簏去盡爲吳說運使賤價得之僅存不成部帙殘書策數種忽閱此書如見故人因憶德甫在東萊靜治堂裝標初就芸籤標帶束十卷作一帙日校二卷跋一卷此二千卷有題跋者五百二卷耳今手澤如新墓木已拱乃知有有必有無之聚必有散亦理之常又胡足道所以區區記其終始者亦欲爲後世好古博雅者之戒云

易安又自序遭變本末甚悉與前篇文有詳略茲並錄之其辭曰

靖康丙午歲侯守淄川聞金人犯京師四顧茫然書畫溢箱篋且戀戀且悵悵知必不爲己物矣建炎丁未春三月奔太夫人喪南來旣長物不能盡載乃先去書之重大印本者又去畫之多幅者又去古器之無款識者後又去書之有監板者畫之平常者器之重大

者凡屢減去尙載書十五車至東海連艦渡淮至建康時青州故第尙鎖書册什物用屋十餘間期明年春具舟載之十二月金人陷青州遂爲灰燼戊申九月侯起復知建康已酉三月罷具舟上蕪湖入姑孰將卜居於贛水上五月至池陽被旨知湖州過闕上殿遂住家池陽獨赴召六月十三日負擔舍舟坐岸上葛衣岸巾精神如虎目光爛爛射人望舟中告別余意甚惡呼曰忽傳聞城中緩急奈何應曰從衆必不得已先去輜重次衣服次書册卷軸次古器獨所謂宗器者自抱負與身存亡勿忘也遂馳馬去途中奔馳冒大暑感疾至行在病痁七月末書報臥病余驚怛念侯性素急奈何病痁或熱必服寒藥疾可憂遂解舟下一日夜行三百里比至果大服柴胡黃芩藥瘧且痢病危在膏肓余悲泣倉皇不忍問後事八月十八日遂不起取筆作詩絕筆而逝殊無分香賣履之態葬畢余無所之時朝廷已分遣六宮及傳江當禁渡猶有書二萬餘卷金石刻二千卷器皿裀褥可待百客他長物稱是余又大病僅存喘息事勢日迫念侯有妹壻任兵部侍郞從衞在洪州遂遣二故吏先部送行李往投之十二月金人陷洪州遂盡委棄獨余少輕小卷軸書帖寫本書十數册偶病中把玩在臥內者獨存上江旣不可往又虜勢叵測有弟迒任敕局删定官遂往依之到台台守已遁之剡出睦棄衣被走黃巖雇舟入海奔行朝時駐蹕章

安從卸舟之溫又之越庚戌十二月放散百官遂之衢紹興辛亥三月復赴越壬子又赴杭先侯病亟時有張飛卿學士攜玉壺過示侯復攜去其實珉也不知何人傳道妄言有頒金之語或言有密論列者余大惶怖不敢言亦不敢遂已盡將家中所有銅器等物欲赴外廷投進到越已幸四明不敢留家中並寫本書寄剡後官軍收叛卒取去聞盡入李將軍家惟有書畫硯墨六七簏常在臥榻下手自開合在會稽卜居土民鍾氏宅忽一夕穿壁負五簏去余悲痛不欲活重賞收贖後二日鄰人鍾復皓出十八軸求賞故知其盜不遠萬計求之其餘遂牢不可出今盡為吳說運使賤價得之所餘一二殘零不成部帙書冊三數種平平書帖猶復愛惜如護頭目何愚也耶今日此書如見故人因憶侯在東萊靜治堂裝卷初就芸籤縹帶束十卷作一帙每日晚輒校勘二卷題跋一卷此二千卷有題跋者五百二卷耳今手澤如新而墓木已拱悲夫昔蕭繹江陵陷沒不惜國亡而毀裂書畫楊廣江都傾覆不悲身死而復取圖書豈以性之所著生死不能忘歟或者天意以其菲薄不足以享此尤物耶抑死者有知猶斤斤愛惜不宜留人間耶何得之難而失之易也然余自少陸機作賦之二年至過蘧瑗知非之兩歲三十四年之間憂患得失何其多也然有有必有無有得必有失乃理之常人亡弓人得之又何足道所以區區記此者亦欲為後世博雅好古者之戒云爾

易安生平就其文中所自述者大略具見矣而雲麓漫抄及李心傳建炎以來繫年要錄謂易安於明誠卒後再嫁張汝舟後結訟又詔離之有文案漫抄並載易安謝綦崇禮啟蓋好事者點竄原詞以實其事俞理初爲辨誣甚詳蓋易安晚年殆依弟迒老於金華未嘗有改適之事也後人集其所著爲文七卷詞六卷行於世見宋史藝文志今所傳惟詞略多原集則久佚矣其金石錄後序稿在王厚之家洪邁見之述其大概於容齋四筆朱子稱本朝婦人能文章者曾相布妻魏及李易安二人而已易安能詩詞文四六又能畫宋濂集謂陳查良藏有易安畫琵琶行圖太平清話謂莫廷韓買得易安畫墨竹一幅亦見易安不僅能詩詞且多能藝事其天才爲不可及矣

第二節 李易安與詞學

婦人之爲詞者唐以來有之而隋侯夫人之看梅曲或以爲亦詞之濫觴也其詞曰。

砌雪無消日捲簾時自颦庭梅對我有憐意先露枝頭一點春。

唐人爲詞蓋緣樂府之變晚唐五季爲盛而婦人無名家楊貴妃之阿那曲柳氏之楊柳枝。

已見前皆詞之別體又王麗眞女郞字字雙曲曰牀頭錦衾斑復斑架上朱衣殷復殷空庭明月閑復閑夜長路遠山復山此特詩之流耳耿玉眞亦唐末女子乃有菩薩蠻詞曰。

玉京人去秋蕭索畫簷鵲起梧桐落欲枕悄無言月和殘夢圓 背燈唯暗泣甚處砧聲

急眉黛遠山攢芭蕉生暮寒。

五代時閩嗣主王廷鈞之后陳氏名金鳳有樂遊曲曰

龍舟搖曳東復東采蓮湖上紅更紅波淡淡水溶溶奴隔荷花路不通。

蓋唐五代之際婦人為詞者少宋時間有作者在易安前婦人詞傳者率不過一二闋至易安獨蔚為大家睥睨前世嘗為詞論曰

唐開元天寶間李八郎者能歌擅天下時新及第進士開宴曲江榜中一名士先召李使易服隱姓名衣冠敝精神慘沮與之宴所曰表弟願與坐末衆皆不顧既酒行樂作歌者進以曹元念為冠歌罷衆皆嗟咨稱賞名士忽指李曰請表弟歌衆皆哂或有怒者及轉喉發聲一曲衆皆泣下起曰此必李八郎也自後鄭衞聲熾流靡煩變有菩薩蠻春光好莎雞子更漏子浣溪沙夢江南漁父等詞不可徧舉五代時江南李氏獨尚文雅有小樓吹徹玉笙寒之句及吹皺一池春水語雖奇甚所謂亡國之音哀以思也本朝柳屯田永變舊聲作新聲出樂章集大得聲稱於世雖協音律而詞語塵下又有張子野宋子京兄弟沈唐元絳晁次膺輩繼出雖時有妙語而破碎何足名家至晏丞相歐陽永叔蘇子瞻學際天人作為小歌詞直如酌蠡水於大海然皆句讀不葺之詩耳又往往不協音律蓋詩文分平側而歌詞分五音又分五聲又分六律又分清濁輕重且如近世所謂聲

聲慢雨中花喜遷鶯既押平聲又押入聲玉樓春平聲又押入聲又押上去聲又押入聲其本押側韻者如本上聲協押入聲則不可通矣王介甫曾子固文章似西漢若作小歌詞則人必絕倒不可讀也乃知詞別是一家知之者少後晏叔原賀方回秦少游黃魯直出始能知之而晏苦無鋪敍賀苦少典重秦少游專主情致而少故實譬如貧家美女雖極妍麗豐逸。而終乏富貴態黃卽尙故實而多疵病譬如良玉有瑕價自減半矣。

右見漁隱叢話蓋易安深明音律譏彈前輩旣中其病而詞亦日益工矣。

易安與明誠結褵未久明誠出遊易安意殊不忍別書一翦梅詞於錦帕送之曰

紅藕香殘玉簟秋輕解羅裳獨上蘭舟雲中誰寄錦書來雁字回時月滿西樓。花自飄零水自流一種相思兩處閒愁此情無計可消除才下眉頭卻上心頭

又嘗以重陽醉花陰詞函致明誠明誠歎賞之一切謝客廢寢忘食者三日夜得五十餘闋雜易安作以示友人陸德夫德夫玩誦再三曰有三句乃絕佳明誠詰之曰莫道不消魂簾卷西風人比黃花瘦政易安作也其全篇曰

薄霧濃雲愁永晝瑞腦銷金獸佳節又重陽。玉枕紗廚半夜涼初透。東籬把酒黃昏後。有暗香盈袖莫道不銷魂簾卷西風人比黃花瘦

張正夫曰易安元宵永遇樂詞云落日鎔金暮雲合璧已自工緻。至於染柳煙輕。吹梅笛怨

春意知幾許氣象更好後疊云於今憔悴風鬟霜鬢怕向花間重去。（二語與今本異見下）皆以尋常語度入音律鍊句精巧則易平淡入調者難且秋詞聲聲慢此乃公孫大娘舞劍手本朝非無能詞之士未曾有一下十四疊字者後疊又云到黃昏點點滴滴又使疊字。俱無斧鑿痕怎生得黑黑字不許第二人押婦人有此奇筆殆間氣也

永遇樂

落日鎔金暮雲合璧人在何處染柳煙濃吹梅笛怨春意知幾許元宵佳節融和天氣次第豈無風雨來相召香車寶馬謝他酒朋詩侶 中州盛日閨門多暇記得偏重三五鋪翠冠兒撚金雪柳簇帶爭濟楚如今憔悴風鬟霧鬢怕是夜間出去不如向簾兒底下聽人笑語

聲聲慢

尋尋覓覓冷冷清清悽悽慘慘戚戚乍暖還寒時候最難將息三杯兩盞淡酒怎敵他晚來風急雁過也正傷心卻是舊時相識 滿地黃花堆積憔悴損如今有誰堪摘守著窗兒獨自怎生得黑梧桐更兼細雨到黃昏點點滴滴這次第怎一箇愁字了得

易安詞之尤工者錄數闋於下。

如夢令

昨夜雨疏風驟濃睡不消殘酒。試問捲簾人卻道海棠依舊。知否知否應是綠肥紅瘦。

苕溪漁隱叢話曰近時婦人能文詞如李易安頗多佳句如云綠肥紅瘦此語甚新黃了翁曰一問極有情答以依舊答得極澹跌出知否二句來而綠肥紅瘦無限悽惋卻又妙在含蓄短幅中藏無數曲折自是聖於詞者。

壺中天慢

蕭條庭院又斜風細雨重門深閉寵柳嬌花寒食近。種種惱人天氣險韵詩成扶頭酒醒。別是閒滋味征鴻過盡萬千心事難寄　樓上幾日春寒簾垂四面玉闌干慵倚被冷香消新夢覺不許愁人不起清露晨流新桐初引多少游春意日高煙歛更看今日晴未

黃叔暘云前輩稱易安綠肥紅瘦爲佳句予謂寵柳嬌花語亦甚奇俊前此未有能道之者。

鳳凰臺上憶吹簫

香冷金猊被翻紅浪起來慵自梳頭任寶奩塵滿日上簾鉤生怕離懷別苦多少事欲說還休新來瘦非干病酒不是悲秋　休休這回去也千萬徧陽關也則難留念武陵人遠煙鎖秦樓唯有樓前流水應念我終日凝眸凝眸處從今又添一段新愁。

孤雁兒 并序

世人作梅詞下筆便俗予試作一篇乃知前言不妄耳。

藤牀紙帳朝眠起。說不盡無佳思。沈香煙斷玉鑪寒。伴我情懷如水。笛聲三弄梅心驚破。多少春情意。　小風疏雨瀟瀟地。又催下千行淚。吹簫人去玉樓空腸斷與誰同倚一枝折得人間天上沒箇人堪寄。

武陵春

風住塵香花已盡日晚倦梳頭。物是人非事事休。欲語淚先流。　聞說雙溪春尚好也擬泛輕舟只恐雙溪舴艋舟載不動許多愁。

浣溪沙二首

淡蕩春光寒食天玉鑪沈水裊殘煙。夢回山枕隱花鈿。　海燕未來人鬭草。紅梅已過柳生綿黃昏疏雨溼秋千。

前調

髻子傷春懶更梳晚風庭院落梅初淡雲來往月疏疏。　玉鴨薰鑪閒瑞腦朱櫻斗帳掩流蘇通犀還解辟寒無。

第三節　李易安之詩

碧雞漫志謂易安自少年兼有詩名才力華贍逼近前輩朱子稱易安詩兩漢本繼紹新室如贅疣所以稊中散至死薄殷周不圖婦人有此筆力然不見全篇風月堂詩話引其斷句

如詩情如夜鵠三遶未能安少陵也是可憐人更待明年試春草清波雜志謂易安在江寧日每值天大雪即頂笠披簑循城遠覽得句必要賡和明誠每苦之蓋易安襟懷超邁故其詩每有秀逸之氣惜傳者不多耳今錄其可見者數章

易安五言古詩僅傳二章其曉夢詩尤飄然有仙骨也

曉夢

曉夢隨疎鐘飄然躡雲霞因緣安期生邂逅萼綠華秋風正無賴吹盡玉井花共看藕如船同食棗如瓜翩翩座上客意妙語亦佳嘲辭鬭詭辨活火分新茶雖非助帝功其樂莫可涯人生能如此何必歸故家起來歛衣坐掩耳厭喧譁心知不可見念念猶咨嗟

上韓樞密詩

三年夏六月天子視朝久凝旒望南雲垂衣思北狩如聞帝曰岳牧與羣后賢寧違半□運已過陽九勿勒燕然銘勿種金城柳豈無純孝臣識此霜雪悲何必舍羹肉便可載車脂土地非所惜玉帛亦塵泥誰可當將命幣重辭益卑四岳僉曰俞臣下帝所知中朝第一人春官有昌黎身爲百夫特行爲萬人師嘉祐與建中爲政有臯夔漢家貴王商唐室重子儀見時應破膽將命公所宜

易安七言古體有四章如下

第三編　第二章　李易安

一五

和張文潛湘溪中興頌碑詩

五十年功如電埽，華清花柳咸陽草。五坊供奉鬬雞兒，酒肉堆中不知老。胡兵忽自天上來，逆胡亦自姦雄才。勒政樓前走胡馬，珠翠蹴盡香塵埃。六師出戰輒披靡，前致荔支馬多死。堯功舜德誠如天，安用區區紀文字。著碑刻銘眞陋哉，乃令神鬼磨山崖。子儀光弼不自猜，天心悔禍人心開。夏爲殷鑒當深戒，簡策汗青今具在。君不見當時張說最多機，雖生已被姚崇賣。

重和前詩

君不見驚人廢興唐天寶，中興碑上今生草。不知負國有奸雄，但說成功尊國老。誰令妃子天上來，虢秦韓國皆仙才。苑中羯鼓玉方響，春風不敢生塵埃。姓名誰復知安史，健兒猛將安眠死。去天尺五抱甕峯，峯頭鑿就開元字。時移勢去眞可哀，奸人心魂深如崖。西蜀萬里尙能返，南内一閉何時開。可憐孝德如天大，反使將軍稱好在。嗚呼奴輩胡不能，道輔國用事張后專。祇能道春薺長安作斤賣。

上胡尚書詩

胡公清德人所難，謀同德協置器安。解衣已道漢恩煖，離詩不怯關山寒。皇天久陰后土溼，雨勢未迴風勢急。車聲轔轔馬蕭蕭，壯士悽夫俱感泣。閨閤嫠婦亦何知，灑血投詩干

感懷

窗寒敗几無書史公路生平竟至此青州從事孔方兄終日紛紛喜生事作詩謝絕聊閉門處室香生有佳思靜中乃見吾眞吾鳥有先生子虛子

易安近體詩亦傳數章撰錄數首於下

皇帝閣

日月堯天大璿璣舜厤長或聞行殿帳多是上書囊莫是黃金簞新除玉局牀春風送庭燎不復用沈香

絕句

生當爲人傑死亦作鬼雄至今思項羽不肯過江東

題八詠樓

記室邱父非荒城勿輕談士棄儒生憒王墓下馬猶倚寒號城邊雞未鳴巧匠亦曾顧樓櫟蒭蕘之詢或有益不乞隋珠與和璧但乞鄉關新信息靈光雖在應蕭條草中翁仲今何若遺民定尙種桑麻敗將如聞保城郭嫠家祖父生齊魯位下名高人比數當年稷下縱談時猶記人揮汗如雨子孫南渡今幾年漂零遂與流人伍願將血淚寄河山去灑青州一抔土

春殘

千古風流八詠樓江山留與後人愁水通南國三千里氣壓江城十四州。

春殘何事苦思鄉病裏梳頭恨髮長梁燕語多終日在薔薇風細一簾香。

漁隱叢話載易安句曰南來猶怯吳江冷北狩應知易水寒又云南渡衣冠思王導北來消息少劉琨憤激發意悲語明所非刺者衆矣又嘗爲詩誚應舉進士曰露花倒影柳三變桂子飄香張九成應舉者服其工對傳誦而惡之易安旣才高歷詆當世忌者銜之遂誣其晚年改適遺集今又不傳而其詩筆秀朗迥出時流猶可因是考見也

第四節　李易安雜文與四六

易安本有集七卷明焦竑國史經籍志云十二卷則并詞言之直齋書錄又有打馬賦一卷。蓋打馬賦當時亦自集中別行也此外如金石錄後序已見於前又別有序一篇及其餘四六雜文并錄於此

打馬賦

歲令云徂或可呼千金一擲百都尊俎具陳已行揖讓之禮主賓旣醉不有博弈者乎打馬爰興樗蒲遂廢實小道之上流乃深閨之雅戲齊驅驥騄疑穆王萬里之行間列玄黃類楊氏五家之隊珊珊珮響方驚玉鐙之敲落落星羅忽見連錢之碎若迺吳江

楓落燕山葉飛玉門關閉沙范草肥臨波不渡似惜障泥或出入用奇有類昆陽之戰或優游仗義正如涿鹿之師或聞望久高脫復庾郎之失或聲名素昧便同癡叔之奇亦有緩緩而歸昂昂而立鳥道驚蟬封安步欵嶇峻坂未遇王良侷促鹽車難逢造父且夫邱陵雲遠白雲在天心存戀豆志在著鞭止蹄黃葉何異金錢用五十六采之間行九十一路之內明以賞罰毅其殿最運指揮於方寸之中決勝負於幾微之外且好勝者人之常情游藝者士之末技說梅止渴稍蘇奔競之心畫餅充饑少謝膽驤之志將圖實效故臨難而不回欲報厚恩故知幾而先退或銜枚緩進已踰關塞之艱或奮勇爭先莫悟深塹之墜因不知止足自貽尤悔況寫之不已事實見於正經用之以經義必合於天德。故繞牀大叫五木皆盧瀝酒一呼六子盡赤平生不負遂成劍閣之以經義必合於天德。泥之賊今日豈無元子明時不乏安石又何必陶長沙博局之投正當師袁彥道布幅之擲也亂曰佛貍定見卯年死貴賤紛紛尚流徒滿眼驊騮及駭耳時危安得眞致此木蘭橫戈好女子老矣不復志千里但願相將過淮水。

打馬圖說

慧則通通則無所不達專則精精則無所不妙。故庖丁解牛郢人運斤師曠之聽離婁之察大至堯舜之仁桀紂之惡小至擲豆起蠅巾角拂棋皆臻其極者妙而已夫博無他爭先術耳故專者勝余性專博凡所謂博者皆耽之南渡流離盡散博具今年冬十月朔聞淮上警報江浙之人自東走西自南走北居山林者謀入城市居城市者謀入山林旁午絡繹莫知所之余亦自臨安泝流過嚴灘抵金華卜居陳氏第乍釋舟楫而見窗軒意頗適然更長燭明。如此良夜何於是乎博弈之事講矣。且長行葉子博塞彈棋世無傳者打褐大小豬窩族胡畫數倉賭快之類皆鄙俚不經見藏酒樗蒲雙蹙融近漸廢絕選仙加減插關火質魯任命無所施智巧。大小象戲弈棋又止容二人獨采選打馬特爲閨房雅戲嘗恨采選叢煩勞於檢閱又能通者少難遇勁敵打馬簡要而苦無文采按打馬世有二種一種將十馬者謂之關西馬一種將二十馬者謂之依經馬流傳旣久各有圖經凡例可考行移賞罰互有同異宣和間人取二種馬參雜加減大約交加饒倖古意盡矣所謂宣和馬者是也。余獨愛依經法因其賞罰互度每事作數語隨事附見使兒輩圖之不獨施之博徒亦足貽諸好事使千百世後知命辭打馬始自易安居士也時紹興四年十有二月二十四日。

金石錄序

右金石錄三十卷。趙侯德甫所著書也取上自三代下迄五季。鐘鼎彝鬲盤匜尊敦之款識豐碑大碣顯人晦士之事迹凡見於金石刻者二千卷皆是正譌謬去取褒貶上足以合聖人之道。下足以訂史氏之失者。皆載之。可謂多矣。嗚呼自王播元載之禍。書畫與胡椒無異長輿元凱之病錢癖與傳癖何殊名雖不同其為惑則一也
易安尤長四六。媧媗記四六談麈宋文粹拾遺並載易安賀攣生啟云無午未二時之分。有伯仲兩楷之似既繫臂而繫足實難弟而難兄玉刻雙璋錦挑對祙注言任文二子攣生德
卿生於午道卿生於未張伯楷仲楷兄弟相似形狀無二白侭兄弟母不能辨以五色采繩一繫於臂一繫於足其用事明當如此。四六談麈又載易安祭明誠文有云曰正中歎龎
公之機敏堅城自墮憐杞婦之悲深皆不見全篇雲麓漫鈔錄其謝蓁崇禮啟文筆劣下中
雜佳語俞理初斷為定是改竄本近日周荇農宮閨文選於此啟獨有裁削荇農博洽不知
他有所據否或其原文自如此也今依周本錄之。

謝中書舍人蓁崇禮啟
清照素習義方粗明詩禮近因疾病欲至膏肓牛蟻不分灰釘已具。豈期末事乃得上聞。
取自宸衷付之廷尉抵雀捐金利將安在將頭碎壁失固可知實自謬愚分知獄市內翰
承旨縉紳望族冠蓋清流目下無雙人間第一奉天收復本緣陸贄之詞淮蔡底平共傳
昌黎之筆哀憐無告義同解驂感戴洪恩事貟出已故茲白首得免丹書雖南山之竹豈
能窮多口之談惟智者之言可以止無根之謗。

蓋易安以張飛卿玉壺事涉訟見前所自述好事者改玉壺為玉臺以張飛卿為張汝舟遂有改嫁之說漫抄中謝縗學士啟乃有猥以桑榆之末景配茲駔儈之下才殆就原啟增益詞句以厚誣易安漁隱叢話及李心傳繫年要錄並不察其實而妄載之誠已過矣已有俞理初為之詳辨故不復悉論焉。

第三章　朱淑眞

朱淑眞錢唐人才色清麗罕有比者所偶非倫賦斷腸詩十卷以自解臨安王唐佐為傳述其本末吳中士夫集其詩二百餘篇宛陵魏仲恭為之序今觀其詩雖時有闒闒之致而少深思由其怨懷多觸遣語容易也茲掇其尤者數章於此

傷春

閣淚拋詩卷無聊酒獨親客情方惜別心事已傷春柳暗輕籠日花飛半掩塵鶯聲鶯蝶夢喚起舊愁新

春陰

陡覺湘裙剩帶圍情懷常是被春欺半簷落日飛花後一陣輕寒微雨時幽谷想應鶯出晚舊巢卻怪燕歸遲間關幾許傷懷處悒悒柔情不自持

清晝

竹搖清影罩幽窗兩兩時禽噪夕陽謝卻海棠飛盡絮困人天氣日初長。

晴和

海棠深院雨初收苔徑無風蝶自由寂寂珠簾歸燕未子規啼處一春愁。

寓懷

菊有黃花籬檻邊哀鴻聲杳下寒天偏宜小閣幽窗下獨自燒香獨自眠

三月三日

林花落盡草初齊客裏蕭條思欲迷又是春光去時節滿城飛絮亂鶯啼。

春曉

挑盡殘燈夢欲迷子規啼絕小樓西紗窗偷眼天將曉無數宿禽花下飛。

淑真有斷腸詞一卷清警猶勝於詩也亦錄數章

謁金門

春已半觸目此情無限十二闌干閒倚遍愁來天不管　好是風和日煖輸與鶯鶯燕燕。

滿院落花簾不捲斷腸芳草遠

清平樂

惱煙撩露留我須臾住攜手藕花湖上路一霎黃梅細雨　嬌癡不怕人猜隨羣暫遣愁

眼兒媚

懷最是分攜時候歸來懶傍妝臺。遲遲風日弄輕柔花徑暗香流清明過了不堪回首雲鎖朱樓。午窗睡起鶯聲巧何處喚春愁綠楊影裏海棠枝畔紅杏梢頭。

柳梢青 梅

雪舞霜飛隔簾花影微見橫枝不道寒香解隨羌管吹到屏幃。 箇中風味誰知睡乍起烏雲甚欹嚼蕊挼英淺顰輕笑酒半醒時。

減字木蘭花

獨行獨坐獨倡酬還獨臥佇立傷神無奈輕寒著摸人。 此情誰見淚洗殘妝無一半。愁病相仍剔盡寒燈夢不成。

蝶戀花

樓外垂楊千萬縷欲繫青春少住春還去猶自風前飄柳絮隨春且看歸何處。 綠滿山川聞杜宇便做無情莫也愁人意把酒送春春不語黃昏卻下瀟瀟雨。

江城子

斜風細雨作春寒。對尊前憶前歡曾把黎花寂寞淚闌干芳草斷煙南浦路和別淚看青

第四章　宋婦女之詞

樂府變而有詞，詞至宋而極盛，故宋婦人多工詞者。當時以詞被於絃管上自閨閣下逮娼妓皆習爲詞，亦風氣使然矣。自漱玉詞斷腸詞特爲大家，已述於前茲復據羣書所載者采而附諸此焉。說部載女子紫竹工詞，然傳者至猥陋，故削不錄。

天聖中有盧氏女者，父爲縣令，女隨從漢州歸題泥溪驛壁蝶戀花一闋曰：

蜀道青天烟霧翳帝里繁華迢遞何時至。回望錦川揮粉淚鳳釵斜嚲烏雲膩。　綬帶雙垂金縷細玉珮珠瓏露滴寒如水。從此鸞妝添遠意畫眉學得遙山翠。

王齊叟彥齡妻舒氏夫婦皆善詞曲，婦翁本武人，彥齡頗失禮於翁，翁怒邀其女歸竟至離絕，女在父家偶獨行池上懷其夫作點絳脣一闋曰：

獨自臨池悶來強把闌干凭。舊愁新恨耗卻年時興。　鷺散魚潛煙斂風初定。波心靜照人如鏡少箇年時影。

阮逸女亦能為詞。有花心動詞曰

仙苑春濃小桃開枝枝堪攀折乍雨乍晴輕煖輕寒漸近賞花時節柳搖臺榭東風軟。簾櫳靜幽禽調舌斷魂遠尋翠徑頓成愁結 此恨無人共說還立盡黃昏寸心空切強整繡衾獨掩朱扉簟枕為誰鋪設夜長更漏傳聲遠窗映銀缸明滅夢回處梅梢牛籠淡月。

曾布妻魏夫人頗有文才然今僅傳詩一首及詞數闋而已朱子謂宋婦人能文者惟魏夫人及李易安二人推之甚至魏夫人非徒工詞者以其詞傳者略多故幷入於此

虞美人

鴻門戰士紛如雪十萬降兵夜流血咸陽宮殿三月紅霸業已隨灰盡滅剛強必死仁義王陰陵失道非天亡英雄本學萬人敵何用屑屑悲紅妝三軍散盡旌旗倒玉帳佳人座中老香魂逐劍光飛青血化為原上草芳心寂寞倚寒枝舊曲聞來似斂眉哀怨徘徊愁不語恰如夜聽楚歌時滔滔逝水流今古漢楚興亡兩邱土當年遺事久成空慷慨尊前為誰舞

菩薩蠻

溪山掩映斜陽裏樓臺影動鴛鴦起隔岸兩三家出牆紅杏花 綠楊堤下路早晚溪邊

第三編　第四章　宋婦女之詞

去。三見柳絲飛離人猶未歸。

好事近

雨後曉寒輕花外早鶯啼歇愁聽隔溪殘漏正一聲淒咽。　不堪西望去程賒離腸萬回結不似海棠花下按梁州時節。

點絳脣

波上清風畫船明月人歸後漸消殘酒獨自凭欄久。　聚散匆匆此恨年年有重回首渺煙疎柳隱隱燕城漏。

侯鯖錄云延安夫人是蘇子容丞相之妹有寄妹詞

更漏子 寄季玉妹

小闌干深院宇依舊當時別處朱戶鎖玉樓空一簾霜日紅。　弄珠江何處是望斷碧雲無際凝淚眼出重城隔溪羌笛聲。

吳淑姬嫁士人楊子治有陽春白雪詞五卷黃陽叔云淑姬詞佳處不減李易安也

惜分飛 送別

岸柳依依拖金縷是我朝來別處惟有多情絮故來衣上留人住。　兩眼啼紅彈與未見桃花又去一片征帆舉斷腸遙指苕溪路。

二七

祝英臺近

粉痕消芳信斷好夢總無據病酒無聊欹枕聽殘雨。斷腸曲曲屏山溫溫沈水卻是舊看承人處。久離阻應念一點芳心閒愁知幾許偷照菱花清瘦自羞覷可堪梅子酸時楊花飛絮亂鶯又催將春去

鄭意娘者楊思厚之妻撒八太尉自盱眙掠得之不辱而死。

好事近

往事與誰論無語暗彈清血何處最堪腸斷是黃昏時節。倚樓凝望又徘徊誰解此情切無計可同歸雁赴江南春色

慕容喦卿妻亦工詞宋人說部書載平江雍熙寺月夜有客聞婦人歌浣溪沙詞傳之姑蘇。喦卿聞之曰此亡妻平生作也寺正其妻殯處

浣溪沙

滿目江山憶舊游汀花汀草弄春柔長亭艤住木蘭舟。雲愁行人莫上望京樓 好夢易隨流水去芳心猶逐曉

黃銖母孫道絢號沖虛居士今傳詞數闋。

如夢令 宮詞

憶少年 葛氏姪女告歸送之

翠罃紅蕉影亂月上朱欄一半風自碧空來吹落歌珠成串不見不見人被繡簾遮斷。雨晴雲斂煙花淡蕩遙山凝碧驅車問征路賞春風南陌　正雨後梨花幽豔白悔匆匆過了寒食歸來漸春暮探醅醺消息

孫夫人鄭文妻文秀州人肄業太學孫氏寄以憶秦娥詞一時傳播都下酒樓妓席皆歌之。

憶秦娥

花深深一鈎羅襪行花陰行花陰閒將柳帶試結同心　日邊消息空沈沈畫眉樓上愁登臨海棠開後望到如今

燭影搖紅

乳燕穿簾亂鶯啼樹清明近隔簾時度柳花飛猶覺寒成陣長記眉峰偸隱臉桃紅猶藏酒暈背人微笑牛彈鸞釵輕籠蟬鬢　別久啼多眼應不似當時俊滿園珠翠逞春嬌沒箇他風韻若見鴻試問待相將綵箋寄恨幾時得見鬪草歸來雙鴛微潤

陸遊之蜀宿一驛中見題壁詩詢之則驛中女也遂納爲妾牛載夫人逐之姜賦詞而別。

生查子

只知眉上愁不識愁來路窗外有芭蕉陣陣黃昏雨　曉起理殘妝整頓敎愁去不合畫

春山依舊留愁住。

徐君寶妻岳州人嘗被掠主者欲犯之告曰俟祭先夫然後爲君婦主者許諾乃焚香再拜

題詞壁上投池中死

滿庭芳 題壁

漢上繁華江南人物尚遺宣政風流綠窗朱戶十里爛銀鉤一旦刀兵齊舉旌旗擁百萬

貔貅長驅入歌樓舞榭風捲落花愁。清平三百載典章人物掃地都休幸此身未北猶

客南州破鑑徐郎何在空惆悵相見無由從今後斷魂千里夜夜岳陽樓

霎勝瓊長安妓歸李之問有寄別李生鷓鴣天詞曰

玉慘花愁出鳳城蓮花樓下柳青青尊前一唱陽關曲別箇人人第五程　尋好夢夢難

成有誰知我此時情枕前淚共階前雨隔著窗兒滴到明

第五章　宋之婦女雜文學

張愈字少愚益州郫人高隱不仕文彥博治蜀爲置青城山白雲谿杜光庭故居以處之率

於家妻蒲氏名芝賢而有文爲之誄曰

高視往古哲士實殷施及秦漢餘烈氤氳挺生英傑卓爾逸羣孰謂今世亦有其人其人

伊何白雲隱君嘗曰丈夫趨世不偶仕非其志祿不可苟營營末途非吾所守吾生有涯

少實多艱窮亦自困亦不顯不貴人爵知命樂天。脫簪散髮眠雲聽泉有峯千仞有溪數曲廣成遺祉吳與高蹈疏石通逕依林架屋麋鹿同羣晝遊夜宿嶺月破雲秋霖洒竹清意何窮眞心自得放言遣慮何榮何辱孟春感疾閉戶不出豈期遂往英標永隔抒詞哽噎揮涕汍瀾人誰無死惜乎材賢已矣吾人嗚呼哀哉

蒲芝誅夫文宋史載之夫妻偕隱而有文如此夫卒能誅其志可以繼美柳下惠妻矣。

舊桃者寇萊公妾豔麗能詩公嘗集諸妓設宴賞綾絹千數舊桃獻詩二絕其一曰

一曲清歌一束綾美人猶自意嫌輕不知織女寒窗下幾度拋梭織得成

舊桃詩雖達意而已然其識度迥非尋常妾婦之慨用心亦何摯厚萊公和之曰將相功名終若何不堪急景似流波人間萬事何須問且向尊前聽豔歌

王荊公女吳安持妻有寄父詩曰

西風吹入小窗紗秋色應憐我憶家極目江山千里恨依然和淚看黃花

荊公得詩以新釋楞嚴經與之且和其詩曰青燈一點映窗紗好誦楞嚴莫憶家了得諸緣如夢幻世間惟有妙蓮花

王氏女幼聰慧父母爲擇配未偶適作詠懷詩趙德麟見之求娶焉其詩曰

白藕作花風已秋不堪殘睡更回頭晚雲帶雨歸飛急去作西窗一枕愁

毘陵女子年甫十六姿性明秀人嘗傳誦其破錢及彈琴詩甚有思致今錄之。

題破錢

半輪殘月掩塵埃依稀猶有開元字想得清光未破時買盡人間不平事

彈琴

昔年嘗笑卓文君豈信絲桐解誤身今日未彈心已亂此心原是不繇人。

王元妻黃氏有文才元家貧獨好吟咏夫婦共持雅操元每中夜得句黃必起燃燈燭供筆硯以待好事者為繪圖美之

聽琴詩

拂琴開素匣何事獨顰眉古調俗不樂正聲公自知寒泉出澗澁老檜倚風悲縱有來聽者誰堪繼子期

賀方回工詞其姬亦善吟咏有答方回詩曰

獨倚危樓淚滿襟小園春色懶追尋深思總似丁香結難展芭蕉一寸心

韓玉父秦人因亂遂家錢塘劾時李易安教以學詩及笄父母以妻林子建後尋夫途次有詩題壁為時所傳

題漢口鋪詩 并序

妾本秦人。先大父嘗仕於朝因亂遂家錢塘。幼時易安居士敎以學詩及筓父母以妻上舍林子建去年林得官歸閩妾傾囊以助其行林許秋冬間遣騎迎妾久之杳然何食言耶不免攜女奴自錢塘而至三山比至林已官盱江矣因而復回延平經絲順昌假道昭武而去歎客旅之可厭笑人事之多乖因理髮漢口鋪漫題數語於壁云

南行踰萬山復入武陽路黎明與雞興理髮漢口鋪盱江在何所極目煙水暮生平良自珍。羞爲浪子婦知君非秋胡強顏且西去

紀昀槐西雜志曰永樂大典有李芳樹刺血詩不著朝代亦不詳芳樹始末世無傳本余校勘四庫偶見之愛其纏綿悱惻無一毫怨怒之意殆可泣鬼神令館吏錄出一紙久而失去今于役灤陽檢點舊篋內得之沈湮數百年終見於世豈非貞魂怨魂直貫三光有不磨滅者乎陸耳山副憲曰此詩次韓蘄王孫女詩前彼在宋末則芳樹必宋人以例推之想當然也案題之刺血必非他人代撰斷爲芳樹自作無疑一本作姓李未詳孰是茲錄其詩於此

刺血詩

去去復去去悽惻門前路行行重行行輾轉猶含情含情一回首見我窗前柳柳北是高樓珠簾半上鈎昨爲樓上女簾下調鸚鵡今爲牆外人紅淚沾羅巾牆外與樓上相去無

十丈云何咫尺間。如隔千重山。悲哉兩決絕從此終天別。別鶴空徘徊誰念鳴聲哀。徘徊日欲晚。決意投身返。半裂湘裙裾泣寄藁砧書。可憐帛一尺字字血痕赤。一字一酸吟。舊愛牽人心君如收覆水妾罪甘鞭箠不然死君前終勝生棄捐死亦無別語願葬君家土。儻化斷腸花猶得生君家。

嘉熙中閩人潘用中隨父寓居京邸。潘喜弄笛隔牆亦一樓相對。一女子聞笛聲輒垂簾窺望。問知為黃氏孫女也。且工詩。潘乃以帕題詩裹胡桃擲去。女亦裹帕擲詩為答。父母廉知其故。遂諧伉儷。其帕中詩喧傳都下。達於禁中。理宗嗟歎以為奇遇黃女詩曰

欄杆閒倚日偏長短笛無情斷腸安得身輕如燕子隨風容易到君傍

毛友龍應舉落第。其妻封詩寄之曰

剔燭親封錦字書擬憑歸雁寄天隅經年未報干秦策不識如今舌在無。

林杜娘杭州新城人賈蓬萊不知何許人為詩有晚唐風格

林杜娘

游碧沼勝居

幽谷泉聲冷鳥啼僧定深好花叢古砌寒瀑發高岑游客陸鴻漸居人支道林欲歸青草路臨去復沈吟。

閨怨

賈蓬萊

露顆珠團團。冰肌玉釧寒。杏梁棲隻燕。菱鏡掩孤鸞。殘樹枯黃遍。圓荷濕翠乾。繡簾生畫色窗下帶羞看。

賈蓬萊

春曉

方池冰影薄。曲檻鳥聲嬌。鸞鏡紅綿冷。蛾眉翠黛消。冶容舒嫩萼。幽思結柔條。纖指收花露。輕將雪粉調。

賈蓬萊

謝姊惠鞋

蓮瓣娟娟遠寄將。繡羅猶帶指尖香。弓彎著上無行處。獨立花陰看雁行。

韓希孟者巴陵女子魏公五世孫適賈尚書男瓊為妻開寶已未北兵渡江希孟被虜義不受辱書詩衣帛上投江而死越三日收其尸復得詩於其練裙帶中匪徒節行可嘉詩筆亦挺拔可誦。

書衣帛詩

宋未有天下堅正臣秉禮開國百戰功。每陣惟雄整。及侍周幼主臣心嘗烱烱。帝曰卿北伐山戎今有警死狗莫擊尾此行當繫頸即日辭陛行盡敵心欲逞陳橋忽兵變不得守箕穎禪讓法堯舜民物頗安靜有國三百年仁義道馳騁未改祖宗法天胡肆大告細思天地理中有幸不幸天果喪中原大似裂冠衽君誠不獨活臣寶無魏丙失人焉得人垂戒嘗耿耿江南重謝安塞北有王猛所以戎馬來飛渡巴陵竟大江限南北今此一觥舳本期固封疆誰謂如畫餅烈火燎崑岡不辨金玉鑛姜本良家子性僻守孤梗嫁與尚兒銜署紫蘭省直以才德合不棄宿瘤瘦初結合歡帶誓此日月晡鴛鴦會雙飛比目原常並壼期金石堅化作桑榆景旌頭勢正然螢尤屏不意風馬牛復及此燕鄧一方遭劫寇六族死俄頃退鷁落迅風鸞弔空影簪堅折白玉瓶沉斷青綆一死空冥冥憂心長炳炳妾志堅不移改邑不改幷我本瑚璉器安肯作溺皿志節匪轉石氣噎如吞鯁不作爓火燃願爲死灰冷貪生念麴蘖乞憐羞虎猙借此清江水葬我全首領皇天如有知定作血面請願鬼化精衛塡海使成嶺

練裙帶中詩

我質本瑚璉宗廟供蘋蘩一朝嬰禍難失身戎馬間寧當血刃死不作衽席完漢上有王猛江南無謝安長號赴洪流激烈摧心肝

宋時倡伎亦多能詩茲略錄其一二周韶者杭妓能詩蘇子容過杭太守陳述古宴之召韶佐酒韶因子容求落籍時韶有服子容指簾間白鷳鵒令作一絕援筆立就述古遂與落籍

其詩曰

隴上巢空歲月驚忍看回首自梳翎開籠若放雪衣女長念觀音般若經。

又有胡楚龍靚與周韶同籍並能詩錄之於下。

送周韶 　　　　　　　　　　　　胡楚

淡妝輕素鶴翎紅移入朱欄便不同。應笑西園舊桃李強勻顏色待春風。

寄人 　　　　　　　　　　　　　胡楚

不見當年丁令威年來處處是相思若將此恨同芳草猶恐青青有盡時

送周韶 　　　　　　　　　　　　龍靚

桃花流水本無塵一落人間幾度春解佩暫酹交甫意灌纓還見武陵人。

呈張子野 　　　　　　　　　　　龍靚

天與尋芳十樣葩。獨分顏色不堪誇牡丹芍藥人題遍自分身如鼓子花

譚意歌喪親流妓家工詞翰後歸汝州張生有寄張詩曰

瀟湘江上探春回消盡寒冰落盡梅願得見夫似春色一年一度一歸來。

第六章　遼之婦女文學

遼時文翰罕通中國其婦女文學惟蕭后與蕭文妃而已。道宗蕭皇后小字觀音欽哀皇后弟樞密使惠之女姿容冠絕工詩善談論自製歌詞尤善琵琶爲樞密耶律辛乙所譖賜自盡乾統初追諡宣懿蕭后有回心院詞亦宮詞之別體也又有絕命詞等文采極於哀豔茲

並錄之。

回心院詞

埽深殿閉久金鋪暗游絲絡網塵作堆積歲青苔厚堦面埽深殿待君宴。

拂象牀憑夢借高唐敲壞半邊知妾臥恰當天處少輝光拂象牀待君王。

換香枕一半無雲錦爲是秋來展轉多更有雙雙淚痕滲換香枕待君寢。

鋪翠被羞殺鴛鴦對猶憶當時叫合歡而今獨覆相思塊鋪翠被待君睡。

裝繡帳金鈎未敢上解卻四角夜光珠不敢照見愁模樣裝繡帳待君貺。

疊錦茵重重空自陳只願身當白玉體不願伊當薄命人疊錦茵待君臨。

展瑤席花笑三韓碧笑妾新鋪玉一牀從來婦歡不終夕展瑤席待君息。

剔銀燈須知一樣明偏是君來生彩暈對妾故作青熒熒剔銀燈待君行。

爇薰鑪能將孤悶蘇若道妾身多穢賤自沾御體香徹膚爇薰鑪待君娛。

張鳴筝恰恰語嬌鶯一從彈作房中曲常和窗前風雨聲張鳴筝待君聽。

絕命詞

嗟薄祐兮多幸羌作儷兮皇家承昊穹兮下覆近日月兮分華托後鈎兮凝位忽前星兮

啟耀雖蠲薐兮黃牀庶無罪兮宗廟欲貫魚兮上進乘陽德兮天飛豈禍生兮無朕蒙穢

惡兮宮闈將剖心兮自陳冀回照兮白日寧庶女兮多慚遏飛霜兮下擊顧女子兮哀頓對左右兮攉傷共西曜兮將墜忽吾去兮椒房呼天地兮慘悴恨今古兮安極知吾生兮必或又焉爰兮旦夕

天祚蕭文妃小字瑟瑟善歌詩見女直亂作帝畋游不息忠臣被斥作歌諷諫天祚銜之後以廢立事誣妃賜死

諷諫歌

勿嗟塞上兮暗紅塵。勿傷多難兮畏夷人不如塞奸邪之路兮。選取賢臣直須臥薪嘗膽兮激壯士之捐身可以朝清漠北兮夕枕燕雲

丞相來朝兮劍佩鳴千官側目兮寂無聲養成外患兮嗟何及禍盡忠良兮罰不明親戚

並居兮藩屏位私門潛蓄兮爪牙兵可憐往代兮秦天子猶向宮中兮望太平

中國婦女文學史五 終

第三編下　近世婦女文學（元明）

第一章　元之婦女文學

元代詩人好縟綺之音故婦人吟詠亦以婉麗爲則就中鄭允端合稱大家如孫蕙蘭鄭奎妻、薛氏二女等作皆饒有唐音殆一時風氣使然也若駱妃凝香兒則又宮人之有文才者矣。

駱妃者武帝妃也有舞月歌曰

五華兮如織照臨兮一色麗正兮中域同樂兮萬國。

凝香兒順帝時宮人本官妓以才藝選入宮善鼓琴曉音律能爲翻冠飛履之舞舞間冠履皆翻覆飛空尋如故因是得寵遂充才人存歌二曲

此予同樂兮終年

弄月曲

蓉彩兮蕤裳瑤環兮瓊璫泛予舟兮芳渚擊予楫兮徜徉明皎皎兮水如鏡弄蟾光兮捉娥影露團團兮氣淸風颼颼兮力勁月一輪兮高且圓華綵發兮鮮復姸願萬古兮每如此予同樂兮終年

採菱曲

伽楠楫兮文梓舟泛波光兮遠夷猶波搖搖兮舟不定揚予袂兮金風競棹歌起兮纖手

揮青角脫兮水瀠洄歸去來兮樂更誰

趙孟頫妻管夫人名道昇字仲姬能詩畫曾奉中宮命題所畫梅曰
雪重瓊枝嬾霜濃玉藥寒前村留不得移入月中看
管夫人又有漁父詞曰
遙想山堂數樹梅凌寒玉蕋發南枝山月照曉風吹只爲清香苦欲歸
元遺山妹爲女冠高雅不狥人善吟詠張平章欲娶之往探其所居見其手補天花板問近
有新詩否卽口占答之張悚然而退其詩曰
補天手段暫施張不許纖塵落畫堂寄語新來雙燕子移巢別處覓雕梁
鄭允端吳中施伯仁妻頴敏工詩詞其夫村俗不諧以詩自遣所著有肅雝集且多爲古體
雖筆力未遒而看節自高律詩亦工整不易得也
羅敷曲
邯鄲秦氏女辛苦爲蠶忙清晨出採桑採桑不盈筐使君自南來五馬多輝光相逢在桑
下遺我雙鳴璫聽婦前致詞卑賤那可當使君自有婦羅敷自有郞請君上馬去長歌陌
上桑
題耕牧圖

題望夫石

良人有行役遠在天一方。自期三年歸。一去凡幾霜。登山臨絕巘。引領望歸航。歸航望不及。躑躅空徬徨。化作山頭石。兀立倚穹蒼。至今心不轉。日夜遙相望。石堅有時爛。海枯成田桑。石爛與海枯。行人歸故鄉。

詠鏡

皎皎奩中鏡。相隨越歲年。清光何所如。明月懸中天。我昔十五餘。顏色如花鮮。對之理晨妝。塗抹鬪嬋娟。近來年頗長。貧病相憂煎。形容頗老醜。無復施朱鉛。今朝鏡亦昏。塵垢食連錢。相看自黯默。焉能分媸妍。人生有盛衰。物情隨變遷。世間類如此。何用增慨然。

聽琴

夜深衆籟寂。天空缺月明。幽人據槁梧。逸響發清聲。一韻再三彈。中含太古情。坐深聽未久。山水有餘清。子期既物化。賞心誰可并。感慨意不已。天地空崢嶸。

題秋胡戲妻卷

幽人薄世味。耕牧山之陰。自抱村野姿。常懷畎畝心。行行南山歌。落落梁甫吟。掛書牛角上。揮鋤瓦中金。飽飯黃昏後。力田春雨深。四體勤樹藝。三生悟浮沉。巢父世高尚。德公人所欽。伊人去已遠。高風邈難尋。撫卷空嘆息。俯仰成古今。

第三編　第一章　元之婦女文學

三

婉彼魯姬姜出採林下桑遠人何處來下馬古道傍黃金致微言少年爲貴郎婦人秉素心鐵石壇衷腸豈爲物所移古井波瀾揚謂謝道傍子請歌行路章

擬擣衣曲

男兒遠向交河道鐵馬金戈事征討邊城八月霜風寒欲寄戎衣須及早急杵清砧擣夜深玉纖銅斗熨貼平裁縫織就衣裙襖千針萬線始得成封裹重重寄邊使爲與夫君奮忠義好將勳業立邊陲要使功名垂史記。

吳人嫁女辭

種花莫種官路傍嫁女莫嫁諸侯王種花官道人折取嫁女侯王不久長花落色衰人易變離鸞破鏡終成怨不如嫁與田舍郎白首相看不下堂。

題山水障歌

我有一疋好素絹畫出江南無數山筆法豈但李營邱直擬遠過揚契丹良工好手不易遇此畫森然能布置層巒疊嶂擁復開怪石長松儼相對板橋茅屋林之隈瀑流激石聲如雷恍然坐我匡廬下便覺胸次無凡埃此身能向閨中老自恨無由致蓬島布襪青鞋負此生長對畫圖空懊惱

題明皇並轡圖

三郎沈醉後上馬玉環遲如何西幸日不是並鞍時。

水檻

近水人家小結廬軒窗瀟灑膝幽居憑闌忽聽漁榔響知有小船來賣魚。

孫蕙蘭其先汴人也年六歲母卒父敎以詩書事繼母盡孝作詩皆清雅可誦女悉毀其稿。家人勸之則曰聊適情耳女子當治織紝組紃以致其孝敬詞翰非所事也年二十三歸新喻傅汝礪爲妻不數年病卒遺詩僅十餘章餘多未成章者曰綠窗遺稿

春曉偶成

窗裏人初起窗前柳正嬌捲簾衝落絮開鏡見垂條坐對分金線行防拂翠翹流鶯空巧語倦聽不須調。

偶成九首

樓前楊柳發新枝樓上春寒病起時獨坐小窗無氣力。隔簾風斷海棠絲。

綠窗寂寞掩殘春繡得羅衣懶上身昨日翠帷新病起滿簾飛絮正愁人

幾點梅花發小盆冰肌玉骨伴黃昏隔窗久坐憐淸影閒劃金釵記月痕

繡被寒多未欲眠梨花枝上聽春鵑明朝又是淸明節愁見人家買紙錢

春雨隨風濕粉牆園花滴滴斷人腸愁紅怨白知多少流過長溝水亦香

春風昨夜碧桃開正想瑤池月滿臺欲折一枝寄王母青鸞飛去幾時回。

空堦日晚雨纔乾小婢相隨倚畫欄金釵誤掛緋桃落羅袖愁依翠竹寒。

小窗今日繡鍼閒坐對銀蟾整翠鬟凡世何曾到天上月宮依舊似人間。

庭院深深早閉門停針無語對黃昏碧紗窗外初生月照見梅花欲斷魂。

鄭奎妻有四時詞及他詩數章通體清麗而無累病閨閣中罕見此才茲具錄之。

四時詞

春風吹花落紅雪楊柳陰陰啼百舌東家蝴蝶西家飛前歲櫻桃今歲結鞦韆蹴罷鬢鬖髿粉汗凝香沁綠紗侍女亦知心內事銀瓶汲水煮新茶 春詞

芭蕉葉展青鸞尾萱草花含金鳳嘴一雙乳燕出雕梁數點新荷浮綠水困人天氣日長時針線慵拈午漏遲起向石榴陰畔立戲將梅子打鶯兒 夏詞

鐵馬聲喧風力緊雪窗夢破鴛鴦枕玉鑪燒麝有餘香羅扇撲螢無定影洞簫一曲是誰家河漢西流月半斜要染纖纖紅指甲金盤夜搗鳳仙花 秋詞

山茶半開梅半吐風動簾旌雪花舞金盤冒冷塑狻猊繡幙圍春護鸚鵡倩人呵筆畫雙眉脂水凝寒上臉遲妝罷扶頭重照鏡鳳釵斜壓瑞香枝 冬詞

惜花春起早

胭脂曉破湘桃萼。露重荼蘼香雪落。媚紫濃遮刺繡窗。嬌紅斜映鞦韆索。轆轤驚夢急起來。梳雲未暇臨妝臺。笑呼侍女秉明燭。先照海棠開未開。

愛月夜眠遲

香肌半觧金釵卻。寂寂重門深鎖夜。素魄初離碧海端。清光已透珠簾罅。徘徊不語倚闌干。蓼橫斗轉風露寒。小娃低語喚歸寢。猶過薔薇架後看。

掬水月在手

銀塘水滿蟾光吐。姮娥夜夜憑夷舞。盪漾明珠若可捫。分明兔穎如堪數。美人自把濯春葱。忽訝冰輪在掌中。女伴臨流笑相語。指尖擎出廣寒宮。

弄花香滿衣

餘聲響處東風急。紅紫叢邊久凝立。素手攀條恐刺傷。金蓮移步嫌苔濕。幽芳擷罷掩蘭堂。馥郁餘香滿繡牀。蜂蝶紛紛入窗戶。飛來飛去繞衣裳。

余季女臨海儒家女有容德屬文資永宗道月餘宗道媿已不若輒辭歸閉門讀書久不返余裁詩招之宗道不聽余遂病卒宗道亦悲死

招外五篇

妾誰怨兮薄命。一氣孔神兮化生。若甑春山娟兮秋水淨秉貞潔兮妾之性聊復歌兮遣興。

夜夢兮食梨命靈氛兮貞余占之曰行道兮遲遲斂角枕兮縈如風動帷兮心悲。雲黯黯兮雪飛棘夫子介兮如石苦復留兮不得望平原兮太息涕泗橫兮沾臆。送子去兮春樹青望子來兮秋樹零樹有枝兮枝有英我胡爲兮縈縈子在此兮山城。織女兮牛郎豈謂化兮爲參商欲逕渡兮河無梁霜露侵襲兮病偃在牀嗟嗟夫子兮誰與縫裳。

元末姑蘇有薛氏二女者一名蘭英一名蕙英皆敏秀能詩父遂於宅後建樓居之名曰蘭蕙聯芳樓二女日夕吟咏其間有詩數百首號聯芳集時會稽楊鐵崖製西湖竹枝詞和者百餘家二女見之笑曰西湖有竹枝曲東吳獨無竹枝曲乎乃效其體作蘇門竹枝詞十章時人傳之十章蓋二女同作也。

姑蘇竹枝詞

姑蘇臺上月團團姑蘇臺下水潺潺月落西邊有時出水流東去幾時還
館娃宮中麋鹿游西施去泛五湖舟香魂玉骨歸何處不及眞娘葬虎邱
虎邱山上塔層層夜靜分明見佛燈約伴燒香寺中去自將釵釧施山僧
門泊東吳萬里船烏啼月落水如煙寒山寺裏鐘聲早漁火江風惱客眠

第二章 明之宮廷文學

洞庭金柑三寸黃笠澤銀魚一尺長東南佳味人知少玉食無由進上方
荻芽抽笋楝花開不見河豚石首來早起腥風滿城市郞從海口販鮮回
楊柳青青楊柳黃變色過年光姜似柳絲易憔悴郞如柳絮太顚狂
翡翠雙飛不待呼鴛鴦並宿曾孤生憎寶帶橋頭水半入吳江牛太湖
一緺鳳髻綠如雲八字牙梳白似銀斜倚朱門翹首望往來多少斷腸人
百尺高樓倚碧天欄干曲曲畫屏連儂家自有蘇臺曲不去西湖唱采蓮
同時有曹妙清張妙淨亦和廉夫竹枝詞妙淸字比玉號雪齋錢塘人有詩集楊廉夫爲之
序妙淨字蕙蓮亦錢塘人居姑蘇。

竹枝詞　　　　　　　　　　　　　　　　　　　　　　　曹妙淸
美人絕似董妖嬈家住南山第一橋不肯隨人過湖去月明夜夜自吹簫

竹枝詞　　　　　　　　　　　　　　　　　　　　　　　張妙淨
憶把明珠買姜時姜起梳頭郞畫眉郞今何處姜獨在怕見花間雙蝶飛
又有梅花尼未詳姓氏有詠梅花絕句人因呼爲梅花尼其詩曰
終日尋春不見春芒鞋踏破嶺頭雲歸來笑撚梅花嗅春在枝頭已十分。

明之宮廷文學傳者甚罕今姑就其可見者次而錄之。洪武間馬皇后崩後宮人思之作歌不詳作者姓名其歌曰

我后聖慈化行家邦撫我育我懷德難忘懷德難忘於萬斯年彼下泉悠悠蒼天。

永樂徐皇后徐達之女也幼貞靜好讀書稱女諸生洪武九年册為燕王妃王卽帝位册為皇后嘗自輯內訓二十篇其序曰

吾幼承父母之教誦詩書之典謹女事蒙先人積善餘慶夙備掖庭之選事我孝慈高皇后朝夕侍朝高皇后教諸子婦禮法唯謹吾恭奉儀範日聆教言祗敬佩服不敢有違肅事今皇帝三十餘年一遵先志以行政教吾思備位中宮愧德弗似歉於率下無以佑皇上內治之美以忝高皇后之訓常觀史傳求古賢婦貞女雖稱德性之懿亦未有不由於教而成者古者教必有方男子八歲而入小學女子十年而聽姆教小學之書無傳晦皇后朝夕侍朝高皇后教諸子婦禮法唯謹吾恭奉儀範日聆教言祗敬佩服不敢有違菴朱子爰編輯成書為小學之教者始有所入獨女教未有全書世惟取范曄後漢書曹大家女誡為訓恆病其略有所謂女憲女則徒有其名耳近世始有女教之書盛行大抵撮曲禮內則之言與周南召南詩之小序及傳記而為之者仰惟我高皇后之教訓之言卓越往昔足以垂法萬世吾耳熟而心藏之乃於永樂二年冬用述高皇后之教以廣之為內訓二十篇以教宮壼夫人之所以克聖者莫嚴於養其德性以修其身故首之以德

性次之以修身修身莫切於謹言行故次之以謹言愼行推而至於勤勵節儉而又次之以警戒人之所以獲久長之慶者莫加於積善所以無過者莫加於遷善數者皆修身之要而所以取法者則必守我高皇后之教也故繼之以崇聖訓遠而取法於古故次之以景賢範上而至於事父母事舅姑事君又推而至於母儀睦親慈幼待下而終之以待外戚顧以言辭淺陋不足以發揚深旨而其條目亦粗備矣觀者於此不必泥於言而但取於意其治內之道或有裨於萬一云

郭國嬪名愛字善理鳳陽人宣崇聞其才召至京病卒贈國嬪顧玄言云郭國嬪自哀古體。

源出蔡文姬得性情之正其自哀辭曰

修短有數兮不足較也生而如夢兮死則覺也先吾親而歸兮獨慚予之不孝也心悽悽而不能已兮是則可悼也。

宣德中宮女官司綵王氏有宮詞一首曰

璃花移入大明宮一樹凝香倚晚風贏得君王留步輦玉簫吹徹月明中。

沈瓊蓮字瑩中烏程人弘治初選入掖庭官女學士瑩中初入掖庭泰陵試以守宮論發題曰甚矣秦之無道也宮豈必守哉泰陵大悅擢居第一給事禁中後吳興人恆稱爲女閣老瑩中在大內暇飼白鸚鵡敎之誦尚書無逸篇此宜載之彤管者也

宮詞

翠絲蟠袖紫羅襦偸把黃金小帶輸中使傳宣光祿宴內家學士出新除。

香霧濛濛罩碧窗青燈的的燦銀釭內人何處教吹管驚起庭前鶴一雙。

豆蔻花封小字緘寄聲千里落雲帆一春從不尋芳去高疊香羅舊賜衫。

天子龍樓瞥見妝芙蓉團殿試羅裳水風涼好朝西坐專把書經教小王。

明窗棐几淨爐熏閉閣仙書小篆文晝永簾垂春寂寂碧桃花映石榴裙。

寄兄

疎明星斗夜闌珊玉貌花容列女官風遞一作鳳皇天樂近雪殘一作晴 鵁鶄曉樓寒 昭儀

引駕臨丹扆尙襞熏鑪爇紫檀蕭蕭六宮懸象魏春風前殿想鳴鑾

送弟溥試春官

少小離家侍禁闈人間天上兩依稀朝迎鳳輦趨靑瑣夕捧鸞書入紫微銀燭燒殘空有夢玉釵敲斷未成歸年年望汝登金籍同補山龍上袞衣

王妃燕京人以才色得幸於武宗能詩工書侍幸薊州溫泉題七言絕句一首自書刻石其詩曰

塞外風霜凍異常水池何事曠如湯溶溶一脈流今古不爲人間洗冷腸。

神宗鄭貴妃大興人嘗重刊呂新吾閨範有序一首文雖未為工在當時宮廷中自為難得亦著於此

重刊閨範序

嘗聞閨門者萬化之原自古聖帝明皇咸慎重之予賦性不敏幼承母師之訓時誦詩書之言及其十有五年躬逢聖母廣嗣之恩遂備九嬪之選恪執巾櫛倚蒙帝眷誕育三王暨諸公主慚叨皇號愧無圖報微功前因儲位久懸簪待罪賴乾剛獨斷出閣講學天人共悅疑義盡解益自勤勵侍御少暇則敬捧我慈聖皇太后女鑑莊誦效法夙夜兢兢且時聆我皇上諄諄誨以帝鑑圖說與凡訓誡諸書庶幾勉修厥德以蕭宮闈尤思正己宜正人齊家當治國欲推廣是心公諸天下求諸明白易簡足為民法者近得呂氏坤閨範一書是書也首列四書五經旁及諸子百家上溯唐虞三代下迄漢宋我朝賢后哲妃貞婦烈女不一而足嘉言善行照耀簡編清風高節爭光日月真所謂扶持綱常砥礪名節羽翼王化者是已然且一人繪一圖一事附一贊事核言直理明詞約真閨壼之箴鑑也雖不敢上擬仁孝之女誠章聖之女訓藉令繼是編而並傳亦庶乎繼述之一事也獨惜傳播未廣激勸有遺願出宮貲命梓頒布中外永作法程嗟嗟予昔觀河南饑民圖則捐金賑濟今觀閨範圖則用廣敎言無非欲民不失其敎與養耳斯世斯民

有能觀感興起毅然以往誓自勵則是圖之刻不為徒矣因敘厥指以冠篇端萬曆二十三年乙未七月望日序

諸王宮人中亦有能文者夏雲英周憲王宮人有端清閣詩一卷凡六十九首又有法華經讚七篇

立秋

秋風吹雨過南樓。一夜新涼是立秋寶鴨香銷沈火冷侍兒閑自理箜篌

雨晴

海棠初種竹新移流水潺潺入小池春雨乍晴風日好一聲啼鳥過花枝

秋夜卽事

西風颯颯動羅幃。初夜焚香下玉墀禮罷眞如庭院靜銀缸高照看圍棋

繡針刺破紙糊窗引透寒梅一線香螻蟻也知春色好倒拖花片上東牆

又宸濠翠妃亦善吟詠有詠梅花詩云

明亡時宮人流散其文翰每傳於說部書中如宏光西宮宮人葉子眉題壁詩曰

馬足飛塵到鬢邊傷心羞整舊花鈿回頭難憶宮中事襄柳空垂起暮煙

第三章　朱妙端附陳德懿

明初詩人多沿楊鐵崖與吳中四傑之風至弘正李何諸子出而後文必漢魏詩必盛唐弘正以前婦人之作傳者不多其間惟朱妙端可成一家妙端字仲嫺號靜庵海寧人伺寶卿朱祚女光澤教諭周濟妻有靜庵集今就其詩文掇錄一二可以考焉

明代女子多有學爲古賦者或亦見稱當時而篇章放失罕見合作惟靜庵之雙鶴賦猶略有魏晉之遺則也

雙鶴賦

惟仙禽之高潔稟玉雪之貞姿翔崐崙之琪樹啄元圃之靈芝若遨遊於碧落同沐浴乎天池與鸞鳳而爲侶翄燕雀之致窺何虞人之見獲遂羈絡於軒墀蒙主人之過愛聊隱跡而棲遲故其呼之則應撫之卽馴山雞雜處野鶩爲倫志昂藏而獨立情偃蹇而弗伸若夫春雨初晴花陰滿庭臨風振羽向日梳翎或翩翻而對舞或夭矯而同行望故巢之修阻徒奮迅而長鳴旣而白露初降金風始高丹頂皎潔玄裳飄蕭發清唳於永夜徹遺響於九皐感遊子之蹢躅使遷客之無聊爾乃安於棲息飲啄適宜受乘軒之寵渥釋籠檻之羈縻愧微軀之菲薄承眷顧之恩私感厚德之未報徒馴情而在茲永充君之玩好誓畢世而不違

靜庵所爲詩亦多高麗之句與正統景泰間所謂諸才子相較固不必愧之也今選錄數首。

白苧詞

西風蕭蕭天雨霜館娃宮深更漏長銀臺絳蠟何煌煌笙歌勸酒催華觴美人起舞雪滿堂清歌宛轉飛雕梁君王沉醉樂未央臺前月落天蒼蒼

春睡詞

茸茸芳草含新綠露井夭桃錦雲簇畫闌干外早鶯啼又喚春光到華屋綺窗花影搖玲瓏玉人夢破春溶溶雲鬟半鬆鳳釵滑枕痕一縷消輕紅香汗輕輕透衾濕含情欲起嬌無力海棠庭院鳥聲和睡足東風一竿日

竹枝詞

西子湖頭賣酒家春風搖曳酒旗斜行人沽酒唱歌去踏碎滿堤山杏花
橫塘秋老藕花殘兩兩吳姬蕩槳還驚起鴛鴦不成浴關關飛過白蘋灘
客中偶成
異鄉久為客風雨阻歸程兩岸數峯碧孤舟一羽輕篷窗殘燭在煙樹早鴉鳴坐待東方曙依稀見海城

湖曲

湖光山色映柴扉茅屋疏籬客到稀閒摘松花釀春酒旋裁荷葉製秋衣紅分夜火明書

夜坐

屋綠漲晴波沒釣磯惟有溪頭雙白鳥朝朝相對亦忘機

吳鑾初出夜無眠數盡更籌覺暮寒柳色弄陰春已暝角聲吹月夜將闌金爐火冷沈煙

細羅幌風生蠟炬殘獨坐空庭望銀漢碧天如水露漙漙

虞姬

力盡重瞳霸氣消楚歌聲裏恨迢迢貞魂化作原頭草不逐東風入漢郊

當時浙中婦人有文才且與靜庵唱和者有陳德懿德懿長與人移居仁和陳敏政女嫁同縣李昂昂爲景泰甲戌進士官至右副都御史德懿有詩集其體格略與靜庵相類長於近體其寄靜庵詩曰

美人曾約來相訪底事雲輧竟不過深院雪消芳草綠小園風過落梅多

顧玄言德懿詩集頗富句如深院雪消芳草綠小園風過落梅多欲餐白石先投藥愛寫黃庭不換鵝我欲共君修大道他年銅狄費摩挲

顧玄言德懿詩集云

美人曾約來相訪底事雲輧竟不過深院雪消芳草綠小園風過落梅多清致幽絕足爲女郎之秀更錄其一二作如下

秋興

江上浮雲障碧空亂山愁鎖夕陽紅邊城畫角吹殘日野寺疎鐘度晚風梧樹著風飄敗

第四章 陸卿子與徐小淑

嘉靖萬歷以來七子之徒大變文體而婦人作者亦衆其卓然尤推大家者惟吳中陸卿子與徐小淑爲著二人同時齊名頗相酬和梅花草堂筆談曰徐小淑詩高自標位陸卿子詩幽淸古淡方維儀宮閨詩評曰徐小淑與陸卿子唱和稱吳門二大家然小淑所著絡緯吟視卿子尤猥雜今觀二家之作雖各有所長而才力信是伯仲之間卿子及小淑並長洲人卿子爲尙寶卿師道女處士趙宧光妻夫婦偕隱寒山有臥雲閣考槃諸集宧光亦博學多著述時論謂文采不逮其妻云小淑名媛副使范允臨之妻有絡緯吟今比錄二家詩於下卿子與小淑詩並刻意摩古亦猶七子之餘風也今先列卿子之作

秋夕

水滴銅壺夜漏停樓頭月午睡初醒丹爐養藥重添火小閣焚香再禮星櫺櫺風聲敲木葉輝輝燈影照幃屏擁衾忽爾成奇夢直駕長鯨過洞庭

葉菊花經雨發寒叢愁多倦寫蠅頭字慢倚胡牀看塞鴻

少婦吟

高樓靄靄悠悠皎月澄淸光少婦起悲歎哀音激淸商白雲掩秦關綠水阻荆梁游子遠從戎遙遙隔他鄕天狼耿不滅旄頭正光芒庭前蘭蕙花枝枯葉凋傷容華隨日歇雲鬢颯

飄颻剖我昔時鏡遠寄隴阪長素心豈黃土白日辭紅妝莫念攜手歡誓死在戰場男兒生許國婦女何足傷。

白紵詞

揚清喉動朱脣綠雲亭亭翠眉新邯鄲美女連城珍流光吐艷掩陽春爲君抗袖歌白紵。

纖纖霧縠臨風舉青山日落悲激楚

擬陶

閒居寡世用性本忘華簪淥水盈方塘清風來茂林弱魴戲漣漪野鳥鳴好音日夕時雨來白雲瀰高岑庭草滌餘滋原野薆飛霖開顏散遙念濁酒聊自斟

擬李白古風

重陰翳白日陽和轉淒薄霞雪何紛揉草木盡零落長風終夜厲棲鳥將焉託游子儆貂裘居人羨藜藿所以商山翁高舉往巖壑

奉懷徐奉常馮夫人

層巒鬱嵯峨煙雲漭迴互之子枉清盼霞飛廊天路窈窕碧落間飄颻神仙步斂迹下遙岑攝境展元圃芳香凝畫雅服揚晨霧澹矣挹寒流嘩彼麗春煦撫景共逍遙款語輸情素永託金蘭契願爲膠漆固揮戈回躍烏竊藥邀潛兔七曜並時明千載歡相晤

贈毘陵安美人

去年花發毘陵道美人何處踏瑤草今年草綠姑蘇臺美人此時花底來風吹羅袂香不定流波蕩漾光徘徊不逐行雲作飛雨夢裏鉛華學神女瑤久煙霞拂袂生迴眸愁向空中舉水遠山長不見君空令樹上黃鸝語

閒居即事

閉門聊自適陋巷薜蘿深柳色嘅春鳥波光澹夕陰落花閒覆地空籟靜依林若問幽棲意牀頭有素琴

秋懷

衰草離離滿地愁雲天漠漠夕陽收池塘水落芙蓉冷城郭風生薜荔秋畫角無聲悲夜月玉壺有恨咽更籌傍人欲問青囊錄滄海微茫不可求

塞下曲

塞雁高飛蘆荻秋翔雲不動動邊愁黃沙千里行人斷日暮消魂哭隴頭羌笛聲悲怨未還月明一夜鬢毛斑閨中莫漫空相憶四馬朝來又度關

憶秦娥 感舊

砧聲咽梅花夢斷紗窗月紗窗月半枝疎影一簾淒切　心頭舊願難重說花飛春老流

鶯絕流鶯絕今宵試問幾人離別。

畫堂春

晴空煙裊柳絲微亂紅風定猶飛杏花零落燕空歸門外鴉啼 慵病不禁寬帶譁愁無那尖眉香消斜倚畫屏時此恨誰知

卿子小淑並多擬樂府此自明人習氣然小淑大抵詞勝而意或不逮至五古如秣陵弔故宮等則全仿昌黎聯句詩體七古多學昌谷好奇而才力多未稱故方維儀以為猥雜也卿子小淑詞均不甚工茲僅錄卿子詞二首小淑詞卽不錄焉

後行路難

蝴蝶交飛春影弄冰簾燕語銀鈎重暗柳著煙亞短牆滿闌日色簫聲送思姜停針午窗夢垂雲壓枕低斜鳳梨花小幙生畫涼瑤席香茵展象牀珊瑚作梁琥珀珩芙蓉斗帳玉為廊洛陽年少新豐舍繫馬黃金紫絲袴雙蹄合踏杜陵花沽酒城頭不論價五侯七貴競豪奢銀闕金丸油壁車龍沙細柳將軍幙紫閣臺蘭萬戶家吁嗟人事安可度旖旎朝華暮落功高不數淮陰狗勢盈空憶華亭鶴盛衰瓌轉浩無端滿眼誰能定哀樂自來惟見青松根年年翠葉凌嬌春

秣陵弔故宮

徐媛

秋夜效李長吉體

秋壁枯蝶炭荒邱塡古人陰松閉幽宮走犬相猖猖白景寒風蕭野霜上苦榛桐柱消土
脈罘罳結杷莖翠殿徒煙飄畫鼓沉畫昏遣香碎象口守宮冷血痕花房罕烏足桂寢濕
螢生瓦礫扶鼠母空桑捕蛇孫乾石臥魑魅笑聲起碧燐古流黑如漆老蛟齒列銀跳太
截嘖涎暴背豎錦鱗南原曠號號靜夜無行人健犢耘泥膏壯夫排隴耕今朝種稑地昔
日瑤台春不須春白玉安用餌黃金渠似淮南客相牽翔白雲

　　　　　　　　　　　　　　　　　　　　　　　　　　　　　　徐　媛

紫臺孤煙掃白壁綽綽餘涼動瑤瑟一葉桐飄驚素秋絡緯聲悲風淅瀝紅蘭凝露胭脂
泣古槐霜飛影圓魄思妾深閨聽暮砧翦裂齊紈響刀尺歷歷星橫駕鵲橋嫦娥桂殿坐
終宵穿線月明花爛熳曝衣樓掩瑞煙消天空澹澹明河白宛轉轆轤響呷軋秋末芙蓉

　　　　　　　　　　　　　　　　　　　　　　　　　　　　　　徐　媛

倚沼生池塘新水浮雙鴨

重弔孫夫人

杜宇啼聲斷客腸永安回首路茫茫錦城絲管渾如夢惟見春風掃綠楊

第五章　文氏之擬騷

自來婦人爲騷體者絕少而明世獨有文氏所作九騷甚得古意亦閨閣之奇才也靜志居
詩話曰文氏者文在中女嫁葛氏早寡守節作九騷以見志九騷者一曰感往昔二曰懷湘

擬騷 井序

鏡茲錄其全文如下

余少時與姑共修閨範王父授論語毛詩嗣後執蘋蘩之事各處一方不幸遭有柏舟之憂與姑相繼遇變凛凛如登崎嶇之阪夙夜小心惟德是先仰觀清都頬窺幽冥人生一世如白駒之過塵昔嬀汭既徂洽陽邈矣女道幾墜廢寢忘湌秉炬夜覽述古人之則掇後賢之思悲憤不已託素懷於青編作九騷創辭端蓋奉家大人命云

感往昔

歲聿莫而歷籑兮執霜心以爲柄揚眞氣之馥馥兮叩寂寞而見性刷澳忍之流俗兮佩蕙纕以自解驚箕伯之蘷蘴兮撞我思之悠悠捧柏舟之佳韻兮魂離披而生愁持徽音之不二兮憶兩髦之匹儔鏊婦之悲賦兮涕橫迸而霑襟聆露雞之三唱兮夜漫漫而思侵疎余志於天崿兮佩秋蘭而采綠芝心與願之不偕兮遭坎廩而噫嘻託素懷於白雲兮撫蔓茅於九疑仰清都之剡剡兮飲沆瀣而餐露葵昔嬀汭之鼇降兮欽帝命而名垂乃洽陽之不作兮道晻晻而日墮紛吾影有此內美兮秉鈞陳之遺志良夜忽焉而假寐兮夢女媧之來慭列清芬於筆端兮則穢縈而爲粹效前修之榘規兮樛玄思乎遠

江三日望洽陽四日矢柏舟五日愀離幃六日傷落花七日臨雲嘆八日待月愁九日撫玉

睟嘉龠山之躅思兮惡襃闇之嗚咘閱女史其怦怦兮九折撾而申肆妗嬺媚之爲郵兮抱太素之天懿緬先子之丰標兮心搖搖而如醉髮鬖鬖而局曲兮樹薆而靡寐精貞函於方寸兮飛譽冠乎天庭處奄奄之塵區兮敢舍志而違經思英英而內棲兮駕騰騰而上征命靈靈而不昧兮順天禀而修名盡中饋之典職兮調陰敎而利羹思窈窕之汋態兮飲瓊瑤之玉漿步芳躅其不忘兮撫角枕而彷徨

懷湘江

覽洞庭之流波兮帝子游乎瀟湘神髣髴而忽覩兮雲瀺灂而飛揚石礧磕而振厓兮灞長瀾之洋洋登巉巘之峻丘兮攀科枝而鳥翔勁風爲之振木兮柔條悲鳴而似簧秋蘭時其未吐兮芙蓉葱蘢而含綑二妃之淸塵兮芳艸蠚焉有輝光佐重華之隆盛兮風敎垂於椒房伊任姒之母周兮性沉巂而淑良佳媛千古鮮儷兮鬱金幷爾噴香文姬蘇薰焉可比兮毛嬙西子亦匪其儔慕烈思之婹嫋兮夫何广寢而忘兮指內則以爲方握芳椒以流盼兮折桂枝而樹旌步前躅之憧憬兮榮翻規箴於往牒兮惺惺髮鬖而慵整兮志欵丹榮而讀史兮惟砥德之是榮翻規箴於往牒兮惺惺髮鬖而慵整兮志欵欵而弗更希太素之玄風兮敢撫匜而渝舊盟惡貪穢之典濁兮誦綠衣而修名叩天閽而關扉兮謁鈎陳之坤靈睇太微之光芒兮顧微軀其何生將法古以垂後兮裁靑編而

望洽陽

見情庶誕降之不虛兮弗顧影而媿形

惟長子其濬哲兮。古龠山之苗裔。遙仰文母之婉娜兮。嗣前徽而婉嫕羨蠡斯之振振兮。
吐玉英而樹庭蕙望關雎於河洲兮。識靈偶之重別貌離離而齊莊兮氣馥馥以內潔予
誦樛木而知惠兮殊惡妒婦之催花垂萬世之閨格兮咀性中之天葩馳吾思於雲際兮
慕聖媛之餘響播清塵於千載兮覽芳規以目爽追前修而希靜一兮宓妃女媧邈以爲
黨女貞乃木之佳諱兮鴻亦非偶而不翔覷微物之清淑兮生與儷而休有光時荏苒其
代謝兮感落葉而心傷抱素質而自娛兮倚恬淡以爲袾余將登閬風以息趾兮征不死
之素鄉靚銀臺之戴勝兮贈我白水之瑤漿攜雙成之悅婆娑兮眉聯娟而動朱脣內糀
糀而靡翳兮神澳澳而絕塵歲與大鈞齊兮執恍忽而爲眞樓退志於浮雲兮整青絡而
越瑤津端直吾之所願兮修性理幽惟節與仁

矢柏舟

汎柏舟之河中兮。忽侘傺而內結含薄怒以惓惓兮心鬱鬱而堅節念兩髦之我儀兮矢
靡他而志飲持仁義以內修兮遇緯繡而腸絕何庭慈之不諒兮遏心志而摧折嘉共姜
之淑愼兮遵渠蕟而自潔慟杞妻之崩城兮赴淄水而嗚咽徽爽女之志篤兮屍還陰而

心鐵哀八軌之血痕兮令千載而心裂遭大運之殃咎兮。表貞潔以霜雪傷花妻之蚤逝兮。閔紗圜於火烈皆舍生以取義兮抱靈修而豈更迭撫人生之誰無死兮一殺身而甄英傑遭繽紛而怖覆兮佩瓊瑤於祁祁鍾清英之靈秀兮魂渺渺而何之修靈原之不死兮涉天津而采紫芝天步余之艱難兮失比翼之獨居悲迴腸而傷氣兮志柏舟而如櫱奠桂酒而馴念兮坐蘭閨以凝思飲修竹之墜露兮心披披而淚垂四陶唐之二女兮軼大漢之惠姬慕孟母以孜孜兮訓三遷而爲世師中蹇蹇而悶瞀兮意忳忳而心難夷誠信而專一兮忘儇媚而如癡

愀離幃

離玄帳之五載兮。致桂酒而爲羞神剡剡而如見兮目無覩而心憂思舊愛之莫得兮逝長往而悠悠協清和之斌斌兮獲二儀之婑柔闡坤德之英英兮四任姒而尹優親蠶桑以爲務兮性勤儉而采茱持內則其純備兮克溫恭而行修想儀容之髣髴兮意獻欷而難覯感霜露之不停兮女不聞乎陰陽兮呼余來而贈蘅茝女不聞乎陰陽兮始太極而爲主天純一而萬地兮日月一而星數婦以專一之爲美兮子衆多而一父陰伏陽以爲德兮陽統陰以爲明人在世之貞潔兮沒萬代而垂名昔潔潔之英媛兮淚瘀瘀而寄情身處仁而遷義兮神飄飄而超大清於

傷落花

處沖漠之蘭閨兮。心絓結而如醉歲忽忽其將邁兮花落落而蕊墜攀長條之要妙兮睹鴻造之殊異悲晨風之震木兮鳥翔集而爭媚拾朱英而蓴收至而變商感寒暑之代謝兮素葉而巢於蚊睫兮愕裳裌而內傷蘩賓主其仲夏兮蕁收至而變商感寒暑之代謝兮素葉零於彫霜氣鬱邑而填膺兮陟阿丘而采蘦蝀蠑之楚楚兮中悶悶而心驚哀薄軀之須臾兮修素質而益榮陳悽情於姮女兮垂青盼而顧語引吾導夫前路兮涉層霞以求侶何人生之短期兮安寄旅而懷憂登巇谷以趨趚兮覽六區之鴻流逾扶桑而蔭趾兮雙材旁而抽清謳將茌蕛以充幃兮體嬋娟而佩瓊琨持太淡以爲柄兮悟往昔之沉迷閱玉牒之遺於南窗兮審容膝而獨棲披惠姬之誠於清案兮心朝朝而古期託幽懷於筆端兮聊以寄情而舒永思胡然而我念之兮涕滂沱而心悲君俟我乎霞表兮終歸骨而同居

臨雲歎

臨高雲而三歎兮。撫簡冊以致思步花陰而四顧兮。內傷悲而移時覩扶光之如箭兮。哀

是忽焉而大覺兮。夢而死靈獻蘭薰以告神兮。敢不取義以輕生滌塵垢而不染兮。茹芙蓉之英英餐秋菊之墜露兮。羞姊茗而供冰淸何顧顧之不舒兮。將茌苒而登帝城。

第三編 第五章 文氏之擬騷

二七

歲月其難追仰浮雲之飄飄兮志凜然而與世披夜皎皎而不寐兮心朝朝而氣夷却羅綺之繡帳兮設黍藜而療饑避世途之繽紛兮崇仁義以爲懿讚先哲之遺訓兮身三省而內刺年四十而不惑兮修天禀之淳粹瞰二紀之無窮兮察五緯之適皇妭盤逸之無度兮樂未畢而哀生聽素女之撫絃兮令吾神氣爽而思清瞻故都於霞表覽陟鈎陳之瓊宮出閭闔其遠眺兮俯九土而生愁風騷騷其振衣兮雪霏霏而似瓊瑤太虛之蒼茫兮羨王睢之悠悠玄鶴鳴於九皋兮聲聞野而不收鳶相羊而戾天兮魚沉淵而潛游察至道乎上下兮理陰陽而度三秋物貴貞而淑美兮遵純儉而自修登銀臺而常羊兮險屯之窮時兮安薄命而靡郵取玉芝以爲羞披初服之修潔兮更思周任之內柔想兩髦之佳儀兮心懰慄而懷憂遭待月愁
夫何月色之燦爛兮凌樹影而入羅幃獨倚牀而延佇兮侍女怠而欲歸仰圓靈其萬戶兮竊皦皦之清輝覷姮娥之縱體兮揚輕袿之繡裳含然諾其欲吐兮氣蘙蘭而噴香當長風之飄飄兮襲羅衣而彷徨衆鳥棲於茂林兮翔千仞之鳳與凰悼鴻鵠之墜空兮羌中道而失偶嘉斯鳥之貞潔兮觸我思之悠悠衷懊咿而不止兮寄愁懷於沙鷗坐蘭閨之閑夜兮聆迴飆之颼颼解垢氛之嬰身兮心翼翼而無尤歎三閭之見放兮增壹鬱而

撫玉鏡

撫玉鏡之纖塵兮。光皎皎而虛明。覩此物之神聖兮。不淑見而心驚。始自軒轅之時兮。含碧水之青瑩悲朱顏其易改兮惟寸心之不更擲榮華於俗外兮修禮容以爲盟雞初鳴而披衣兮視啓明於東方躡途之旁徑兮法先聖而師乎邑姜覽文之縱橫而詠胡笳之悲歌兮則陳哀思而何所補於三綱於斯之時亦浮華而相尙兮飾翡翠而道戕想窈窕之淑範兮敦坤德而惟洽陽仁風衍於百代兮德業修於椒房埽蘭个之清潔兮焚獸鑪而炷寶香雲飛飛以遠戶兮風颸颸而襲書窗時隆冬以冰雷兮菊英英而吐黃柏森森而不凋兮松蒼蒼其冒霜且草木亦有此勁操兮吾人何可無此蕙纕昔宋景之仁德兮熒惑退而徙三舍緬塗山之長子兮內專一而與大夏無非儀而安處兮修婦職以遵聖化崇仁義以爲郭兮超世俗而爲羑

文氏又有讀書辭曰

懷憂惟察察之哲人兮能漉泥而揚清波覽江氾之淑媛兮被德化而嘯也歌睎銀漢之織女兮供霓裳而弄金梭正袵衿而危坐兮如銜枚而無語神英英而內樓兮思恍惚而登虛方寸之寂寞兮安斗室而獨處藏彩鼇之佳麗兮性耿介而內專時青陽以告謝兮肇朱明而心酸傷十載之鶴化兮播幼子而吞熊丸酌金罍以弛念兮善懷託於青編

第六章　沈宛君與葉氏諸女

明末婦人文學之秀出者惟葉氏諸女葉女之中小鸞最慧而早卒故其文釆未極也要皆秉其母沈夫人之教沈夫人名宜修字宛君吳江人山東副使琉之女歸同縣工部郎中葉紹袁紹袁字仲韶風神雅令工六朝駢體同宛君偕隱汾湖與子女刻意詩詞以自娛樂宛君所著有鸝吹集

感秋　　　　　　　　　　沈宜修

月向中天迥人驚秋暮悲元霜初落後客夢未歸時縹緲三秋雁蕭條兩鬢絲空餘舊篇管愁對月明吹。

秋思　　　　　　　　　　沈宜修

鵲鏡容消只自知碧雲黃葉動離思閑愁紫袖山前色舊恨青春樹上絲子夜有情新樂府傷秋多病送歸辭頭江八月西風起寥廓天高鳥度遲。

立秋夜感懷　　　　　　　　沈宜修

涼夜悠悠露氣清晴蟲淒切草間鳴高林一葉人初去短夢三更感乍生自恨迴波千曲繞空餘殘月半窗明文園多病悲秋客搖落西風萬古情

秋閨回文四首 沈宜修

秋暮愁行客日斜飛柳煙流雲歸遠岫薄霧淡高天
花庭啼鳥亂疊恨鎖山眉霞落映寒渚蝶飛驚墜枝
鉤簾暎皎月永夜簡奇篇幽徑竹花露石寒縈碧錢
疎雨滴高樹細風飄暮煙初聞獨雁過木落自年年

宛君亦精於倚聲錄其數闋

浣溪沙 沈宜修

淡薄輕陰拾翠天。細腰柔似柳飛綿吹簫閒向畫屏前。 詩句半緣芳草斷鳥啼多為杏

虞美人 立春 沈宜修

花殘夜寒紅露濕秋千

東風已上堤邊柳。雪意還依舊畫羅綵扇學裁新不道閒愁又送一番春。 年華只是侵

望江南 暮秋 沈宜修

雲鬢花信何由問待看雙燕幾時來猶憶杏花長對月徘徊。

河畔草一望盡淒迷金勒不嘶新寂寞青袍難覓舊葳蕤野燒又風吹。　蝴蝶去何處問歸期。一架鞦韆寒月老滿庭鵾鳩故園非空自怨妻妻。

宛君敎三女長日紃紃字昭齊有芳雪軒遺稿次曰小紃字蕙綢適沈永禎精於曲律著有鴛鴦夢雜劇而小紃其季也

暮春赴嶺西道中

故園別後正春殘陌上鶯花帶淚看何處鄉情最悽切孤舟日暮泊巌灘　　葉紃紃

蝶戀花

盡日重簾垂不卷庭院蕭條。已是春光半一片閑愁難自遣空憐鏡裏年華換　寂寞香殘門半掩脈脈無端往事思量遍正是銷魂腸欲斷數聲新雁南樓晚。

浣溪沙　爲侍女隨春作

鬢薄金釵半軃輕伴羞微笑隱湘屛嫩紅染面太多情。　長怨曲闌看鬥鴨慣嗔南陌聽啼鶯月明簾下理瑤箏　　葉小紃

昭齊蕙綢雖並能爲詩詞而才未逮於小紃也故今錄小紃之作特多。小紃字瓊章一字瑤期年十七字崑山張氏將行而卒小紃四歲能誦離騷十歲能韻語鈕玉樵曰小紃十歲值秋夜父仲韶命以句曰桂寒淸露濕卽對曰楓冷亂紅凋是時以爲夭折之徵及夫婚而歿

見有五彩雲捧足而去知前身爲緱嶺女仙今當歸月府所存詩詞皆似不食人間煙火者。

按小鸞固有清才惟其早世故筆力未遒耳有疏香閣遺集

雨夜聞簫　　　　　　　　　　　　　　　　　葉小鸞

紗窗徙倚倍無聊。香爐熏爐懶更燒。一縷簫聲何處弄隔簾微雨濕芭蕉

詠畫屏美人　　　　　　　　　　　　　　　　葉小鸞

庭雪初消月半鈎輕漪月色共相流玉人斜倚寒無那兩點春山日日愁

紅深翠淺最芳年閒倚晴空破綺煙何似美人腸斷處海棠和雨晚風前

送蕙綢姊　　　　　　　　　　　　　　　　　葉小鸞

絲絲楊柳拂煙輕總爲愁人送別情惟有流波似離恨共將明月伴君行

哭姊　　　　　　　　　　　　　　　　　　　葉小鸞

雲散遙天鎖碧岑人間無路月沈沈可憐寒食梨花夜依舊春風小院深

虞美人 燈　　　　　　　　　　　　　　　　葉小鸞

深深一點紅光小薄縷微烟裊錦屏斜背漢宮中曾照阿嬌金屋淚痕濃　朦朧穗落輕煙散顧影渾無伴香消午夜漫凝思恰似去年秋夜雨窗時

浣溪沙　　　　　　　　　　　　　　　　　　葉小鸞

幾日東風倚畫樓碧天清靄半空浮韶光多半杏梢頭。　垂柳有情留夕照飛花無計却
春愁但憑天氣困人休
曲榭鶯啼翠影重紅妝春惱淡芳容疎香滿院閉簾攏　流水畫橋愁落日飛花飄絮怨
東風不禁憔悴一春中

謁金門　　　　　　　　　　　　　　　　　　　　　葉小鸞
情脉脉簾卷西風爭入漫倚危樓窺遠色晚山留落日　芳樹重重凝碧影浸澄波欲濕
人向暮煙深處憶繡裙愁獨立

葉氏諸女皆承母教又張倩倩爲宛君之姑之女適吳江士人沈自徵君庸亦善吟咏有憶
宛君詩曰

倩倩詩詞更錄一二於後
故人別後杳沈沈獨上高樓水國陰鴻雁不傳書底恨天涯流落到如今

過行春橋
行春橋上月如鈎行春橋下月欲流月光到處還相似應照銀屛夢裏愁

蝶戀花　丙寅寒夜與宛君話君庸作
漠漠輕陰籠竹院細雨無情淚濕桃花面落葉西風吹不斷長溝流盡殘紅片。　千徧相

第七章 方維儀

方維儀桐城人大理卿大鎮之女兵部侍郎孔炤之姊適姚孫棨再期而夭時年十七遂誓大歸守志於淸芬閣與弟婦吳令儀以文史代織紝敎其姪以智儼如人師嘗取古今女子之作編爲宮閨詩史刊落淫哇分正邪二集君子高其志有淸芬閣集七卷其所爲詩風格甚高筆力遒勁有大雅之遺非如尋常婦人之作但以蟲鳥月露爲吟賞者也

死別離

昔聞生別離不言死別離無論生與死我身獨當之北風吹枯桑日夜爲我悲上視滄浪天下無黃口兒人生不如死父母泣相持黃鳥各東西秋草亦參差予生何所爲死亦何所辭白日有如此我心徒自知

出塞

辭家萬里戍關路隔風煙賦重無餘餉邊荒不種田小兵知有死貪吏尙求錢倚賴君王福何時唱凱旋

傷懷

長年依父母中懷多感傷奄忽髮將變空室獨彷徨此生何蹇劣事事安可詳十七喪其

夫十八孤女殤舊居在東郭新柳暗河梁蕭條下霜雪臺閣起荒涼人世何不齊天命何不常孤身當自慰且免摧肝腸鶯鵜棲一枝故巢安可忘

獨歸故閣

故里何須問干戈擾不休家貧空作計賦重轉添愁遠樹蒼山古荒田白水秋蕭條離膝下欲望淚先流

旅次聞寇

蟋蟀吟秋戶涼風起暮山衰年逢世亂故國幾時還盜賊侵南甸軍書下北關生民塗炭盡積雪染刀環

楚江懷吳妹

空林隕葉暮鳥啼雲水迢迢隔皖谿夜發蒼梧寒夢遠楚天明月照樓西

維儀之姊孟式字耀如嫁山東布政使張秉文濟南城潰同其夫殉節有紉蘭閣集。

方孟式

秋興

西風傷往事笑此客中身葉落蒼煙斷花開黃菊新天涯蓬鬢短邊徼羽書頻蟋蟀知秋意階前鳴向人

寄盛夫人

方孟式

繁霜百歲冷春幃常共寒燈泣落暉。紅淚已辭機上錦白頭尚著嫁時衣煙籠竹葉涼生案雨濕梨花靜掩扉杯酒樓頭明月夜迢迢夢遶楚天微。

又維儀從妹維則嫁生員吳紹忠有茂松閣集當時方氏一門閨閣中無不能詩文者其子弟多積學者有令名故桐城之方自後嘗爲望族也

題竹　　　　　　　　　　方維則

小院何空寂相依獨此君。雪深愁易折風急不堪聞白石移花影青苔擁籜文樓頭明月上空翠落紛紛

維儀弟婦吳令儀字棣倩蓋孔炤之妻相夫敎子均有儀法不幸早世維儀爲次其遺稿傳之。

夜　　　　　　　　　　　　吳令儀

新月不來燈自明江天獨夜夢頻驚長年自是無歸思未必風波不可行。

第八章　明代閨閣文學雜述

靜志居詩話謂明初識字婦女得舉女秀才。入尙功局明史記永樂中梅殷與女秀才劉氏朋邪萬載縣志謂敖用敬妻易淵碧舉女秀才陳泰圓妻龍玉英亦舉女秀才宛委餘編謂明武宗時林妙玉以女童應試詔賜女進士葢宋以來女學雖廢而國家猶有獎勵女學之

科為之秀才進士之目與男子等。故明代女子詩文傳於世者。所在尚多有也。留青日札及宛委餘編並記宋孝宗時女童林幼玉求試。賜進士。則女子應試宋已有之矣。惟雖能連屬篇翰。而才力或遜古人。茲僅擇其尤著而詞極可誦或事有可傳為前數章所未及者復雜述於此。短篇斷句。有不可沒亦附著焉。若夫求備固所未能也。

郭貞順者潮陽周伯玉妻也。明初師下嶺南。指揮俞良輔征諸寨之未服者。貞順從伯玉居溪頭寨。作詩上之良輔大喜。一寨得全。其上俞指揮詩曰

將軍開國之武臣。早附鳳翼攀龍鱗。煙雲慘淡遍九野。半夜捧出扶桑輪。前年引兵下南粵。眼底羣雄盡流血。馬蹄帶得淮河冰。灑向江南作晴雪。潮陽僻在南海濱。十載不斷干戈塵。客星移處萬里外。天子亦念遐方民。將軍高名邁千古。五千健兒猛如虎。輕裘緩轡踏地來。不減襄陽晉羊祜。此時特奉明主恩。金印斗大開藩衛。制方面期以忠義酬明君。宣威布德民大悅。把菜一笠誰敢奪。黃犢春耕萬隴雲。鼇龍夜臥千秋月。去歲壺陽成守時。下車愛民如愛兒。父老至今歌詠之。欲為將軍紀勳績。天家自有如椽筆。願屬壺民歌太平。磨厓勒盡韓山石。

明初葉正甫洞庭人。久留都門。其妻劉氏寄衣作詩曰

不隨織女渡銀河。每到秋來幾度歌。歲歲為君身上服。絲絲是妾手中梭。剪刀未動心先

碎鍼線縫縫淚已多長短只依元式樣不知肥瘦近如何。

明初詩人林子羽名鴻閩中十才子之冠也先是閩縣女子張紅橋聰敏善屬文語父母曰欲得才如李青蓮者事之於是操觚之士爭以五七字爲媒詩卷堆積案頭無適意者獨子羽投詩乃援筆而答子羽大喜過望遂委禽焉踰年子羽游金陵紅橋感念而卒紅橋與子羽唱和詩詞甚多玆略錄一二首

初答林子羽

梨花寂寞鬬嬋娟銀漢斜臨繡戶前自愛焚香消永夜從來無事訴青天 鴻初投詩曰佳人獨坐焚香酒半醒
露華如水點銀屛含情欲訴心中事羞見牽牛織女星 紅橋答之如此

和子羽

橋外千花照碧空美人遙隔水雲東一聲寶馬嘶明月驚起沙汀幾點鴻。

念奴嬌

鳳凰山下恨聲聲玉漏今宵易歇三疊陽關歌未竟城上棲鳥催別。一縷情絲。兩行清淚。漬透千重鐵重來休問尊前已是愁絕 還憶浴罷描眉夢回攜手踏碎花間月漫道胸前懷荳蔻今日總成虛設桃葉津頭莫愁湖畔遠樹雲煙疊剪燈簾幕相思誰與同說

孟淑卿蘇州人訓導孟澄之女自號荆山居士

春歸

落盡棠梨水拍堤萋萋芳草望中迷無情最是枝頭鳥不管人愁只管啼

過惠日菴訪尼題亭子上

矮矮圍牆小小亭竹林深處畫冥冥。紅塵不到無餘事一炷香消兩卷經。

李玉英者千戶李雄女也正德中千戶李雄西征陣沒遺孤五人子二曰承祖曰亞奴女三曰桂英曰玉英曰桃英諸子皆前妻所產惟亞奴後妻焦氏生焦欲令親兒繼襲雄死令承祖往戰場尋父骸骨覬其陷於非命而承祖竟抱骨以歸乃鴆死承祖支解而埋之又以桂英譖豪家爲婢玉英頗知典籍年十六伶仃窮廹作送春別燕二詩焦指詩詞謂有外通等情俾舅焦榕執送錦衣衞誣以姦淫不孝擬凌遲嘉靖四年夏差太監密錄罪囚凡有冤枉許行陳奏於是玉英具本託其妹桃英齎奏諸冤疏上有旨命三法司令勘焦氏論斬玉英著錦衣衞選良才擇配焉

送春

柴門寂寂鎖殘春滿地楡錢不療貧雲鬢霞裳半泥土野花何事亦愁人

別燕

新巢泥滿舊巢欹。泥滿疏簾欲捲遲愁對呢喃終一別畫堂依舊主人非。

楊用修妻黃氏遂寧人黃簡肅公珂之女善爲詩詞用修遠謫滇南每有詩寄意爲時傳誦

寄升庵

雁飛曾不到衡陽錦字何由寄永昌三春花柳妾薄命六詔風煙君斷腸日歸日歸愁歲暮其雨其雨怨朝陽相憐空有刀環約何日金雞下夜郎

又寄升庵

嬾把晉書寄日邊別離經歲又經年郎君自是無歸計何處青山不杜鵑

巫山一段雲

巫女朝朝艷楊妃夜夜嬌行雲無力困纖腰媚眼暈紅潮　阿母梳雲鬠禮郎整翠翹起來羅襪步蘭苕一見又魂銷

屈安人華陰人屈直之女嫁參議朝邑韓邦靖封安人有集先是安人生十餘歲其父課諸兒讀經史安人刺繡其旁竊聽背誦通曉意義及歸邦靖詩文倡和稱雙璧焉

送夫入觀

君往燕山去棄妾雒水旁雒水向東流妾魂隨飛揚丈夫輕離別壯志在四方努力事明主肯爲兒女傷君有雙親老垂白座高堂晨昏妾定省喜懼君自量珍重復珍重丁寧須記將既爲遠別去飲余手中觴莫辭手中觴爲君整行裝陽關歌欲斷柳條絲更長

王素娥山陰人號蘂屏歸胡節節死守志以吟詠自遣。

渡錢塘喜晴

風微月落早潮平。江國新晴喜不勝。試看小舟輕似葉。載將山色過西陵。

少室山房筆叢曰崑山顧茂儉之妹嫁孫念憲爲婦甚有才情春日詩可置玉臺新詠中。

春日

春雨過春城春庭春草生春閨勤春思春樹叫春鶯。

丁立祺妻姜氏新建人有寄文學士山居詩曰

何必入山深居然似漢陰。雨殘雲在竹。野曠日平林。負郭多幽事。爲農長道心。芸窗開卷罷。多是聽鳴琴。

乞代夫囚疏

明沈束妻張氏請代夫囚楊繼盛妻張氏請代夫死其疏文並傳於今二人並以論嚴嵩獲罪其妻皆姓張又同上疏請代並不獲報然沈束後卒得出忠憝竟死是所異也。

沈束妻張氏

臣夫禮科給事中沈束猥以愚昧之性冒妄建言誠當萬死荷蒙皇上寬宥下獄待罪經今一十四年束上有老親下無子女孤苦伶仃俯仰無賴止遺臣一身寄居旅舍早暮力作女工以供口食艱難萬狀度日如年臣夫之父今年八十有七衰病侵尋風燭不定養

請代夫死疏　　　　　　楊繼盛妻張氏

臣夫原任兵部武選司員外郎楊繼盛因先任本部車駕諫阻馬市預伐仇鸞逆謀聖恩僅從薄謫旋因鸞敗首賜湔洗一歲四遷歷抵前職臣夫拜命之後卽恩感泣思圖報效或中夜起立或對食忘餐臣所親見不意誤聞市井之談尙狃書生之習遂發狂論委的一時昏昧復荷皇上天高地厚之恩不卽加誅俾從吏議臣夫自杖後入獄死而復甦者數次剜去臀肉兩片斷落腿筋二條膿血流約五六十碗渾身衣服盡皆霑汚日夜籠箍備極苦楚又年荒家貧常不能給止臣紡績織履供給飲食已經三年該部兩次奏請俱蒙特允監候是臣夫再蹈於死而皇上累置之生臣之感佩惟有焚香禱祝萬壽無疆而已但聞今歲多官會議適與張經一同奏請題奉欽旨依律處決臣夫雖復捐腔市曹亦

生送死之具更無可託臣煢煢寡妻顧此失彼欲歸以養舅則夫之饘粥無資欲留以給夫則舅又旦夕待盡臣夫纍囚之臣誠不敢復顧私家竊覩聖朝仁恩廣蕩庶類樂生豈臣一門窮苦顓連自遺覆載之外臣每自念何惜一死所以忍苦苟延者誠望天地有曲全之仁雨露無不被之澤也今臣舅已當垂死之年臣夫未有再生之日臣願以身代夫繫獄暫容臣夫送父年終仍又赴獄待罪庶臣夫得復見其父少伸父子之情臣以舅付託於夫亦得全夫婦之義

將瞑目地下臣仰惟皇上方頤養冲和保合元氣昆蟲草木皆欲得所豈惜一迴宸顧下垂覆盆倘蒙鑒臣螻蟻之私少從末減不勝大幸若以罪重不赦願卽將臣斬首都市以代臣夫之死夫雖遠禦魑魅親執戈矛必能爲疆場效命之鬼以報皇上臣於九泉稍有知識亦復啣結無旣矣

祭夫文　　　　　　　　　　　　　　楊繼盛妻張氏

於維我夫兩間正氣萬古豪傑忠心慷慨壯懷激烈奸回斂手鬼神號泣一言犯威五刑殉節關膈比心嚴頭稽血朱檻段笏張齒顏舌夫君不愧含笑永訣渺渺忠魂常依北闕

端淑卿當塗人教諭端廷弼女歸芮氏有綠窗遺稿

陌柳

楊帝宮中柳凋零幾度秋蟬聲悲故國鶯語怨荒丘行殿基仍在空江水自流行人休折盡春日更生愁

春日

院外鶯啼二月中妝臺日影映簾櫳潤回春草茸茸綠暖入瓊枝簇簇紅乍試輕羅沾社雨偶嘗新釀醉東風閒來檢點芳時事花底青絲墜小蟲

周玉如名潔年十四歸應天府判張鳴鳳張罷官攜歸臨桂後數年詒書省父寄詩一冊名

雲巢詩金陵人競傳寫之。

夢還京

自去長干側終年桂嶺西新秋望鄉處無奈白雲迷。

憶父

憶昔當殘臘還家雪正飛三年無一字不忍見鴻歸

虎關馬氏女有秋閨夢成七言律詩一百首蓋虎關將家婦馬氏所作也蒲田宋珏客越得之於荒村老屋中見芳草無言路不明之句為驚歎錄而傳之題曰香魂集之於荒村老屋中見芳草無言路不明之句為驚歎錄而傳之題曰香魂集

春閨夢成 百首之一

夫重封侯妾愛輕漫欹琥珀戀寒更游魂自苦人何在芳草無言路不明彷彿玉關傷舊別徘徊油幕訂新盟夢回篴馬迎風處猶是沙場劍戟聲

姚氏嘉興人號青蛾居士秀水范應宮之妻有玉鴛閣遺稿東海屠隆為之序。

春閨

芳杜傷心碧空庭紅暗飄鳥咽幽夢去柳縮別魂遙素被藏金鴨清臺冷玉簫不關離思遠金粉為誰鎖

竹枝詞

謝五孃萬歷中湖州女子有讀月居詩詞調清婉可誦

賣酒家臨煙水濱酒旗挂出樹頭春當爐十五半遮面一酌清泉能醉人。

燕晴花暖春色饒游情欲醉魂銷紅衣突展綠陰畔接袖紛紛渡小橋

小園卽事

翠竹靑梧手自栽芙蓉未秀菊先開小軒睡起日卓午黃葉滿庭山雨來。

春日偶成

乳燕啣泥春晝長倚闌無語立斜陽桃花紅雨梨花雪相逐東風過粉牆。

春夜

銀燭燒殘夜漏聲畫屏香案影孤淸一庭春色無人管分付梨花伴月明

春暮

杜鵑啼血訴春歸驚落殘花滿地飛惟有簾前雙燕子惜花啣起帶香泥。

初夏

庭院薰風枕簟淸海榴初發雨初晴香銷夢斷人無那聽得新蟬第一聲。

感懷

啼鳥聲中午夢回篆香重撥已成灰東風似恨春歸去吹送楊花入戶來

姝嫁楊安世引慶字媚珠皆能為詩詞並早卒。

王鳳嫻字瑞卿松江華亭人進士張本嘉妻有貫珠集焚餘草生二女引元引慶引元字文

悲傷二女遺物

壁網蛛絲鏡網塵花鈿委地不知春傷心怕見呢喃燕猶在雕梁覓主人。

少年工製獨稱奇絕似靈芸夜繡時笑語樓前爭乞巧傷心無復見穿絲。<small>間鍼</small>

曉妝曾整傳鉛華玉匣新開鬬雪花今日可憐俱委落餘香猶自鎖窗紗。<small>剩粉</small>

柳絮風沈恨渺茫斷腸絲縷在空箱孤幃老我愁如織誰記初陽報日長。<small>殘線</small>

山居 王鳳嫻

樹密禽語清日高花氣薄小窗傍幽巖當簷挂飛瀑。

梁小玉武林人七歲依韻賦落花詩八歲摹太常帖長而涉獵羣書作兩都賦著古今女史有娜環集二卷亦號娜環女子其詩文格不甚高女史分類甚有思致茲錄其女史序及詩二首

古今女史序

批風抹月鼎呂屬於騷壇袞正鉞邪刀球歸於掾筆余女子也僭定石渠無逃越俎纂修

彤管或免曠官二十一史有全書而女史闕焉掛一漏百拾大遺纖飄零紙上之芳魂冷
落閨中之玉牒是以旁撫羣書釐爲八史顯幽悉闡鴻細僉收亦香奩之水鏡淑媛之志
林也一外史夫仙風道骨女流正不乏人霞佩瓊裙根器多能度世故練形蛻去標塵外
之煙姿持鉢皈依印法中之正果直毛女麻姑已哉二國史夫媧皇鍊石補空重新世界
金輪河魁運手燁赫寰區代有聖神制多嬿政千秋生色萬姓式靈亦笄黛之羲蠻鬟可
之姚姒也三隱史夫煙霞結性恥嗅羣羶蘿薛爲衣僧俗膩如接輿婦於陵妻矣四烈史夫剛
數洵貪子針砭廉夫鼓吹雲中白鶴天半朱霞不令巢由傲色園綺占馨矣四烈史夫剛
腸所激何難捐脂明心正氣常現玉瑩霜嚴俱全生矢節嘗橫襟而歎何烈女之多奇
也從容慷慨各呈夷崤之標五才史夫無才便是德似矯枉之言有德不妨才眞平等之論迺如巧心濬發藻思飆飛
著作勒丹靑結撰鴻篇似女幽棲剩敲金之匠大雅之宗千秋大家惠姬董未易彈指也六韻史夫
名姬高驀多憂玉之匠大雅之宗千秋大家惠姬董未易彈指也六韻史夫
精液傾崑取璆倒海探珠詩窮竇獨男子耶七豔史夫苧蘿村中驚琪花之絕代芙蓉城
上咤異朵之如神是靈氣所蜿蜒江山所勃窣望而魄落見而魂褫就令叔寶人平叔
粉耶並立西子玉眞間恐銷減無色也八誡史夫桑間濮上並厠關雎冶女淫風可砥芳

潔婦人之駄軼失檢者豈少哉人生於情而節情乃導情誰能無欲而損欲勝多欲摘爲女戒是慾火坑中清涼散也嘻世有知我者其目余爲女董狐

包頭

輕霞薄霧小香羅傍著蟬鬢香更多最愛春山縹緲上橫妝一帶小淸螺。

雜詠

松響翻淸籟泉聲浣俗塵白雲堪贈客明月解留人。

霜杵春淸骨風燈颭夢思空山懸雨處斷浦落雲時

項蘭貞字孟畹秀水人貢生黃卯錫妻有裁雲浣露二草

送外赴試

柳陰輕綰木蘭舟酒殷勤動別愁此去但看江上月淸光猶照故園樓。

寄慰寒山趙夫人 卽陸卿子

落葉驚秋早斷鴻天際聞遙思鹿門侶愁看嶺頭雲

黃幼藻莆陽人嫁爲林恭卿婦工聲律通經史所著有柳絮編。

夏日偶成

深院塵消散午炎晝篆煙如夢晝淹淹輕風似與荷花約爲送香來自捲簾。

薄少君太倉州人秀才沈承妻承有雋才而早夭薄爲詩百首以悼之蹟年直承忌日一慟而卒詩盛傳於當時而格不高錄二首

悼亡

碧落黃泉兩未知他生寧有晤言期情深欲化山頭石刼盡還愁石爛時

水次鱗居接葦蕭魚喧米閧晚來潮河梁日暮行人少猶望君歸過板橋

李因字是庵會稽人光祿卿葛徵奇妾有竹笑軒吟草先是是庵詠梅詩有一枝留待晚春開之句葛異而納之郊居．

避世牆東住牽船岸上居雨分三徑竹晴曝一牀書上坂驢黃犢臨淵網白魚衡門榛草遍長者莫回車

顧若璞字和知錢唐人副使黃亨子茂梧之妻有臥月軒稿其集中文多經濟大篇有西京氣格常與婦女宴坐卽講究河漕屯田馬政邊備諸大計明世巾幗中乃有此人亦一奇也

今世說謂若璞嘗於食頃作七夕詩三十七首又亨女修娟字媚清亦能詩並著於此

與張夫人書

冢婦丁從余讀唐人詩其寄燦有云故有愁腸不怨君語幾於怨誹不亂矣與燦酒間絕

顧若璞

不語及家事時爲天下盡奇。而獨追恨於屯事之壞也。且曰邊屯則患傍擾官屯則患空言鮮實事姜與子毅力經營倘得金錢二十萬便當北闕上書請淮南北間田墾萬畝好義者引而伸之則粟賤而餉足兵宿飽矣然後仍舉鹽筴召商田塞下如此則兵不增而餉自足使後世稱曰以民屯佐天子蓋虞孝懿女實始爲之死且瞑目矣其言雖誇然銷兵屯師洒洒成議其志良不磨夫人許之否

與胞弟書

夫瘟云逝骨鑠魂銷帷殯而哭不如死之久矣豈能視息人世復有所謂緣情靡麗之作耶徒以死節易守節難有貌諸孤在不敢不學古丸熊畫荻者以俟其成當是時君舅方督學西江余復遠我父母兄弟念不稍涉經史奚以課貌諸而俟之成余日惴惴懼終負初志以不得從夫子於九京也於是酒漿組紝之暇陳發所藏書自四子經傳以及古史鑑皇明通紀大政紀之屬日夜披覽如不及二子者從傅入內輒令籌燈坐隅爲陳說我所明更相率呫嗶至丙夜乃罷顧復樂之誠不自知其瘁也日月漸多聞見與積聖賢經傳育德洗心旁及騷雅共諸詞賦遊焉息焉冀以自發其哀思舒其憤悶幸不底幽憂之疾而春鳥夏蟲感時流響率爾操觚藏諸笥篋雖然亦不平鳴耳詎敢方古班左諸淑媛取邯鄲學步之誚耶

長相思

梅子青。豆子青。飛絮飄飄長短亭。風吹羅袖輕。　恨零星。語零星。正是春歸不忍聽。流鶯

啼數聲。

村居卽事

寂寂村居晚迢迢旅雁稀煙花迷曲徑山月澹清輝黃菊經霜淨秋蕪帶雨肥夜深寒漏

徹漁火逐星歸。

商景蘭字媚生會稽人吏部尚書商祚女祁忠敏公彪佳之室祁商作配鄉里有金童玉女

之目仇儷相重未嘗有妾媵巿忠敏懷沙之日景蘭年僅四十二敎其二子理孫班孫三女

德淵德瓊德姬及子婦張德蕙 婦理孫 朱德蓉 婦班孫 亞善吟詠爲時所稱

關山月

秋月開金鏡涼雲散碧空風吹楡戍北露濕柳城東影滿驚門鵲光沈塞鴻秦關今夜

色應與漢宮同　　　　　　　　　　　　　　　　　　　　　商景蘭

搗練子

長相思久離別爲誰憔悴憑誰說卷簾貪看月明多斜風恰打銀缸滅。

送別黃皆令　　　　　　　　　　　　　　　　　　　　　　祁德淵

送別黃皆令

萬山寒秋月一葦寒秋波美人理遠棹秋色低星河送君青雀舫贈君金叵羅別路不辭遠別酒不辭多良辰惜分袂分袂當奈何雖有千金裘何如五噫歌

　　　　　　　　　　　　　　　　　　　　　　　　祁德茝

畫閣聯吟恰一年。此時分袂兩淒然雲間歸雁路何處林裏飛花香可憐遠客青山皆別思仙舟明月已無緣懷君日後添離夢寂寞荒村度晚煙

中秋

秋氣中天淨愁人獨夜看停橈江逾闊卻扇月初寒霜入桐陰薄風飄桂影殘扣舷情未已露濕綺羅單

　　　　　　　　　　　　　　　　　　　　　　　　張德蕙

送別黃皆令

青青楊柳枝飄搖大道旁大道多悲風游子瞻故鄉執杯送行客淚下沾衣裳憶昔弭遠棹明月浮景光壺觴極勝引歌舞開華堂好鳥得其侶舉翼齊翱翔膠漆兩不解金石安可方分袂起倉卒永夜生盡傷吳山何渺渺越水何茫茫芙蓉被秋渚采采有餘芳願言贈所思日歸紉爲裳

　　　　　　　　　　　　　　　　　　　　　　　　朱德蓉

上巳

桃花新水浣春衣舊日蘭亭到亦稀斷岸羽觴晴日暖遠山橫笛暮雲飛沙棠舟近江鷗

黃媛貞字嘉德秀水人貴陽太守朱茂時副室有臥雲齋詩集妹媛介字皆令楊元勳室著湖上草。

丁卯留別妹皆令

北風淒以慄不忍吹羅襟高雲語征鳥離思兩難沈今我遠庭闈與子分芳衾寧忘攜手好所以傷我心一言一回顧別淚垂不禁但得頻寄書冊使相望深

黃媛貞

題畫

嬾登高閣望青山愧我年來學閉關淡墨遙傳縹緲意孤峯只在有無間

黃媛介

范壺貞字淑英一字蓉裳吳縣人嫁吳氏有胡繩集

煙雨樓圖

煙嵐無限雨中情遠近樓臺一望平吳苑草荒麋鹿走越江春盡鷓鴣鳴長堤柳樹迷春渚白水菰菱繞郡城最是晚來新月下萬家燈火隔湖明

章有渭字玉璜華亭人嫁嘉定侯泓有燕喜樓草

舟行卽事

曉霧迷離彩鷁輕櫂歌徐動見新晴臨湍鷺子亭亭立夾岸蒲花漫漫生遙指小山遮塔

曹壽奴小字山姑崇禎間吳興女子有觀靜齋集

贈伯姊

草有並蒂花木有連理枝果有合歡核豆有同根萁魚或比目鳥亦比翼隨同功繭作縣合卺玉為巵我與子姊妹願得不相離出必同車輪居必聯屋榴見月每共拜弄珠定雙嬉子妝我掠鬢子鹽我捧匜我衣擣子砧子濯汙我私機張我績織鏡子奩持子襃我衾禂我舖子粥縻寒輒擁子背暑還扇我肌子女迭相抱幃帳恆並施生從比肩人歿以百歲期

紀映淮字阿男金陵人嫁莒州杜氏早寡守節終漁洋詩話稱其秦淮柳枝云栖鴉流水點秋光佳句也

絕句

杏花一孤村流水數間屋夕陽不見人牯牛麥中宿

小重山 秋閨

蕭瑟幽閨更漏長庭前叢桂發暗飄香月明露白漸生涼輕風起時拂鬱金裳 遠雁一行行相看還竚立怯空房幽懷幾許總難量蘭缸焰花影欲窺窗

盛韞貞華亭人明亡夫歿寡居有郗居雜感詩曰。

自我來茲地重門曉夜扃蕭條門外柳幾度向人青采蕨懷商士占時望歲星但能安病骨不必問池亭。

烽火吳關遠煙花谷水明。孤墳應宿草白髮隔重城遺行書難就玄言較未成愁心託幽夢茲夕倍縱橫。

蓬徑無人迹春廚斷暮煙稻粱謀自拙僕隸義相捐薄俗終難入幽棲性自便尺書彙斗粟慚媿主人賢。

倪仁吉字心惠浦江人進士仁貞之女王漁洋嘗稱其詩有題宮意圖絕句曰。

調入蒼梧斑竹枝瀟湘渺渺水雲思聽來記得華清夜疏雨銀缸獨坐時。

明時婦人爲詞多屬小令而罕長調然此外仍有佳者劉碧字映清安陸人有新秋桐樹小庭偏碧蔭日昨夜雨綿綿寒澀燈煙薄衾倦擁不成眠曉起牀頭看歷日換了秋天。

爭圓敎他知道也悽然最是西風消息早一葉階前沈憲英字惠思吳江人有點絳唇憶瓊章姊曰簾外輕寒謝娘風絮無人見桃花如面腸斷春歸燕人去瑤臺祇覺東風賤湘簾卷綠楊千線煙鎖深深院王彥泓女名朗有浣淘沙詠閨情曰疏雨滴靑籢花壓重簷繡幃人倦思厭厭昨夜春寒眠未足莫捲湘簾羅袖護摻摻怕拂香奩獸爐香倩侍兒添爲甚雙蛾

常鎖翠也自憎嫌吳山字岩子當塗人上元卜琳室有靑山集其七夕鵲橋仙曰思量昨歲秣陵此夕正水閣風淸天碧六朝佳處舊繁華細草路紅燈月白今年萍寄隋宮咫尺歎異代煙花寥寂情同旅夜起歸思愁絕是隔江寒笛徐元端字延香江都人有繡間集淸平樂曰繡窗無那自卷簾兒坐羞覷黃鶯枝上臥抛去靑梅數顆東風陣陣相催胭脂零落蒼苔春色依然歸去爲誰留下愁來其餘不可悉數矣

第九章　明之娼妓文學

嘉靖中女子季貞一有古意詩曰寄買紅綾束何須問短長妾身君抱裏尺寸自思量此大類古樂府或曰是一名妓所作莫能詳也明時曲中多有文才靜志居詩話謂劉董羅葛段趙何蔣王楊馬諸先後齊名所謂十二釵也然十二釵之詩文不盡傳亦有名不在十二釵中而詞采可觀者今擇其尤錄之

藝宛巵言載正德間有妓席間詠骰子曰

一片微寒骨翻成面面心自從遭點汚抛擲到如今

景翩翩字三昧建昌妓嫁丁長發長發爲人誣訟於官景竟自經死其詩每有古意

怨詞

妾作溪中水水流不離石君心似楊花隨風無定跡

寄情十四韻

駿馬蹋銅蹄金羈豔隴西郎應重意氣妾豈向人啼。

襄陽蹋銅蹄。

握粟詹予美端著竟我欺前魚如未棄下鳳故應渾茬菁驚吹律悽涼憶履蓁漫饕妃子

秀虛謦舍人飴孋去初侵髦鬐回恰到眉淚痕留琥珀花縢淡燕支露湮冰紈冷風傳畫

角悲題盤緣伯玉擣素事班姬苦海塡愁盟山著恨移秋深仍繫帛日入已棲塢石闕

何能解刀頭尙可期三緣經曲折五內幾妍娥塵掩菱花鏡心搖桂葉旗何妨梁下信更

作有情癡

與蘇生話

道是愁無極還致仗醉魔誰知醒時意說向醉中多。

閨思回文

簫吹靜閣曉含情片片飛花暎日晴寥寂淚痕雙對枕短長歌曲幾停箏橋垂綠柳侵眉

淡楊繞紅雲拂袖輕遙望四山靑極目銷魂黯處亂啼鶯

本事詩曰金陵十二名姬而當時所傳文彩風流以女俠自命者馬湘蘭最著湘蘭名守眞

小字元兒又字月嬌以善畫蘭故又名湘蘭有詩二卷萬歷辛卯王伯穀爲之序

仲春道中送別

酒香衣袂許追隨。何事東風送客悲。溪路飛花偏細細。津亭垂柳故依依。征帆人與行雲遠失侶心隨落日遲滿目流光君自歸莫教春色共差池

秋日過吳門感舊

香殘帶緩不勝愁又見蕭條一片秋。身到故鄉翻是客心惟明月許同舟數聲新雁凌江下幾點寒鴉逐水流遮莫平生多少恨間吟欹枕更悠悠

朱無瑕字泰玉金陵妓工詩善書萬歷己酉秦淮有社會集天下名士泰玉詩出人皆自廢有繡佛齋集時人以方馬湘蘭

閨夢

清霜飛急漏聲遲夜孤幃憶別離幽夢欲成明月去却憑何處照相思

趙彩姬亦南院妓字今燕與無瑕湘蘭齊名晚居琵琶巷口號閉門趙四

送王仲房還新安

暮雪江南路孤城尊酒期殷勤折楊柳還向去年枝

暮春江上送別

一片潮聲下石頭江亭送客使人愁可憐垂柳絲千尺不爲春江縮去舟

郝婉然字蕊珠京師珠市妓有調鸚集。

鳳凰臺

雨過荒臺春草長浮雲暗處是斜陽杏花零落知多少黃蝶翻飛野菜香。

楊炎字玉香金陵妓有答林景清詩曰

銷盡鑪香獨掩門琵琶聲斷月黃昏愁心正恐花相笑不敢花前拭淚痕。

明末名妓能為詩詞者多而要以王微尤有清才度越時輩微字修微揚州妓皈心禪悅自號草衣道人初歸茅元儀晚歸華亭許譽卿皆不終其詩詞極為施子野陳眉公所賞有集。

暮春歌

春日長兮春草萋空階濕兮亂鳥啼花自飛兮樹自芳惟相思兮不能忘恩未斷兮怨未休誰弄笛兮滋我愁。

日沉歌

日思沉兮鳥思歸深閨寂寂兮思掩羅幃夢不成兮空斷腸幾回首兮思茫茫鳥無知兮歸當瞑時我心愁兮君莫知。

重過雨花臺

春姿靜東岑雲影結遙粲坐覺高臺空不知翠微半落花自古今啼鳥變昏旦撫化良易遷卽事聊成玩況乃晴江開漾波正拍岸

起步

衆葉繪山色日暮殊蒼蒼山水旣相得其奇寧自藏浮雲出前嶺掩此殘日光耳目悅新賞昔游墮淼茫

江湖互爲勢暮色不可分人行丹黃徑鳥下牛羊羣絕衆獲一高伸手及層雲所見各自領得意遙相聞

代送

憶昔藕花時蓮子心正苦竭來霜露寒桐子落何處月到覺庭空風夾憐葉舞秋煙擁斷岑孤雲暗南浦無計纜子舟願折篙與櫓

夾山漾別陳仲醇

夾山寒水落木葉下紛紛斜日已難別扁舟况送君瑤華一以折零露不堪聞爲我題紈扇新詩寄白雲

寒夜訊眉公先生

月出林光靜幽懷正秒冬臺邊讀書火煙裏隔溪春野鳥晚就食石泉寒到松何時重問

字。相對最高峯。

舟次江漵

一葉浮空無盡頭寒雲風切水西流蒹葭月裏村村杵蟋蟀霜中處處秋客思夜通千里夢鐘聲不散五更愁孤踪何地堪相記漠漠荒煙一釣舟

新秋逢人初度感懷諸女伴

憶昔年年秋未分曉妝一院氤氳階前暗印朱絲履窗裏同縫白練裙子夜歌成猶待月六時參罷悟行雲卽今拾翠溪邊望涼露如珠逗水紋

憶秦娥

多情月偸雲出照無情別。無情別清輝無奈暫圓常缺。 傷心好對西湖說湖光如夢湖流咽湖流咽離愁燈畔乍明還滅風流醞藉不減李清照

第十章　許景樊

鍾伯敬名媛詩歸附錄朝鮮婦人詩而許景樊尤多蓋朝鮮本中國藩屬且其吟詠之工有非中土士女所及者固不可得而沒也許景樊字蘭雪朝鮮人適進士金成立成立後成立殉難。遂爲女道士有集景樊八歲作廣寒宮白玉樓上梁文文至奇偉出二兄荳篙之右其詩饒有唐音閔麗慕李昌谷溫飛卿而才力足以副之朱狀元之蕃使東國得其集以歸遂盛傳

一時茲采其詩於下。

湘絃謠

蕙花泣露湘江曲九點秋煙天外綠水府涼波龍夜吟蠻娘輕戛玲瓏玉離鸞別鳳隔蒼梧雨氣侵天迷曉珠閒撥神絃石壁上花鬢月鬢啼江姝搖空星漢光超忽羽蓋金支五雲沒門外漁郎唱竹枝銀潭半掛相思月

洞仙謠

紫簫聲裏彤雲散簾外霜寒鸚鵡喚夜闌孤燭照羅幃時見疎星渡河漢丁東銀漏響西風露滴梧枝語夕蟲鮫綃帕上三更淚明月應留點點紅

效崔國輔

妾有黃金釵嫁時為首飾今日贈君行千里長相憶

貧女吟

豈是無容色工鍼復工織少小生寒門良媒不相識

塞下曲

都護防秋挂鐵衣城南初解十重圍金戈染盡單于血白馬天山踏雪歸

竹枝詞

永安宮外是層灘灘上行人多少難潮信有時應自至郎舟一去幾時還

游仙詞

瑞露微微隔玉虛碧篆儘寫紫皇書青童睡起捲珠箔星月滿壇花影疏

瓊樹扶疏露氣濃月侵簾室影玲瓏開催白兔敲靈藥滿臼天香玉屑紅

閒解青囊讀素書露風吹月桂花疏西妃小女春無事笑倩飛瓊唱步虛

閒攜姊妹禮元都三洞真人各見呼分府赤龍花下立紫皇宮裏看投壺

后土夫人住馬都日中吹笛宴麻姑韋郎年少心慵甚不寫輕綃五嶽圖

效李義山體

鏡暗鸞休舞梁空燕不歸香殘蜀錦被淚濕越羅衣驚夢迷蘭渚輕雲落粉闈西江今夜月流影照金微

效沈亞之體

遲日明紅樹晴波斂碧潭柳深鶯睍睆花落燕呢喃泥潤埋金履豐低膩玉篸銀屏錦茵暖春色夢江南

次仲兄均見星庵韻

雲光高嶂失芙蓉琪樹丹崖露氣濃畫閣香殘僧入定講堂齋罷鶴歸松蘿懸古壁啼山

鬼霧鎖秋潭臥毒龍向夜一燈明石榻東林月黑有疎鐘。

贈見星庵女冠

淨埽瑤臺揖上仙。曉星微隔絳河邊。香生嶽女春遊襪水落湘妃夜雨絃。松色冷侵虛殿夢天香晴拂碧階泉玄心已悟三生境玉塵何年駕紫煙

次孫內翰北堂韻

翠東風羅幙引箜篌嫣紅落粉空惆悵莫把銀瓶洗急流初日紅闌上玉鉤丁香葉葉結春愁。新妝滿面貪看鏡殘夢關心嬾下樓夜月雕琳寒翡

秋恨

絳紗遙隔夜燈紅夢覺羅衾一半空霜冷玉籠鸚鵡語滿堦梧葉落西風

明時朝鮮婦人能詩傳於中夏者尙有李淑媛成氏俞汝舟妻等然不逮許景樊遠甚茲各錄其一篇以見當時婦人好文之風固遠及於殊域也

李淑媛 自號玉峯上人

採蓮曲

南湖採蓮女日日南湖歸淺渚菱子滿深潭荷葉稀盪槳嬌無力水濺越羅衣無心却迴

棹貪看鴛鴦飛

竹枝詞　　　　成氏

空舲灘口雨初晴。巫峽蒼蒼煙靄平。長恨郎心似潮水。早時纔退暮時生

楊柳詞　　　　　　　　　　　　　　　　　俞汝舟妻

按轡營中占一春。藏鴉門外麴絲新。生憎灞水橋頭樹不解迎人解送人